下册目录

1933

1月3日，星期二

写在这里有点不太合适。[1]但我就是如此心血来潮。我们昨晚参加了安杰莉卡的聚会。现在，在开着新的兰彻斯特（不是我们的车，是借来的）回罗德梅尔之前，我还有半小时空闲。我们在罗德梅尔待了不到两星期，由于我全身心投入了印刷工作，而且打心眼里觉得孤独——我感到了头痛发作的征兆。这十三天来我一直在重写讨厌的《爱犬富莱西》，为了缓解精神的过度紧张，也为了获取一点自由——我最爱的自由——我打算写《帕吉特家族》。不过我倒非常乐意我们喋喋不休了一个晚上。

1月5日，星期四

我非常欣慰，凭借仅仅十余载的写作经验，我竟能发挥聪明才智，在五分钟之内给自己制作了一块完美的写字板，还附有一个笔托。这样一来，我就不会因为找不到墨水或笔而大发脾气。对一位作家而言，如果错失了这些最关键的时刻，那靠灵感迸发得来的好句子可就要因为手头没有笔墨而烟消云散了。此外，我也很高兴自己终于摆脱了每天100页的《爱犬富莱西》——这是我第三次写白教堂这一幕，我怀疑它是否值得花这么多精力。于是我情不自禁地在这张空白蓝纸上自娱自乐起来。感谢上帝，我不用修改自己的日记。今天湿漉漉又雾蒙蒙的，从我的窗子看出去全是大雾……要是我此时处于最佳阅读状态就好了。我真心觉得，创作《海浪》的后遗症导致我现在很难集中注意力。此外，这也跟精简《普通读者》的续篇有关系。现在我正处于创作巅峰期，自从到这儿后，我已经非常投入地读完12本或15本书。多开心呀！这种感觉就好比在大脑中驾驶着劳斯莱斯并以每小时70英里的速度狂奔……在这种兴奋作用的刺激下，我也感到自己正在《帕吉特家族》的创作洪流中前行，这是一种被解放了的感觉，似乎每件事都在推波助澜，所有的作品读起来都很畅快，而且滋养着这股洪流。但这可能也只是说明我写得相当肤浅、草率和急迫。不知道怎么样。我需要再花一周的时间修改《爱犬富莱西》，然后想方设法将二十年的时间浓缩进一个章节。现在我可以想象这部作品将由一种奇怪的、不相称的时间顺序构成——像长串气球一样——通过平直而严密的叙述段落衔接起来。我可以自由地选择在《夜与日》中不敢使用的表现形式。那本书教会了我许多，尽管它可能是部蹩脚之作。

1月15日，星期日

这是我们在这儿度过的最后一个早晨，我拿起笔写信，很自然地也写了日记。可这三周里我一行正经字也没写——只是在为《爱犬富莱西》打字。谢天谢地，昨天终于“完成了”，几乎可以说是真正完成了。《爱犬富莱西》的写作逐渐被轰走，毕竟《帕吉特家族》就像巢中的布谷鸟一般喧宾夺主。大脑的运转是多么奇怪！大概一周前，我开始构造场景，无意中，我会自顾自地念出一些词语，所以整整一周，我就坐在这儿呆呆地盯着打字机，但口里念叨的都是《帕吉特家族》中的词语。这种局面让人越发觉得疯狂，但如果我允许自己动笔，这个症状在几天内就会消失。我正在读帕内尔的作品。没错，但编排场景的事情使我心跳加快并觉得不舒服。当我强迫自己写《爱犬富莱西》时，头疼的老毛病又犯了，这是秋天后第一次发作。为什么《帕吉特家族》令我心跳加快，而《爱犬富莱西》让我觉得后颈僵直？大脑与身体存在何种联系？哈莱街上的那群人回答不上来。可这些症状纯属生理性的，它们彼此迥异，就像一本书明显不同于另一本。

1月19日，星期四

必须承认，《帕吉特家族》如同抢占巢穴的布谷鸟，而这个巢穴原本属于《爱犬富莱西》。目前只需要再修改50页，就可以寄给梅布尔了。那些可恶的场景与对话继续在我脑子里浮现，我改完一页后，闲坐了二十分钟。估计等我着手写那本书时，我的血压会升高。此刻它显然变成了一种令人烦躁的干扰。

1月21日，星期六

好吧，我仍在慢悠悠地写《爱犬富莱西》，又不能随便把它打发走。事实就是如此，挺可悲的。我总能发现一些需要描写得更周密或更深刻的东西。文字是不容怠慢的——尤其是要留存“千古”的文字，不能有丝毫马虎。我还在准备我的《帕吉特家族》，我发誓，星期三就得动笔，不能再迟了。现在我越来越不信任数字所代表的价值。我担心自己是在说教，但或许就是凭着那股虚假的激情，我在圣诞节前的那段时间可以下笔千言。不管怎样，我都非常喜欢这本书，而且我会再次——哦，获得自由，通过小说，我可以再次构造我的场景——这次可得小心翼翼。以上就是我在这个寒冷的1月早晨发出的呐喊。

1月26日，星期四

好吧，我保证《爱犬富莱西》已经被打发走了。没人能说我在小故事上不花心思。我花了五周的时间刻苦钻研这种文体，现在得调整方向，在另一种文体上下功夫了，也就是“帕吉特文体”。批评家们从未对作家求变的想法予以重视。都说人是多面的——我自然也必须走走其他路子。如果我有能力研究莎士比亚的话，我相信可以在他那儿找到相同的规律，他的悲剧啦、喜剧啦，等等。我隐约可以在《帕吉特家族》身上看见纯正诗歌的影子正向我招手。但要等到明天，我才能感受创作《帕吉特家族》给我带来的安稳实在的快乐。真是遗憾。

2 月 2 日，星期四

手上还有《帕吉特家族》，所以 3 月我不太想去外面转悠。我准备大刀阔斧、坦坦荡荡、卓有成效地去写这本书。今天我比以往更干脆地结束了第一章的修改。我略去了插入的章节——把它们全部压缩进正文。我还准备搞个日期附录。这主意不错吧？另外，高尔斯华绥两天前去世了。今天我去看望了 W. 夫人（她本来都病危了，现在正在康复中）。刚才从九曲湖散步回来时，我看见成群的沙鸥张开了弯刀似的短嘴，这让我突然想到高尔斯华绥已经去世。阿诺德·贝内特曾告诉我，他简直受不了高尔斯华绥。在高夫人面前，他不得不大肆吹捧杰克的大作。我可不怕，我敢于表达与高尔斯华绥相反的看法。这个严苛的男人现已安逝。

3月25日，星期六

刚才我以埃尔薇拉·帕吉特的口吻对这个彻底腐化堕落的世界做了一番评价。我说，若这样一个世界要给予我什么，我一律拒绝，诸如此类。现在，作为弗吉尼亚·伍尔夫，我必须——噢，天哪，太没劲了！——我必须给曼彻斯特大学的校长回信，告诉他我拒绝接受文学博士的头衔。还要给西蒙女士写信，她对此事催得很紧，并让我们多待几天。天晓得我要如何把埃尔薇拉的话转化成优雅的新闻语言。真是蹊跷，真实生活竟然为我正在写的作品提供了确切的场景。我已不知我是谁，我在哪儿，是弗吉尼亚还是埃尔薇拉，在帕吉特家里还是外面。两天前的晚上，我们与苏珊·劳伦斯一起用餐。曼彻斯特大学的某位斯托克斯夫人也在那儿。"我丈夫很高兴于7月份授予你学位。"她开口说道，接着喋喋不休地说了一大堆如此这般的话。最后我只好鼓足勇气说："我不接受。"在那之后，内文森（以及伊夫琳·夏普）和苏珊·劳伦斯泛泛地争论了几句。她们一致表示，她们不愿接受国家授予的荣誉，但愿意接受授予的学位。她们使我觉得自己有点愚蠢、自大，或许我太极端了。可这些只是表面现象，没什么能诱惑我接受那种骗人的把戏。再说了，就算私下里想到这事，我也感觉不到一丝喜悦。我无比确信内莎和我一样都没有想要成名的意思，她和我一起去了，而且赞同我的观点，即追求荣誉对女性而言是件蠢事。现在得把那些温和婉转的信写出来：亲爱的校长——

3月28日，星期二

我已经把那些写得客客气气的信寄出去了。到目前为止，还没有也不可能收到任何回复。不，谢天谢地，我不必在7月中断我的小说创作，也不用顶个发髻，或戴个皮帽，把自己打扮得别别扭扭的。这是我见过的最美好的春天——温柔、和煦、明媚、湿润。

4月6日，星期四

唉，我太累了!《帕吉特家族》最后一部分的写作快把我榨干了。我已写到埃尔薇拉躺在床上——这情景在我脑了里转了好几个月，可我现在还不能写。它是作品的转折点，需要狠推一把，才能在铰链上转动起来。我思绪如潮，一如往常，我是否写得太快、太肤浅，空有表面的华丽？好吧，要是那样，表明我对它厌烦透了，所以没有仔细地咀嚼一遍。因此我得将它藏上一个月——也许等我们从意大利回来后再碰它，并且要评论一下戈德史密斯[2]，诸如此类。然后要紧紧地抓住它，利用6月至9月的时间把它完成。四个月时间应该足够把初稿写出来了——我认为总计该是10万字。我已经在五个月里完成了5万字，破纪录了。

4月13日，星期四

不妙，我这次写得太起劲，以至于把脑汁榨干了。头脑像个干巴巴的橙子，挤不出一点新意了。不过，我们今天会出门，我要晒晒太阳，随身只带几本书。不，今天不动笔，也不待客。我发在《泰晤士报文学副刊》上评论吉辛[3]的那篇文章被批评了，对此我必须做个回应。我确实找不到合适的话来反击——词不达意——就是这么个状态。写了三个月之后，我又回归了这种熟悉的状态，可那本书给我带来了多少欢乐啊！

4月25日，星期二

十天就这样结束了。我每天几乎都在忙着写戈德史密斯的评论，读戈德史密斯，诸如此类；但我写得不清不楚的——关于戈德史密斯的这篇以及其他写作都是如此。的确，此刻我应该去修改《爱犬富莱西》的校样，可我有些怀疑这本小书。不过，我正处于疑神疑鬼、心绪不宁的状态，下月5号星期五我们就要去锡耶纳了，因此我无法静下心来写一部关于永恒的作品。像往常一样，我想把自己沉浸在新事物中，彻底打破旧框架，去享受意大利之旅，感受阳光、休闲时光，以及随之而来的淡泊心境。我像是瓶子里冒出的一个大气泡，飘了起来……

还有我的《帕吉特家族》。我认为这真是部绝妙的作品。我必须大着胆子，放开手脚去写。我想把整个现代社会一点不落地描写出来，既有现实，也有想象。我的意思是，把两者结合起来，就像集《海浪》和《夜与日》于一体。这可能吗？目前我写了五万字的“真实”生活，接下来的五万字我必须做些评论了，只是天晓得该如何做——同时得保持情节发展的快节奏。埃尔薇拉这个人物是问题所在，也许她太抢眼了。必须将她置于事物的关系网中。如此一来，也就是通过对比，我认为我对现实和想象的描绘都将变得更出色。目前我觉得情节发展过于流畅自如，使得它给人一种生动却肤浅的感觉。我如何能做到深刻却不刻板？我倒挺喜欢琢磨这些问题的。不管怎么说，我已经做到了自然流畅，而且文风生动活泼。眼下它应该朝着无比丰富和深刻的方向发展。它将集讽刺、喜剧、诗歌和小说于一体，但要用什么形式才能把它们捏合在一起呢？我是否要引入一部戏剧、几封书信或几首诗歌？我想我开始对整体有些把握了。此书结尾处，平凡的日常生活才拉开序幕。它不屑于说教，而是试图囊括千千万万种观点，历史、政治、女权主义、艺术、文学之类的。总而言之，它将概括我所有的知识和感受，被我嘲笑和鄙视的，为我喜爱与推崇的，还有我所憎恨的，诸如此类。

4月28日，星期五

一则简单记事。昨晚我们下车之后就开始步行，去了海德公园的九曲湖。在这个夏夜，我们看见栗子尚在襁褓中，只露出尖尖的头，灰绿色的河流静静流淌，周围还有些别的景物。伦纳德突然走开了，随即我就看见肖迈着瘦弱的小腿，晃着白色的胡须，大步走过来。我们在围栏边交谈了十五分钟。他揣着胳膊，站得笔直，上身微微后倾，他的牙尖是金色的。他刚从牙医那儿回来，被这好天气"诱惑"来散步了。他非常友好。这可是他的诀窍，总让人以为他很喜欢对方。他滔滔不绝地谈了起来。"你要知道，坐飞机就像坐汽车一样——上下颠簸——我们越过了长城，它远远看去就是一个暗灰色物体。当然，热带是个好地方。人类始祖就住在那里。我们不过是些拙劣复制品。我发现中国人惊恐地望着我们，他们没想到我们竟然也是人类！当然，这次旅行花费了上千英镑，不过明眼看去，人们会认为我们连去汉普顿宫的票都买不起。许多老处女会未雨绸缪，给自己留一笔存款。噢，但大家对我的关注，实在热情得可怕。每到一个港口，我都会被噼里啪啦地采访一番。不幸的是，我接受了一个邀请。我发现自己站在一个大讲台上，整个大学的人都在下面围着我。他们大喊着热烈欢迎萧伯纳。于是我告诉他们，每个二十一岁的年轻人都必须成为一个革命者。当然，在那之后，警察拘押了他们中的几十个人。我想为《纽约先驱论坛报》写一篇文章，指出狄更斯多年前批评议会荒唐行径的事情。噢，我只能通过写作来忍受这段航程。我已经写了三四本书。我喜欢倾听大众的声音。书应该按磅卖。多漂亮的一条小狗啊。我是不是没眼色，一直缠着你，让你受冻了?”（他摸着我的胳膊说道。）两位男士停下脚步，站在小路上看我们。他又迈着他那瘦弱的小腿走了。我告诉伦纳德说肖喜欢我们。伦纳德却认为肖不喜欢任何人。五十年后他们会怎么评价肖呢？他说肖已经七十六岁，热带地区不适合肖的老身板。

昨天晚上——为了暂时逃避修改那本傻里傻气的《爱犬富莱西》——哦，它可真是浪费时间——我打算写写布鲁诺·瓦尔特[4]这个人。他是个皮肤黝黑的胖男人，一点都不聪明，也绝对不是什么“伟大的指挥家”。他有点像斯拉夫人，也有点像闪米特人。他简直是个疯子，也就是说，他身上仍带着他所谓的希特勒的“余毒”。“你不要想犹太人的事情，”他继续说道，“你必须关注这种可怕的零宽容统治。你必须考虑整个世界的情况。这很可怕，非常可怕。竟然有如此卑鄙、刻薄之人！我们的德国，我曾深爱的德国，吸收了我们的传统、我们的文化。现在我们却成了它的耻辱。”然后他告诉我们，说话一定得耳语，因为到处都有间谍。为了打电话，他不得不在莱比锡的旅馆窗口坐了一整天。到处都是巡逻的士兵，他们来来回回走个没完。而且，在打无线电话时，转接过程中还会播放军事音乐。可怕，真可怕！他将唯一的希望寄托在实行君主制的国家。他永远都不会回去了。他说自己所在的乐团已有一百五十年的历史，但其精神却是专制主义，这很可怕。我们必须联合起来。我们必须拒绝见任何德国人。我们必须批评他们是不人道的。我们要断绝同他们的贸易关系，丝毫不理会他们。我们必须让他们感到自己被抛弃了——不是借助武力，而是无视他们。然后，他转头就去听音乐了。他有一种强大的——天赋？这使得他能绘声绘色地描述自己的感受。也许他还会说，指挥家必须了解每个乐团成员。

5月9日，星期二，瑞昂莱潘

是的，我曾想描述一下那个人物，在维埃纳，我们用午餐的饭店里，一个女人坐在桌旁织一块极薄的亮绿色丝织物，她像命运女神那般技艺高超，丝毫不会伤及自己。她有一头亮丽的波浪卷发，眼神冷漠，没有什么能吓到她。她就坐在那儿织她的东西，人们不停地进进出出，她从不抬眼看，却又一切了然于胸，一点也不害怕，一点也不期待——真是个完美成熟的法国中产阶级女性。

昨晚在卡庞特拉看到一个小女佣，她有一双清澈纯真的眼睛，一头茂密的头发，还有一颗乌黑的龋齿。我觉得生活最终会把她压垮的。她大概只有十八岁，或者更小；忙得团团转，却没什么前途可言；生活贫穷，即使不软弱，也处处受压制——可她没有完全屈服，仍热切盼望出去旅行一番，开着小车走一走。唉，可惜我没有多少钱，她这样对我说，其实她那廉价的小袜子和小鞋子已经说明了这一点。唉，我多羡慕你啊，能够旅行。你喜欢卡庞特拉吗？这里总是刮大风。你还会来吗？是门铃响了，不用管它。到这儿来，看看这个。是的，我以前从未见过那样的稀罕物。啊，对了，她一向很喜欢英国人。（这里的“她”指另一个女佣，她的头发刺棱棱的，像立起来的仙人掌。）对，我一直喜欢英国人，她说道。那个古灵精怪但眼神真诚的小姑娘，就是长着一颗黑龋齿的小姑娘，想必会留在卡庞特拉？会结婚？也会变成一个皮肤黝黑、身材壮硕、坐在门边织东西的女人吗？不，我在她身上看到了悲剧的征兆，因为她太过机敏，而且觊觎我们的这辆兰彻斯特。

5月12日，星期五，比萨

是的，雪莱要比马克斯·比尔博姆更有眼光。他选择了一个港口，一个海湾。他家有个露台，玛丽就站在那儿眺望大海。风帆斜挂的小船在今天早晨开了进来，来到了这个多风的小镇，这里有高高的被漆成粉色和黄色的大房子。我想，这些房子基本还是老样子，它们久经风浪，面向宽阔的大海，唯有一座孤零零的房子最靠前，直接矗立在海边。我想雪莱曾在这海滩上闲坐、散步、嬉戏，而玛丽与威廉姆斯夫人就坐在露台上喝咖啡。我估计人们的穿着打扮和言谈举止并没有什么大的改变。总体而言，这个大人物的房子完好无损。那个词怎么说来着，充满了大海气息？今晚思路受阻，从比萨内特诺的这间卧房向外可以看到高高的天空，这里的大多数房间被法国游客占据。汽船从旁边驶过，泛起了常见的咖啡色泡沫。走在回廊上的时候，我感觉这才是真正的意大利，空气中弥漫着熟悉的灰尘味；大街上人群熙攘，人们都在——什么词来着？——我想有柱子的街道应该被称为拱廊。雪莱的屋子在海边候着，雪莱却没有回来，玛丽和威廉姆斯夫人站在露台上仔细眺望着，接着特里劳尼[5]从比萨赶了过来，在海滩上焚烧了雪莱的遗体：我在脑海中幻想出了这些场景。在过分明亮的天空的映衬下，眼前的大理石建筑泛着苍白的蓝色。那座斜塔真是斜得惊人。有个头戴假皮帽的乞丐站在教堂门口。神职人员走来走去。就是在这些回廊里，比萨墓园的回廊里，二十一年前伦纳德和我曾在此散步，并遇见了帕尔格雷夫一家，我当时试图藏到廊柱后面去。现在我们自己开车来了，而帕尔格雷夫一家呢，已经不在人世，或垂垂老矣。眼下我们总算离开了那个黑暗的乡村，那个地方像秃鹫的头颈一般光秃秃的，只零星地散落着一些红顶别墅。这就是我和维奥莱特·狄金森一起坐火车，然后换乘旅馆汽车游玩过的意大利。

5月13日，星期六，锡耶纳

今天，我们看到了最美丽的风景和那个忧郁的男人。这风景犹如一行天然的诗句；山坡轮廓清晰，漫山遍野都是鲜艳的红花和绿草；沟垄蜿蜒伸展，每一寸土地都长满了植物；古老而罕有人迹，说得对极了，简直是亘古不变。我到人群中探听此村叫什么名字。它一直以来被叫作[6]……那个蓝眼睛的女人说："你愿意来我家喝茶吗？"她渴望能与外人说说话。有四五个人围了上来，我以西塞罗式的修辞将乡村美景大大夸赞了一番。可我没钱旅行，她绞着手说。她的茅屋坐落在山坡上，我们不打算到她家里去了，于是跟她握了握手。她手上满是泥土，本不想同我握手的，可我们还是与她握了手。我真希望能去她家做客，那里能看见最美丽的风景。接着我们坐在河边吃了午饭，身边爬满了蚂蚁，然后我们就遇见了那个满脸忧郁的男人。他手里有五六条小鱼，都是徒手捉的。我们说这是个非常美丽的地方，但他不这么认为，他更喜欢城镇。他去过佛罗伦萨。是的，他不喜欢乡下。他想旅行，可是没钱。他在某个村子里工作过，但他不喜欢乡下。他用那温文尔雅的语气再三强调：这里没有戏院，没有电影院，只有自然之美。我给了他两支烟，一开始他拒绝了，接着又提出把他捉的小鱼送给我们。可我们在锡耶纳没法烧饭，我们说道。对，是这样，他同意我们的说法，之后我们就道别了。

做个笔记，写个日记，听起来很不错，但奈何写作是一门非常艰难的艺术。你总是要做选择。我现在睡意太浓，所以只能像抓沙子一样随便写点零碎的东西。写作可一点儿也不轻松。只是想着要写点什么，看似挺简单的，但想法很容易走丢，四处乱窜。我们正置身于喧嚣的锡耶纳——一座有着许多隧道和拱门的巨大石镇，到处都是成群结队的孩子，他们高声叫嚷着，打打闹闹。

5月14日，星期日

是的，我正草草翻阅亨利·詹姆斯的《圣泉》，这部作品大概最不宜在嘈杂环境里读——我坐在敞开的窗前，望着街上人头攒动——锡耶纳的人穿着灰色与粉色衣服走上大街，小汽车不停地按着喇叭。这些复杂难懂的线头串得有多好呢？我不喜欢——这就是我的回答。我偏要打乱。我只是认为，一位大师级作家最了不起的地方在于能硬起心肠打破自己的形式。亨利·詹姆斯的仿效者们一旦编出了句子，就都不具备突破的气力。詹姆斯有种地道的风格，就拿他的人物形象来说，都是他自己慢炖出来的，像是一种大杂烩。他的那种活力，地道的语言，他的节奏、力度、跃动变化，总让我耳目一新。这个时候，我总会问自己，一个没进过温室，也没见过兰花的人，怎么能编织出如此逼真的兰花之梦？噢，看看吧，这些有着浅色头发的爱德华时代的女士，还有这些衣着合身的“我亲爱的男士”！但与那个举止粗鲁的老家伙克里维[7]相比——伦纳德这会儿被跳蚤咬了一口——詹姆斯身材修长且身形矫健。难怪摄政公园的那帮人——散发着白兰地和肉骨头气味的那帮人，还有劳伦斯笔下的那些天鹅绒女士——他们的懒散、奢靡与粗俗，在詹氏的笔下反被描绘得光鲜亮丽。当然，雪莱、华兹华斯、柯勒律治的作品属于另一派别。但当克里维洋洋洒洒地描写这一切时，他笔下的世界与现实相差无几，那是一种周旋于白金汉宫、布赖顿以及女王独特的斜体风格之间的作品，写得太随意、太薄弱了。对这样的人而言，我们怎能奢望他有药可医呢？都是些无聊的达官贵族在那里眉目传情，饕餮一番；穷奢极侈，粉饰太平；这个公主，那个王子。我认为放荡和肥胖是18世纪的主要特征，而且这个特征竟如气球般膨胀，甚至开出花来。19世纪60年代显然更合我胃口。

5月15日，星期一

我应该可以完整地将它描述出来——我是指那片尖尖的青色小丘。那里有白色的牛群，一排排杨树和柏树，还有像音符一样起起伏伏的草地，整齐得如精雕细琢一般，绿油油一片，一直延伸到圣安蒂莫修道院，也就是我们今天的所到之处。一开始我们找不到路，就一个接一个地问那些在田间劳作的可爱农民，但他们中间没有谁去过距离他们四英里开外的地方，直到我们打听到采矿人那里，才有了眉目。可他不能同我们一道过去，他撂不下手里的活儿，因为检查员明天要来。他独自一人，孤孤单单，一整天都遇不到什么人搭话。这和修道院里年迈的玛丽亚境况相似。当时她带着我们进入那座巨大的光秃秃的石头建筑，而我从她的喃喃自语中察觉了这一情况；她一直咕哝着说个不停，谈到了英国人，说他们看上去很气派。她还问我：你是伯爵夫人吗？不过，她和我一样都不喜欢意大利的乡下。这里的人有些小家子气，皮相干瘪，个头像小蚱蜢，举手投足间透出一股穷绅士的味道。他们或悲戚，或睿智，或宽容，或幽默。我们还遇见了一个牵骡子的人。他任由那只骡子在路上撒欢。因为忌惮我们可能会非议，他们对我们还是很友好的，等我们走后，他们就要聚在一起谈论我们了。总是有一群又一群的温柔和善的男孩、女孩围着我们转，他们向我们挥手打招呼，或扶帽致意。除了我们，无人欣赏风景，今晚的尤根尼恩山，可谓一片煞白。不过也有一两处红艳艳的农场，在黑暗的深海里，浮动着几片小岛般的光亮，这是因为正下着绵密的阵雨。此外，农场四周环绕着带黑条纹的柏树，那样子像是皮草大衣的下摆。周围还有些杨树和几条小溪，在那里可以听见夜莺的歌声，闻到一阵阵突如其来的橙香。还有洁白如雪花石膏的牛群，它们的大鼻子下面挂着两大片像白皮革一样的嘴唇，它们周围空旷无垠，寂静冷清。那里看不见什么新房子，也没有什么小村庄，长期驻扎在那里的，只有葡萄园和橄榄树林。雨后的山丘成了淡蓝色的，在夜空下显得色泽鲜明且轮廓柔和。放眼望去，山丘绵延不绝。

5月19日，星期五，皮亚琴察

写下这个日期的同时，我不由得生出一种奇怪的感觉。或许我们会觉得，身处生活的迷局之中，若还能说出今天是什么日子，那么……这个省略号代表我正不知所云。不过，我们一整天都待在车里，从莱里奇出发，穿过亚平宁山脉；现在这里很冷，是那种阴冷，让人非常不舒服。我们来到一家带阁楼的大型意大利旅馆，这里的椅子很差劲，所以目前我们都是蹲着的。伦纳德蹲坐在他床边的硬椅子上，我蹲坐在床上，因为台灯被放在了我俩的中间，这样可以充分利用光线。伦纳德正给出版社写说明。我准备读哥尔多尼[8]。

莱里奇气候炎热，但天空湛蓝，我们得到了一个带阳台的房间。有些小姐和修道院嬷嬷——她们早就对生活失去了热情，竟能在一整顿饭的时间里都皱着眉头，脸上透出一股淡淡的悲伤。这种饭是为英国人安排的——鸦雀无声，大家的着装像是在温布尔登用星期日正餐那样。这里有一个退隐的英裔印度人，他带我们的图特谢小姐去散步；此人风度翩翩，容易害羞，而且很喜欢修道院的晚祷。图特谢小姐去了教堂，那里住着修士。还发生了些别的杂事，诸如此类。关于亚平宁山脉，我无话可说，只觉得那山顶像一把撑开的绿伞里子，山脊连着山脊，而云朵都聚集在伞柄的尖端处。之后我们到了帕尔马，那里天气炎热，乱石丛生，吵吵闹闹，商店里不出售地图。然后，我们沿着一条赛车道来到了皮亚琴察，此时我们意识到还有六分钟就要到晚上九点。旅途中的不适可见一斑——这是为了胜利和自由必须付出的代价。整日风尘仆仆，第二日继续赶路——恐怕要在深冷的小溪边，坐在草地上吃午饭了。过完这周，那种一会儿舒服一会儿又不舒服的日子就要结束了；旅行的热情和冲动也会结束，而任何约会、工作和生活习惯都不能让我再寻回这种感觉。不过，我们将带着比旅行热情更丰盈的收获重新回归生活。

5月21日，星期日

用写作来驱散困意，这是今晚的崇高使命。今晚我在德拉吉尼昂一家二等旅馆敞开窗子坐着，外面是悬铃木，还有一只模样寻常、啁啾啼鸣的小鸟——听上去像个平平无奇的小喇叭。在法国，星期日大家白天都开车出去玩，然后晚上回来睡觉。旅馆老板们个个酒足饭饱，几乎放不下手里的牌。不过格拉斯也太过热闹了——我们到地方已经很晚，随即又匆匆离开。我在翻看克里维的书，伦纳德在看《金枝》。我们都困了。这就是旅行的不便之处——总要度过几个明明很困，却无法安然入睡的旅馆之夜——只好坐在灯下的硬椅子上夜读。但我的内心蠢蠢欲动——明天动身去艾克斯，也就是快回家了。“家”成了磁石一样的存在，因为我在家总忍不住构思《帕吉特家族》，没了这种麻醉剂，我就无法继续生活——不过这是最怡人，却也最令人头痛的选择。我已经厌烦度假，想要回去工作了——我可真是不识好歹啊！但我也想去看看法布里亚附近的小山坡，还有锡耶纳附近的那些——仅此而已。至于黑黑绿绿、单调乏味的南部山丘，我并不感兴趣。我们今天在旺斯看到了可怜的劳伦斯，他已经化身为一块铺着彩色鹅卵石的墓碑，在一众雕花墓碑中间格外显眼。

5月23日，星期二

我方才暗自思索，若现在能写作，这些白纸就再合适不过了，不会太大，又不会太小。可我不想写，除非是图个新鲜。这就是我此刻的状态。我坐在伦纳德的床上，而他坐在唯一的扶手椅里。外面街道上的行人迈着嗒嗒的步子来来往往。此地是维埃纳[9]。这儿天气炎热，而且越来越热，我们目前要驾车穿过法国。今天是星期二，我们是上星期五启程的。这次突兀的旅行，还有这段让人不太适应的离家生活，就快结束了。我们持续前进——穿过艾克斯，穿过阿维尼翁，马不停蹄，经过了长满树叶的拱门，走过了光秃秃的沙地，路过了有城堡的灰黑色山丘，看过了葡萄园。伦纳德开车的时候，我在想帕吉特。当我们走到一片杨树林时，就下了车，在河边吃了午饭，接着继续赶路，然后我们在河边喝了杯茶，并且拿到一些信件。我们得知辛西娅·莫斯利夫人[10]去世了。试想一下当时的场景：死讯使我们惊愕，四周的热浪又让我们昏昏欲睡，于是我们决定留宿于此——邮政酒店。后来我们又读了一封信，得知图书协会可能会接受《爱犬富莱西》。我们就开始设想，若能因此得到一千或两千英镑，该如何利用这笔钱。我很好奇，这些正在喝咖啡的维埃纳小市民会用这笔钱做什么呢？眼前的这个女孩是打字员，另外两个年轻人是办公室职员。据我观察，不知为何，他们开始讨论里昂的酒店，而且他们中间没人能拿出一便士硬币；接着男士们都进了洗手间，从外面可以看见他们的腿。摩洛哥士兵穿上了他们的大斗篷；孩子们在打球，大人们在闲逛；周围所有的事物突然都变得如绘画般形象，似乎静止了一样，特别是腿——人们的腿呈现出怪异的姿态，比如正在酒店用餐的人们的腿。因为我们明天一早就要离开，此时气氛也怪异起来，我感到脑海中铺开了一幅维埃纳设计图，异常恢宏。此刻家在呼唤，自由在蔓延，不用再忍受行李的沉重——噢，还可以坐在扶手椅里，舒舒服服地阅读，而且不用担心矿泉水的问题，我们甚至可以用它来刷牙！

5月30日，星期二，塔维斯托克广场52号

是的，在所有事情中，度假归来无疑最令人头疼。我从未这样漫无目的过，也不曾如此郁郁寡欢。读不进去，不想写作，不能思考。生活没什么大的波折。过得还算惬意，但咖啡没有预想的好。我的大脑已进入休眠——事实上它丝毫无法驱动我下笔。现在我必须驱使它，也就是我的大脑机器，要让它步入正轨，要推它一把。天哪，昨天我费了多大力气，才让它又开始围绕戈德史密斯工作。成果就是那篇半成品。索尔兹伯里勋爵曾说，提前备好的演讲稿就像前一天吃剩的冷饭。我似乎看见我的稿纸上浮起了白色油脂。今天，它被暖热了一点——成了温暾的肉，一大块冷羊肉。现在我感到有点冷，还有点沉闷。是这样，不过我听到了时钟的嘀嗒声；虽然看不见，但我猜想我大脑的轮子刚刚开

始步入轨道运行。圣灵降临节，也就是星期一，我们会去蒙克屋，一所位于郊区的小房子——我们的蒙克屋。不行，我现在无法直视《帕吉特家族》。它就是个空蜗牛壳。我的大脑也空无一物，简直是块冷板子。不要紧。我终将全身心投入《帕吉特家族》的创作。现在，我要把心思放在这个意大利人身上——他叫什么来着？——哥尔多尼。我又勉强想出了几个动词。我突然想到，我的这种状态，抑郁时的状态，其实是大多数人的常态。

5月31日，星期三

我想我现在已经到了这样一个境地，可以一口气写四个月的《帕吉特家族》。噢，那将是一种宽慰，一种身体上的解脱！我似乎再也按捺不住，我的脑子总是备受煎熬，它对着一面白墙冲来撞去；我的意思是，它总想着《爱犬富莱西》和戈德史密斯，尤其是在我们驱车纵横意大利的时候。这样的话，明天，我可要一气呵成。如果笔下流出的只是废话呢？重点是要有冒险精神，大胆无畏，越过每一个可能出现的障碍。我也许可以将戏剧、诗歌、书信、对话全部吸收进来，必须创造出丰满的人物，而不是单调的扁平角色。不仅要有理论，还要有对话和争论。如何写对话将是一个问题。也就是如何用艺术形式表现睿智的辩论，以及如何通过艺术形式把阿诺德·贝内特那种平凡的生活轨迹展示出来。这些难题还得在以后的四个月里好好琢磨。此刻我还不知道自己有几分巧劲。经过四周（而非三周）的休假后，我全然迷失了方向，而且明天我们又要回罗德梅尔了。我必须用阅读把时间填满，我还不想定下心写作——好吧，眼下我得去默里那儿看一下我的衣服；埃塞尔从拐角处过来了，可她手里没有信；圣灵降临节后，工作又不正常了。昨天当我们驾车穿过里士满时，我想到我生命的构成真是玄秘而深奥，只有写作才能将它变成一个整体，而现在我已经忘却这玄秘深奥的东西。一簇簇杜鹃花恰似邱园的彩色玻璃堆。哦，焦虑啊；哦，七上八下的心。

我立刻被叫去为我们的德比抽奖活动抽签了。他们说今年没有看好的对象。

很好，开始写老帕吉特了；在我看来，噢，是该做个了断了。我是说，创作意味着艰辛的努力，意味着绝望。可当然喽，那天在罗德梅尔热得发昏时，我谈过各种事物之间的比例——我认为这想法与我在里士满时有过的那种深邃思想相当接近——调整至聚焦。对，比例是对的，虽然在最艰难的时刻我忍受着强烈的痛苦，就像今天早晨一样，我受着绝望的致命咬啮。哦，天哪，等到修改时我还得忍受一阵强烈（此处的形容词只是为了说明我无法形容）到不可名状的痛苦。我得把这一切，这所有的事情，不可胜数的事情，组合到一起。

7月10日，星期一

贝拉[11]来了，可她撞到了车窗上。她的鼻子割伤了，整个人陷入了昏沉沉的状态。我则处于“一种惯常的状态”——如此动荡，又如此猛烈——我在摄政公园里散步，内心极度痛苦，于是不得不像往常那样召唤我的同伴来帮我渡过难关，他们或多或少都帮过我。这则记录是用来证明我那种时好时坏的状态。许多类似的情形没有被记录下来，尽管我认为它们已经不像之前那般严重。不过这种感觉多么熟悉啊——迈着沉重的步子，内心承受着阴郁和痛苦的折磨，像往常一样，我渴望去死，而这一切只是因为听了两句无心之言。

7月20日，星期四

在一周写了寥寥几页之后，我再次处于创作《帕吉特家族》的汹涌冲动中。困难的是，得把馅儿裹在里面，我是指保持节奏并将意思表达出来。我认为——至少E. M.的场景是如此——这部作品变得越来越戏剧化。我想下面的部分该写得客观些，更有现实主义色彩，像简·奥斯丁那样，不停地把故事讲下去。

8月12日，星期六

送走内夫夫人后，我照常觉得累极了：先是颤抖，后来浑身抖个不停。我在床上躺了两天，但我敢说，实际只睡了七个小时，大部分时间都在无声的王国里遨游。这场病来得很突然——这些阵发性的精疲力竭到底是怎么回事？我走进屋写作，可甚至无法写出一个完整的句子，像是被什么东西给拖住了。我的潜意识里是不是有种怪异的力量在拉扯我？近来我在读法伯[12]对纽曼的分析，我将自己的情况与法伯所描述的精神崩溃做了对照，我身体内某些器官的罢工大概就是精神崩溃的前奏吧？也不尽然。因为我并未躲避什么。我渴望写作《帕吉特家族》。不，我认为努力生活在创作与现实两个领域里是一种严峻的考验。内夫之流竭力拽我离开写作世界，几乎把我搞垮了。当我全身心投入创作时，我只想散散步，与伦纳德一起自由自在地过着天真纯朴的生活，做些习以为常的事。但我不得不审慎而干练地同陌生人周旋，这就阻碍了我进入另一个世界，因而导致我精神崩溃。

8月16日，星期三

艾伦·科巴姆爵士不请自来，安杰莉卡和朱利安的陪伴，以及坐船这件事，导致我的头疼病又犯了，只能卧床不起。没能见到埃塞尔，但听到了她的说话声。今天早晨就这个话题写了6页纸，没去见伍尔夫那一大家子，跑到这儿[13]来揉搓我的《帕吉特家族》，心里想：噢，老天哪，我怎么才能将这些具体地表现出来呢？那将是多么艰苦的努力呀！没关系。我已经读完屠格涅夫的作品，现在想讨论一下作品的形式。（可我在头疼发作后，手抖得太厉害了，既不能准确地找到我想用的词，也不能好好握笔——我的习惯已被破坏。）

形式，可以被理解为一种环环相扣的匀称感。这样说部分行得通。屠格涅夫写完之后还要再修改，将无关紧要的细节删去。可陀思妥耶夫斯基会说，所有的事都利害攸关；只是陀氏的作品经不住再读一遍。甚至连莎翁的艺术形式也会因舞台而受到限制。（陀氏认为，人们必须为旧题材找到新的表现形式，不过我想来谈谈对形式的不同见解。）对一个场景而言，最重要的是将其精确呈现出来。但我们如何知道就是这种形式呢？我们如何断定陀氏的结构是比屠氏的更高明还是更糟糕？看来不是绝对的。屠氏的观点是，作家应选择最重要的东西并将其写出来，其余之事则交给读者；而陀氏尽可能为读者提供一切的帮助与暗示。屠氏减少了解读的可能。所以，评论家的痛点往往在于浅尝辄止，而作家实际上挖掘得更深刻。屠氏是为博扎洛夫记日记，以他的眼光看待每一件事；我们却只有区区 250 页内容可看。我们的评论只是对冰山尖顶的鸟瞰，其余部分还藏在水底下。或许我可以试试这种方法：文章可以写得更零散，文风则可以更激进。

8月24日，星期四

一周以前，准确地说是上星期五，我的脑子又好使了。我一头扎进了《帕吉特家族》，并决定在继续写作更多的场景之前，先提炼已完成的部分，把“赘肉”剔除。我还要重新安排第一部分的结构，这样整体才会连贯。现在死亡已在第一章中出现，我想将其篇幅减少一半；可目前这部作品有些空洞与突兀，而且显得非常急促和紧张。我刚刚结束了帕吉特夫人的生命，无法飞快冲到牛津去。实际上，我被迫卷入了那些小场景，就像身处生活中。我不能立马换上另一种情绪。在我看来，开头部分已经完全有了真实感。可以的话，在第二部分，我将有充分的理由引入诗歌。要是我还能从两个截然不同的角度来描述事件，倒是个相当有趣的实验。今天整个上午我都在读阿尔森尼·乌赛[14]的忏悔录，克莱夫昨天把它忘在这里了。书籍给我带来了多么巨大的欢愉啊！我走进屋就看到桌上堆满了书，我把它们一本本拿起来翻看一番，不甚满意。然后我情不自禁地拿起了这一本，想看个明白。我想我能快乐地在这儿住下去，并永远读下去。

9月2日，星期六

半夜三更时，我突然为《帕吉特家族》想了《时时刻刻》这个新名字。我认为后者更好些。它既能指明我的兴趣所在，又不用与《赫里斯传奇》或《福尔赛世家》争奇斗艳。我已经完成第一部分，我是指对第一部分的压缩。我想将埃莉诺的一天也压缩一下，然后呢？其余部分没有多少可压缩的余地。我想字数大概已缩至 8 万字，在我看来，还要写 4 万字。那么 8 万加上 4 万，就是 12 万。这样一来，这本书将是我所有作品中最长的一部——我想要比《夜与日》的篇幅还长。

9 月 26 日，星期二

为什么不挑一天时间来写个以克拉布为主题的幻想故事呢？也就是编一个具有自传色彩的幻想故事，做一次小小的传记实验。

我真想把我最强烈的创作想法记录下来，也就是进行一场灵魂之间的对话。可我却让它溜走了，为什么呢？我要喂金鱼，要看看新池塘，要玩草地滚球，所以现在什么也记不起来。我忘了它是关于什么的。或许是幸福。或许是完美的一天，也就是昨天，诸如此类。于是我直接开始了早晨的工作，先是给《新政治家》打电话，讨论如何修改《第十二夜》的评论文章，这里加个逗号，那里去掉分号……逗完小金鱼，我就来写日记了，而且还要写一写屠格涅夫。

10月2日，星期一

现在是10月份，我们明后天去参加黑斯廷斯会议，去薇塔家，然后回伦敦。我打开日记，想要在作品问世前对自己劝告一番。《爱犬富莱西》要在星期四问世，我想那类赞扬会弄得我很沮丧。他们会说作品非常“迷人”，构思精巧，典型的贵妇人作品，而且将很受大众欢迎。但我现在必须让这件事从我身边不知不觉地消失，不多看它一眼。我必须全神贯注于《帕吉特家族》或者说《时时刻刻》。我必须相信自己不是一个废话连篇的贵妇人似的作家；这一论断也并不属实。可他们都会这么说的，而且我到时会非常讨厌《爱犬富莱西》引起的轰动。不，我必须对自己说，这仅仅是一出儿戏，一层水汽罢了。我应该更勤勉、更热烈地写下去，毕竟我感觉自己比以前更能写了。

10月29日，星期日

不行，今天早晨我的脑子太累了，无法继续写鲍勃与埃尔薇拉——他们将在圣保罗大教堂前碰头。要是我能完整、心平气和又不知不觉地写出来就好了。最后一点很难做到，因为《爱犬富莱西》，还因为那些不断出现的中伤性评论——这一切让我保持着清醒的意识。昨天《格兰塔》杂志说我已经“死了”，说《奥兰多》、《海浪》和《爱犬富莱西》显示了一位颇有前途的大作家的死亡。这种批评就是小雨滴。我的意思是，这不过是某些年轻大学生怠慢人的小招数罢了，就像他们会把一只青蛙放在别人的床上一样。但紧接着大量书信涌来，还有人向我索取照片，这我就有点犯傻了，以讽刺口吻给《新政治家》写了封信——结果招来更多雨点般的指责。这个比喻表明，无动于衷的态度对一个写作的人来说有多么重要。但我得提醒自己，文学中的流行风尚是不可避免的，我们必须成长，必须改变。这也使我终于笃定了自己默默无闻的人生哲学。致《新政治家》的那封信多少让我在大众面前不加掩饰地表明了这样的观点。去年冬天得到的那个启示真令人不可思议！那是一种自由，让我发现拒绝西比尔的邀请其实并非难事，也让我活得更勇敢、更踏实。也许我不会变得“著名”或“伟大”，可我要继续冒险，继续改变，开阔眼界，拒绝被人践踏，拒绝墨守成规。重要的是释放自我，不受限地找到自己的空间。这仍是随便说说的话，可其中包含了许多道理。10月份糟糕得很，可如果连自己的人生信条都失去了，岂不更糟？

12月7日，星期四

我当时正穿过莱斯特广场，一个距离中国太过遥远的地方，然后看到了海报上的“著名小说家之死”。我先是想到了休·沃波尔，但海报是关于斯特拉·本森[15]的。我为什么要立刻写点什么呢？我不了解她，却很喜欢她：她漂亮的眼睛里透出一股坚毅；她声音微弱；她咳嗽了一下；她身上有一种受压迫感。在罗德梅尔时，她曾和我一起坐在阳台上。如今呢，时光飞逝，物是人非，我们本可以拥有一段友谊。我认为她值得信任，很有耐心，而且为人真诚；在那些难熬的夜晚，我们曾试图做一些更深入的探讨——如果仍有机会，我们肯定能讨论出个所以然来。我很庆幸，在她钻进小车前，我在门口把她拦住，我让她称呼我弗吉尼亚，还让她给我写信。她回答说“再乐意不过了”。可现在就好像是某种东西突然被扑灭——她就这样在中国去世了。我坐在这里，写着关于她的故事，感觉如此恍惚，却又如此真实，以后再也不会有这种感觉了。整个下午都让人无比悲哀，运送报刊的车子在国王大道上飞驰，报纸的标题就是“著名小说家之死”。她头脑聪慧，思想成熟，吃过许多苦，还受过压迫。她的死对我而言好似一种责备，就像凯瑟琳·曼斯菲尔德的死一样。我活着，她们却死了。为什么？为什么海报上没有我的名字？我感觉每个死者可能都要抗议：为什么他们的工作还没有完成，就突然离开了？斯特拉才四十一岁。我记得她说过“我打算把我的书寄给你”之类的话。她住在一个沉闷的小岛上，只能和上校们谈话。我有一种奇怪的感觉，每当一位像斯特拉·本森这样的作家去世，另一个人的生命就会受到影响。她的去世让《时时刻刻》黯然失色，连生命力也被削弱。我的文笔——我所表达之物——也因此变得暗淡无光。思考这东西就好似一张网，只有借助他人（比如她）的力量共同探索，才可能越织越大。眼下这张网奄奄一息了。

12 月 17 日，星期日

昨天我完成了《时时刻刻》的第四部分，所以今早就任性地沉浸在思考中。为了梳理我对战争的记忆，我读了些之前的日记。

注释

1 这篇日记实际写在 1932 年的日记本的末尾处。——伦纳德注

2 奥利弗·戈德史密斯（Oliver Goldsmith，1730—1774），英裔爱尔兰小说家、剧作家和诗人。

3 乔治·吉辛（George Gissing，1857—1903），英国小说家、散文家。

4 布鲁诺·瓦尔特（Bruno Walter，1876—1962），德裔美国指挥家、钢琴家和作曲家。1911 年，他成为奥地利公民，1938 年成为法国公民，最终在 1946 年成为美国公民。

5 爱德华·约翰·特里劳尼（Edward John Trelawny，1792—1881），英国传记作家、小说家和冒险家。他与雪莱和拜伦交好。1822 年 7 月 8 日，雪莱驾驶帆船“唐璜号”返回勒瑞奇途中遭遇风暴，不幸溺亡，其尸体数日后被冲上岸。特里劳尼同拜伦等人一起在海边将雪莱火葬。

6 手稿此处为空白。——伦纳德注

7 托马斯·克里维（Thomas Creevey，1768—1838），英国政治家、日记作家。

8 卡洛·哥尔多尼（Carlo Goldoni，1707—1793），意大利剧作家。

9 维埃纳（Vienne），法国中西部的一个省。

10 辛西娅·布兰奇·莫斯利（Cynthia Blanche Mosley，1898—1933），英国政治家，奥斯瓦尔德·莫斯利爵士的第一任夫人。

11 贝拉·悉尼·伍尔夫（Bella Sidney Woolf，1877—1960），伦纳德·伍尔夫的妹妹，她本人也是一位作家。

12 弗雷德里克·威廉·法伯（Frederick William Faber，1814—1863），英国 19 世纪著名的神学家。

13 这里指的是弗吉尼亚·伍尔夫位于蒙克屋花园尽头的工作室。——伦纳德注

14 阿尔森尼·乌赛（Arsène Houssaye，1815—1896），法国小说家、诗人、

评论家。

15 斯特拉·本森（Stella Benson，1892—1933），英国女权主义者、小说家、诗人和旅行作家，其后半生大部分时间在中国度过。

1934

1月16日，星期二

我让整段时间，也就是在蒙克屋的三个星期白白地溜走了，因为我在那里太幸福了，脑子里塞满了各种念头——又一次心潮澎湃地想着《帕吉特家族》或者说《时时刻刻》(让人惊奇的是，戈尔迪来信说《海浪》其实也是“时时刻刻”的产物，我自己竟没想到这一点)。也是就说，我没能写下一个字来送别过去的一年，没能谈谈凯恩斯一家或琼斯一家，也没能记录我如今去山丘散步的新进展，更没能提及我的阅读情况——晚间读马维尔的作品，还有一堆普通的文学糟粕。

2月18日，星期日

今天早晨又继续写《时时刻刻》了。三周前因头痛而搁笔，今天是星期日，接着往下写。现在我发现，搁上两三周后再写是再好不过的。它还没有变得生疏，还装在脑子里，我也还知道怎么修改。搁上六周就不行了，我会全部忘记——空袭时的谈话我已经不记得了——我们到处跑，太累了。现在我必须将那时的谈话拼凑起来，进入状态，接着写。我想在自己的周围营造一个神奇的世界，在那里安静而精神饱满地过上六个星期。老问题仍然存在，也就是如何调和两个世界。过分沉醉于梦幻世界可不太好，我必须将两者合二为一。

4月17日，星期二

从昨晚开始我就感到疲惫不堪，所以没能给那篇关于西克特[1]的文章再添一字，也没能完成《时时刻刻》最后几章的草稿。这是为在哈钦森家吃一顿着急忙慌的晚餐而付出的昂贵代价。急匆匆看了一场《麦克白》，然后跟托多·麦克那腾聊天，接着和弗雷德·勃洛克爵士谈论沙德勒之井剧院[2]的舞台。以下是关于莎士比亚的一点想法：

> 戏剧需要展示生活表象，因此它坚持一种小说所不必具备的真实，可它或许不该囿于表象，这样才能达到艺术高度。这让我琢磨起我自己的那套理论，即写作的不同层次以及如何将这些层次融于一体，因为我开始觉得融于一体很有必要。戏剧作家必然得处理其作品与生活的特殊关系，这一点对莎

翁的影响到底有多深？我想我可以利用这些思考来创立一种小说创作理论。无论成败，我都已经尝试了几次属于不同层次的写作。

5月9日，星期三

今天是5月9日，也是我们待在这里的最后一天，天气甚好。所以我们去沃里克郡转了转，可我一直在琢磨“独白”，而且我注意到自己不知怎的就被另一种风格影响了。沃里克此时最为迷人，绿树成荫，枝繁叶茂，有结实的黄色石屋，还有星星点点的伊丽莎白时代留下来的房子。这一路的风景很和谐地一直延伸到了埃文河畔的斯特拉特福。不管那些吹毛求疵者如何诋毁，这都是一座美丽但不扭捏的城市，融合了18世纪和其他时代的风格。莎士比亚花园里鲜花盛开。看守人说，当时莎翁就是在书房里面朝花园创作的《暴风雨》。也许真是这样。不管怎样，这是一所大房子，正对着那用灰色石块砌成的学校小教堂的大窗子。小教堂的钟声响起时，莎士比亚肯定听得到。我已竭力描述了这座光辉小城给我留下的奇特印象。是的——每一样东西似乎都在说，这儿就是莎士比亚的家。他在这儿散过步，坐过。可是你找不到他，看不到他具体的存在。他静静地，不在这儿——他出现了——倏然出现，又瞬间消失，他的灵魂围绕着我。是的，在花丛中，在陈旧的大厅里，但无法说出他准确的藏身之处。我们去了小教堂，那儿有他艳俗的半身塑像。但出乎我们意料的是，那条破旧简陋的水泥路转错了方向。善良的朋友，看在上帝的面上忍耐一下——莎翁似乎又充满在空气和阳光中，安详地微笑着；然而就在离我一英寸的地方放着他那些细小的遗骨。正是这些遗骨光芒四射，照耀着整个世界。正是这样。然而我们围着小教堂走了一圈，一切都很朴素且稍显破败，河流沿着光滑的石墙流淌着，旁边有一棵开满鲜花的树，青绿的草皮松软而泥泞，但边缘完好无损。还有两只毫不在意人群的天鹅。教堂、学校和居民的房屋都很宽敞，回音响亮，里里外外都很亮堂。是的，这是个让人难忘的地方。他还活在这里。那些细小的遗骨依旧躺在那里，想想看，它们的主人在创作《暴风雨》时曾俯瞰整座花园，这样的景致任谁不会思潮澎湃呢。毫无疑问，这所坚固的房子很舒服。毋庸置疑，他安详地看着地窖。几个散发着香水味的美国女孩和许多学舌者在莎士比亚的出生地听着老式留声机里的音乐，一个接一个地传颂着莎翁的生平。但难道不奇怪吗？新居的看守人认为，世人所知的莎士比亚的所有签名中只有一份是真的。那其他所有东西，如书籍、家具、照片等等，是否完全消失了？但我想莎士比亚一定为此而高兴，因为没什么能影响他的名声，而他的天赋从体内涌出之后仍留在那儿，留在了斯特拉特福。我想，此刻他们正在剧院里表演《皆大欢喜》。

愚笨的传记作家无法更佳地领略新居的活力与韵味，我认为我能感受到。因为看守人告诉我们，在莎士比亚的曾孙女去世后，有过一次拍卖活动。他说：为什么不能将那些散失的莎士比亚的东西收藏起来并让它们重见天日呢？此外，亨丽埃塔·玛丽亚，也就是查理一世的王后，曾来新居拜访过这位曾孙女（应该如此称呼吗？），这也证明了新居曾备受瞩目。他跟我们是这么说的，但我以前从未听说过这些。他说，那位盖斯凯尔牧师叫人把原来的房子，也就是穿过花园一直延伸至小教堂的房子给拆掉了，因为人们总想看看莎士比亚的居所，这让他不胜其扰。还有那间屋子（在窗子与墙之间），莎士比亚辞世前待的屋子。那里有棵桑树，据说是由长在莎翁窗外的桑树枝嫁接的。花园是开放的，里面有层层叠叠、竞相争艳的蓝色、黄色、白色的花朵，所以总有后人去那里走走、坐坐。

5月18日，星期五

把我的几篇写爱尔兰的文章塞进那本老书后，我就停笔了。我觉得浑身上下开始打哆嗦。我安慰自己，假期才刚结束，不会有什么事的，但其实我染上了流感。所以，我不得不放弃所有想法——一大堆有关帕吉特的构思，以及如何用一个艰难却伟大的结局来完结那本书的计划。这一切都被毁了，像被湿海绵彻底擦掉了一样。从我抱病卧床到今天，刚好一个星期，现在我们来蒙克屋过圣灵降临节了。更让人不可思议的是，我是用金色的沃特曼钢笔写下的这篇文章，而且我有点想换掉那支伍尔沃思钢笔。

今天阳光明媚，让人无比惬意。我想，啁啾啼鸣的小鸟是在自己的窝里唱歌的吧，树上也有呱呱叫的鸟儿。清晨，我躺在床上静静地听它们唱出一阵阵嘹亮而持久的歌声。我还听见伦纳德和珀西在花园里走动。周围很安静，让人觉得非常舒服，因为那个怨言不断的内莉终于被换掉了，哪怕是最简单的后勤工作，也用不着她了；现在当值的是梅布尔，她为人可靠，性格安静，肯为他人着想。是的，我们处得不错，彼此都感觉自在，喜欢宁静，能坦诚相待。啊，这简直让人如释重负！所以，要是我头脑清醒些，或许可以星期二就回去，然后连续工作三个月。不过，我还得再休养一两天。因为一次流感，我竟沦落到如此平凡、如此幻灭、如此没有志气的地步。我没想到会有朋友来看望我，更没想到我可以再次振作起来，连续地写几十个字。现在，我正逐渐找回人们赖以生存的自信、骄傲，还有幸福的幻觉。保持内心宁静、舒畅是康复的第一步，我可不能因为写作破坏了它。

5月22日，星期二

可算熬到了今天，星期二，在绝望而徒劳地划了一根火柴后，终于有一丝火光出现。噢，我觉得自己快被僵硬和虚无感淹没了。也许我有些状态不佳。这缘于我在流感刚好时立刻开始写第七部分，因而遇到了可怕的困难。埃尔薇拉同乔治，或是约翰，在她房间里谈话。虽然还要许久才能开始写这一场景，但我觉得今早已经找着了对的调子。我记下这一点是想提醒自己，眼下颇为要紧的是写得慢些，在思潮汹涌时应停顿下来，不要急着往前赶；可以躺在椅子里，让无声的潜意识世界变得热闹起来，不必急得嘴唇冒泡，不用着急。我的钱足以维持一年的生计，假设这本书明年6月出版，时间也够充裕了。最后几个章节必须相当丰富深厚，结构紧凑，所以我每天早晨都得仔细考虑整部作品，这样才能继续写下去。不必急着写，因为叙述部分已经完成。我想做的是扩充内容并夯实结构。最后一章的篇幅、重要性和容量必须与我的第一部作品相抗衡。在创作中，必须反映那部小说被遮没的一面。我认为我不会再改了。我要将茶会、死亡、牛津等所有这些都从记忆中如数召回。此书的成功取决于这部分的完成，所以必须悠着点儿，耐住性子，保养一下我那锈得相当厉害的大脑，而且要尽可能地让它放松，读些法文或做些别的事。

6月11日，星期一

现在看来，前一篇日记写得过于乐观了。因为自我回来不久，星期五那天就又开始发抖，身体疼痛，整个人僵硬得像根棍子；和伊丽莎白·鲍恩聊了一会儿，又烧到大约38.3摄氏度，躺在床上。还是因为流感。就这样，我又躺了一星期，准确地说，一直躺到上个星期日。之后，我们去了罗德梅尔，在那里我继续写这一章，而且忽然得了些灵感。然后，我们听了一部歌剧，夜莺在冬青树上歌唱，克丽丝特布尔[3]和奥拉夫·汉布罗先生讲了些关于女王与王子的故事。昨天还听了一场非常热烈的音乐会，所以我今天不能，对，今天不能写作。正如卡莱尔所言（用意大利语），“要耐心点”。不过，话说回来，正因为有了目标，在完成目标的整个过程中我都处于紧张的状态，但凡有一丁点不舒服，熬一会儿夜，或者某天太过劳累，都会一下子打消我写作的欲望，并将之前的努力付之一炬。我曾清晰地构想过，这一章的场景会非常复杂，一切都很鲜明，一切都有待描述，现在这种感觉又回来了，还是等到明天再写吧。

6月18日，星期一

今天很热，太热了，天气由阴转晴，所以茶歇之后，我就出门了。天气热得让人感觉整个世界都在闹旱灾。值得庆幸的是，《时时刻刻》里在闹洪水。不过，我还是写得很小心。我方才构思了雷和玛吉的那个场景。有迹象显示我的思想正变得活跃起来，比如我要辅导贾妮学法语，她预计下午五点钟过来。

7月27日，星期五

啊哈，了无生趣的一天总算过完了，晚饭后听罗德梅尔工党的代言人沃辛与费尔斯先生讲话，足足听了一个小时。现在我自由了，可以开始写最后一章了。承蒙上帝庇佑，我的创作之井满满的，各种念头不断冒出来。假如我能不受羁绊，自由而有力地写下去，我将全神贯注地写上两个月。奇怪的是，这种创造力仿佛令整个世界都变得井然有序了。我可以看到完整而协调的一天——甚至像今天早晨那样，在经历了长时间波动之后，我的大脑像发动的引擎一样，这种波动肯定是出于生理、心理与脑力的需要。天气很热，狂风大作——花园里的风极猛，7月间结的苹果全被刮到了草地上。我准备沉浸于一系列决然不同的想法中，尽可能打破原有套路，尝试每一种新方法。所有时间都被排得满满当当的，眼下我自然不能写日记、写信或看书了。也许鲍勃讲得很对，撇开别的不谈，他在诗中称我为幸运儿——我是说，幸运的是我的头脑还算善于表达；不对，我是说，幸运的是我已经将身体的各部分都调动起来——学会怎样彻底地宣泄——我的意思是，从某种程度上说，我强迫自己打破了所有套路，以期发现一种全新的生活方式，即将我所有的感受与想法表达出来的方式。当这种方式开始起作用时，我感觉全身都充满活力，无拘无束。可这需要持续的努力，需要一直操心，不停地督促自己。现在我正努力打破《海浪》的模式，并以全新的方式创作《时时刻刻》。

8月2日，星期四

我心里很放不下最后几个章节。是否写得过于尖刻且太像流水账了？篇幅也太长了，在写作过程中我的情绪总是忽高忽低。第一天还是快乐至极，第二天却无精打采。

8月7日，星期二

一个阴雨绵绵的银行假日。和凯恩斯喝茶。梅纳德前几天刚拔过牙，却仍能侃侃而谈。比如下面这段：

> 是的，我在美国待了三个星期。那里的天气简直不可思议。那里其实集结了所有气候的所有缺点。这也证实了我关于气候的观点。在美国，无人能创作出伟大的作品。人们整日汗流浃背，脸上脏兮兮的。黑夜和白天一样燥热。没人睡得着。由于气候原因，大家整日都在奔波。我待在那儿的时候，写文章都是直接口述。在我离开之前，一直都感觉还不错。“那么谈谈德国的政治吧。”他们在用自己的钱做些离奇事儿。我说不清到底是什么。可能是犹太人带走了他们的资本。让我算一下，如果有两千名犹太人，每个人拿走两千英镑——无论如何，他们反正付不起兰开夏郡的账单了。德国人总是从埃及购买棉花，然后在兰开夏郡纺纱；这只是一笔小数目，只花费了一百万的一半，他们已经付不起了。不过，他们一直在购买铜。为什么呢？毫无疑问是军备需要。这就是国际贸易的典型案例。两万人失去了工作。这背后自然有

些原因。金融危机的原因是什么？他们在犯傻。财政部管不了军事事务。

（听着他滔滔不绝，我却在琢磨要如何结束《时时刻刻》。我想要一个大合唱式的结尾，像一次总体声明，也像一首四声部乐曲。如何才能做到呢？一路狂奔之后，我现在几乎已经看见结尾：它的戏剧性逐渐增强。但要如何将口语的表达转为抒情文字，如何从特殊升华到一般呢？）

8月17日，星期五

不错，想必是经过了两个不眠之夜的折腾，今天一大清早起来之后，我脑子里突然产生一种冲动。我想我知道要如何给《时时刻刻》（或者叫《音乐》《黎明》，抑或别的什么名字）结尾了。埃尔薇拉走出屋子说："我干吗要把手帕打个结？"接着，所有铜币滚了一地——

结尾部分都是些对话——但不是戏剧式的。我现在草拟了一个提纲，准备让每个人都说些什么，并以楼下房间的晚宴来结束全书。我想八字已有一撇。估计此书若是用我自己裁的纸来写，足足能有850页，相当于常规纸的200多页，共17万字，而我要尽量把字数压缩到13万字。

8月21日，星期二

写《时时刻刻》使我意识到可以在一部作品中使用各种不同的形式。因此在下一部作品中，我可以集诗歌、写实、喜剧、戏剧、记叙以及心理描写等于一体。要写得短小精悍。这当然需要好好构思，可以就帕内尔一家写部戏剧，或者为帕内尔夫人做个小传。

8月30日，星期四

由于我一心想着最后的场景构思，现在连日记都不想写了，但这样又怎么可能静下心来读但丁呢？的确不可能。三天苦干之后回到这里，我整个人变得浮躁起来。今天罗布森来喝茶，明天伍尔夫一家又来了，没完没了……给埃尔薇拉编台词时，我又失误了……“你可知我整晚都握着什么？几个铜板。”

不管怎么说，我已经攒够力气，足以完成这一章。我敢说，只需两三周了。昨天，我在阿什汉姆和塔灵内维尔之间的山谷中发现了一条新的散步路线，还有一座农场。那个地方很不错，静悄悄的，背靠山峦。后来我沿着一条弯曲且开阔的灰色河流走了回来。我在河面上看见了鼠海豚，它们大口大口地换气。下雨了。雨滴将所有的肮脏都刷洗干净了。目之所及，竟不可思议地像是18世纪的风景，我心情舒畅，不再那么惦记威尔明顿了。

茶歇之后，下了一场大冰雹——像是白色的冰块，只是被打碎了。那一下下的抽打和鞭笞，让人感觉是大地在受罚。就这样断断续续地下了几次，我们当时在演奏勃拉姆斯，整个天空布满了乌云。这个夏天我压根没有收到任何来信。可我猜想，明年会有很多来信的。我其实并不介意。那天，确切来说，是昨天，我感觉自己非常有成就——我先是写作，接着散步，然后读书。我读了利森，他简直是个圣西蒙。我还读了亨利·詹姆斯的《贵妇画像》的序言，他的文笔精妙，但有一两处我觉得似曾相识。然后，我读了纪德的日记，笔墨之间皆是些让人咋舌的回忆——他那让人诧异的语调，同我不相上下。

9月2日，星期日

我觉得自己正处于前所未有的兴奋中，我在给此书（名为《黎明》?）作结。不过，我是否夸大其词或过于感情用事了呢?昨天我写得像一个——忘了那个词了，我双颊通红，手都发抖了。我正在写这一段场景：佩姬听着他们的谈话，突然叫了起来。正是这种爆发令我异常兴奋。或许是过于兴奋了。我无法轻易转动笔锋去写埃尔薇拉的那番话。

9月12日，星期三

罗杰星期日去世了。我们明日动身，要在一片茫然中去参加葬礼。我的头很懵，像块木头。伦纳德说女人爱哭，可我不知道为什么要哭——我通常是被内莎带着一起哭。我太笨了，什么也写不出，头脑仍旧不灵光。我想这是目前生活的贫乏以及面对诸事时产生的灰色心情所致。天气炎热，刮着阵风。我看什么都觉得了无生趣。此话绝不夸张，不过我想自己总会恢复的。事实上，我不时会有一种强烈的愿望，想去世界各地住一住，见见不同的人，多些创作，只是碍于时间有限，不能如此。我写不出给海伦的那封信，但我必须合上日记，暂且一试。

莫泊桑如此论作家（这一见解我无比赞同）：

> 他身上不存在简单的感情。他的所见，他的快乐，他的愉悦，他的痛苦，他的绝望，都自然地沦为观察的对象。他不顾一切，拼了命似的，无休止地分析心情、脸色、手势和语气。

我记得，母亲去世后，在她的病床前，斯特拉[4]带领我们转过脸偷偷地嘲笑那个放声大哭的护士。她是装的，十三岁的我这样说道。那个时候，我很怕自己情感匮乏，不够伤心。现在亦是如此。

莫泊桑如此论作家的秉性：

他不会像众生那般简单坦率又赤诚地感受痛苦，思考问题，热爱人事或品味情感，他的每一点快乐和每一次啜泣都伴随着自我剖析。

补记：莫泊桑《水上》，第116页。

9月15日，星期六

我很欣慰我们参加了星期四的葬礼。那一天，天气奇热，一切简单而庄重。只有音乐声。没人说一个字。我们坐在那敞开的通向花园的门前。罗杰定会喜欢这些鲜花和闲人的。他躺在那儿，身上盖着一块旧的红色织锦缎，旁边插着两枝由不同颜色组成的绚丽花枝。那给人一种强烈的感受，让人只想与自己的老朋友待在一起。我曾不时想起他，他体面、诚实、心胸宽广，有“一颗宽广而温柔的心”，个性成熟，喜欢音乐。有趣的是，在世时他活得丰富多彩，慷慨大方，充满了好奇心。这就是我那天的所思所想。

9月18日，星期二

今早我挺乐意写作的，因为这样我就不必承受说话的压力了。

继酷暑之后，今天天气阴冷。眼下我们的格雷厄姆，正与伍尔夫女士一起待着。接下来，或许我会自己静静地待一会儿。书的结尾怎么样了？噢，要是能结尾就好了！我感觉距离结束仍有一大段距离——太遥远——离得相当远，我都写烦了。

我曾想描述一下参加罗杰葬礼时的那种强烈感受。可我当然做不到。我是指人类共有的感受；我们所有人如何与自己的头脑争斗，如何为爱而奋争，等等，而且我们最终必定屈服。征服者，那股来自客观世界的力量变得如此清晰，毫不留情。我们却如此渺小，如此纤弱。随后，一种恐惧涌上心头，一种对死亡的恐惧。当然我也会躺在那儿，躺在那个大门前，滑落下去，这个想法使我感到害怕。可为什么呢？我的意思是，既然罗杰也会死，那么这永无休止的争斗——与我们自己的头脑争斗，为爱情而与别人争斗——就显得毫无意义。

好在后来，也就是今天，一个星期四（等到明天，罗杰的葬礼就过去一周了）[5]，新的念头开始打转，我再次进入了由写作带来的超越时间和死亡的兴奋状态。而且据我所知，这并非不切实际的幻觉。当然，我强烈地感到，罗杰会举双手赞扬我这般扬扬自得；而且不管这无形的力量干了些什么，我们最终能超越它。海伦的那封信写得很好。今天我们要去沃辛——

9月30日，星期日

那本无名之作的最后几个词在十分钟前写完。我心中相当平静，它共有200页，伦纳德说有20万字。老天哪！那将意味着多大的修改量呀！但我总算含辛茹苦地写完最后一行并就此打住，虽然大多数内容还是会被删去。不管怎样，结构在那儿了。一共花了不到两年的时间：的确缺了几个月。其间我还写了《爱犬富莱西》，所以这部作品要比我的其他作品写得都快。描写对作品的流畅起了很大作用。我想说——我是否总这样说？——这部作品让我感受到了更强烈的兴奋。我认为这种感觉不同以往，因为我写得更普遍，也更客观。它没有"漂亮的语言"；对话平实直白；尽管没有一种情感在急切地涌动，但需要更多的情感同时处于运转状态，因而更有张力。结尾时，没有泪水，没有陶醉，只有平静与豁达，至少我希望是这样。不管怎样，即使明天我就去世了，我的作品也已完成。我的状态极佳，明天可以修改结尾部分。不过，我不认为我的状态好到足以开始"编排新故事"。这就是压力，来自创作的压力。最后20页差强人意。有太多零碎的地方需要修改完善。至于整部作品如何，我不甚清楚——

10月2日，星期二

是的，我的脑袋不允许我大获全胜或沾沾自喜。它总是给我使绊子。昨天早上，久违的阳光照进屋里，紧接着，我的眼睛就被刺痛了，是那种无比尖锐的疼痛。于是我只能坐着，无所事事，等着喝茶。我没能去散步，丝毫感觉不到胜利或解脱的喜悦。为了表示祝贺，伦纳德送给我一个小小的旅行装墨盒。我希望自己能给新书想出个名字来。要叫《儿子与女儿》吗？或许太老气了。要完成最后一章，还得下很大的功夫，所以我打算，用某些圈子里的行话来讲，我希望 d.v.[6]，即“人随天愿”，明天就开始改，趁这团腻子还算软乎。

夏天就这样结束了。一直到9月9日之前，这里都还是夏天的景象，我记得内莎曾越过阳台声音嘹亮地呼唤我。那个生机勃勃且让人开怀的夏天，已经逝去。哦，真怀念那些开心的夏日漫步时光！我从未感受过这样的快乐。非常有趣的是，考珀·波伊斯[7]也有过同感。整个人恍恍惚惚，像是在空气中游走、飞翔；全身充满了丰富的情感和绝妙的想法；看着绵绵起伏的山坡、悠悠的山路和明暗渐变的颜色，只觉得新鲜有趣；所有这些最终汇成了一种如纸般轻薄却让人备感恬静美好的幸福。的确，我通常只记录最快乐的瞬间，而且经常夸大其词。天哪，我写了好多页的《儿子与女儿》，或许应该叫它《女儿与儿子》，这样就可以把它同《儿子与情人》或《妻子与女儿》这样的作品区分开——先是爬到山坡顶部，然后下到山谷中，都让我感觉很兴奋，于是一直喋喋不休。唉，就是建筑物太密集了。听闻小道消息，克里斯蒂和灵默建筑公司要买下博滕的农场搞房屋开发。星期日，在走去刘易斯的路上，我不禁看着那些汽车和别墅发愁。我又新发现了一条幽深的农场小道，还有去皮丁霍的小路。在那里，可以看见银灰相间的河流，波光粼粼的，如此富于变化，甚是可爱。还有轮船——伦敦赛维客——正往下游驶去，锁桥也被打开。可以欣赏夜色下的蘑菇和花园。还可以观赏月亮：有时它像一只垂死的海豚的眼睛；有时它是红橙色，象征着收获；有时它像钢刀一样寒气逼人，有时又像羊脂玉般晶莹剔透；有时它冲上云霄，悬在空中，有时又挂在树枝之间。现在已是10月份，浓厚湿润的大雾已至，而且越来越厚，越来越糊。上个星期日，邦尼和朱利安来做客了。

已读或在读的书目整理：

莎士比亚：《特洛伊罗斯》《伯里克利》《驯悍记》《辛白林》

零星地阅读：莫泊桑、德·维尼、圣西门、纪德的作品

图书馆书籍：波伊斯、韦尔斯、布鲁克夫人、艾丽斯·詹姆斯的作品，以及博纳米·多布里的散文

此外还有许多手稿，但没有一本值得珍藏

10月4日，星期四

一阵暴雨落在池塘。池面顿时布满了白色的小刺，一个个上

下涌动着。那层跳动的白刺，像小豪猪身上鼓起的小刺，或者说刚毛。黑色的波浪打了过来，把池塘一分为二，接着池面浮起了黑色的涟漪，映照着白色的小水刺。一场突如其来的大雨，在榆树上弹起又落下。池塘一边的水已经溢出来了；百合叶子正互相拉扯；红色的小花四处飘散；一片叶子正拍打着水面；然后，有那么一瞬间，池面突然变得光滑平静了，但不久又长满了刺，是像玻璃碴一样的硬刺。它们不停地上下跳跃，猛烈抽打着池面上的树影。现在阳光出来了，照耀着红花绿草，看上去一片闪闪发光。池塘显示出鼠尾草般的深绿，草地则晶莹碧绿。树篱上挂了些红色的浆果，牛儿看上去白白胖胖，阿什汉姆的天空迎来了一抹紫色晚霞。

10月11日，星期四

一则简单记事。今天的《泰晤士报文学副刊》赫然为《没有艺术的人》打广告，后者是温德姆·路易斯的杰作。其中一些章节谈论了艾略特、福克纳、海明威、弗吉尼亚·伍尔夫等人。现在我有理由，同时也是本能地感到这是对我的攻击。我在大庭广众之下被批得体无完肤；在牛津、剑桥，以及其他年轻人争相传阅路易斯的地方，我什么都不是。我的第一反应是别去碰它，所以好吧，我翻开济慈的书，找到这样一段话："毁或者誉对一个热爱抽象之美的人来说，只有暂时的影响，而他自己才是那个苛刻的批评者。我的自我评论给我带来的痛苦远胜于布莱克伍德或《评论季刊》所能施加于我的痛苦……这只是暂时的，小事一桩——我认为我身后能跻身英国诗人之列，甚至就目前来看，《评论季刊》想让我身败名裂的努力反而令我在公众中更加瞩目。”

那么，我是否以为自己在身后可以跻身英国小说家之列？我几乎从未想过这个问题。那我为何刻意逃避读路易斯的文章呢？我为何如此敏感？我想这是虚荣心作祟。一想到被人嘲笑，一想到A君、B君或C君因为听到弗吉尼亚·伍尔夫被说得一钱不值而满面生辉，我心里就不舒服。此文还同时给更多的批评鼓了劲，或许是我对自己的才干没有把握。不过，我对自己的了解远远超出我对路易斯的了解。不管怎样，我打算继续写下去。我想做的是，滴水不漏地将他人谈话和评论中对我的指责收集起来，以便一年之后，在我的作品正式出版后再去读。我已经习惯这种谩骂，而且已经恢复平静，我挺直腰背，我是为了写作而写作，诸如此类。但接着，我心里生出一种不可思议的感觉，挨了批评反而高兴——高兴自己终于也成了一个人物，成了一个殉道者……

10月14日，星期日

我的大麻烦在于，《帕吉特家族》耗尽了我脑子里的每一盎司创作细胞。倒没有头痛（不过埃利称之为周期性偏头痛，她昨天来探访了积劳成疾的伦纳德）。可我无法让自己振作起来。我的确为那个浪漫爱情章节做好了准备，可是我下不了笔。今天早晨我很为路易斯的批评而伤心，他将《贝内特先生与布朗夫人》大大取笑了一番，而且把我叫作窥探者，而非旁观者，还说我本质上是个假正经，但仍算得上是在世的四位艺术家之一。这就是我收集到的批评所表达的意思：（哦，他们小瞧了我，伊迪丝·西特韦尔[8]这样说道）。唉，这些刺耳的话钻进我心头，并且咬了我一口。我现在（十二点半）感觉好多了。是的，我想疼痛正逐渐消失。只是我还是无法写作。我的脑袋何时恢复状态？大概十天后吧。不过我现在能阅读了。昨晚我又开始读《四季》[9]，好吧，刚才我其实想说，很高兴我不必写作而且也写不出，这是因为受人攻击的危害在于人会迅速做出回应，这种回应极具毁灭性。我是说，这种毁灭性体现在我对《帕吉特家族》做出了相应调整，想着要给路易斯的评论来个当头一棒。我认为两年前我所得到的启示现在仍然稳稳地支撑着我，要去冒险，去发现，不许刻板、做作；游刃有余地写，如实地反映真相。若路易斯的文章确有可信之处，那就面对。好啦，我承认我矫揉造作，我窥视别人。那又如何呢？我要活得更大胆，但他们不要以为这样就能把我的写作逼向其他的这个或那个方向。没人能做到。还有一点很奇怪，挨了批评我却很高兴，感觉不再被人纠缠，可以湮没无闻，而这同样令我高兴，使我受益。

10月16日，星期二

今天我感觉已无大碍。也就是说，这个“路易斯病症”只持续了两天。这要归功于老埃塞尔昨天对我浮夸的吹捧和鼓动，我买了一件上衣，而且晚饭过后，我很快就入睡了。

今早写得不错。

我太困了。是因为上了年纪吗？总是昏昏欲睡，而且心情低落。这本书就这么写完了。我查看了自己之前的日记——写日记的益处就在于此——我发现在写完《海浪》之后，甚至在写完《到灯塔去》之后，我都处于同样的苦闷之中。我记得，在那段时间，我比1913年以来的任何时候都更强烈地想要自杀。不过这也在情理之中。目前我已经马不停蹄地写了三个月——我写得非常起劲儿，而且忍不住写起了文章——好吧，文章还是先搁置——在首次迎来神圣的解脱之际，自然会生出可怕的无所事事的感觉。再没什么可写了，那些人，那些想法，那些压力，总之，在我脑子里转来转去的整个生活，都被我写完了。只有我的脑子还在工作，它霸占了我的闲暇时光。想想看，我过去一直过着单调的静坐生活——一心扑在我的写作上。嗯，那么接下来的两三个星期，甚至四个星期，除了自娱自乐，我无事可做。我不想把书再读一遍，也不想惦记它。这一次，罗杰的事情让我感到从未有过的伤心。昨天内莎过来喝茶。是的，罗杰之死要比利顿之死更让人难过。我想知道为什么。面前墙壁惨白，周围死一般静默，人的心里空空的。看看吧，他的影响有多大！

10月29日，星期一

在读《安提戈涅》。我仍深深折服于其魅力——希腊文学，具有一种不同于任何其他文学的情感。我认为我还要读一读普罗提诺、希罗多德与荷马。

11月1日，星期四

昨晚和克莱夫一起吃饭时，我突然就来了灵感。我还同奥尔德斯·赫胥黎以及肯尼思·克拉克夫妇交谈了一番。

关于罗杰的生平，为了展现他人生的各个阶段，我认为应该由不同的人分工来写：

> 青年时期，作者是马格丽[10]。
>
> 剑桥大学读书时期，作者是韦德？
>
> 早期的伦敦生活……作者是克莱夫、西克特。
>
> 布卢姆斯伯里时期，作者是德斯蒙德、弗吉尼亚·伍尔夫。
>
> 后期生活，作者是朱利安、布伦特、赫德以及其他人。

这些安排需要由我和德斯蒙德一起向大家说明。就小说而言，它是由不同层次构成的，有上层和下层之分。这种想法并不陌生，我在写《帕吉特家族》的时候就多少尝试过。但我想将它更具体地应用出来，尤其是考虑到我眼下正在写批评文章。我要试图说明大脑在思考时如何自然遵循这一规则，而文学作品的创作又如何印证了这一点。

眼下我得准备写传记，还有自传。

11月2日，星期五

打了麻醉剂，拔了两颗牙，所以我现在写的东西并不能当真。我用了一支新笔来写字。就像我的牙龈一样，我的大脑也有点僵住了。我的牙齿变得像老树根一样脆弱。一颗牙齿裂了，我却几乎没有感觉。我那被冻结的大脑想起了奥尔德斯和克拉克夫妇，这让我隐约有了写传记的想法。我还想到那些评论我的文章——现在不能直视它们——今天虽然寒冷，但还算晴朗。

我上楼去冲洗我流血的牙龈——可卡因持续了半个小时，之后牙龈神经开始复苏——我打开《旁观者》杂志，又读到了路易斯对我的评价。在回答斯彭德的问题时，这位人物说道，“我没什么恶意。但有几个人将伍尔夫女士称为费利西娅·赫门兹”。在我看来，说这话的人无疑又在用猫爪子挠人了，这位继续轻描淡写地说——“我可没有这样称呼她，是别人”。他们在下一页对西克特的评价也流露出一种傲然姿态。好吧，伦纳德说了，如果我介意这种评价，那是我自己不够坦荡。这话不假，但我还是介意了十分钟。我介意我再次被推到聚光灯之下，尤其是在我已经渐渐地被大众遗忘的时候。我必须拉自己一把。我想这种伤害对我的影响不会超过两天。我觉得，到星期一的时候，我就可以摆脱它的影响。不过，这一切是多么烦人啊。他们对我发动了多少次突如其来的无厘头抨击啊。但转念一想，即使我再差劲，被人说成是名不见经传的小作家，我也是真心喜欢写作的。我认为我是一个诚实的观察者。因此，无论我写得好还是差，这个世界都会继续为我提供乐趣。此外，我要怎样才能在路易斯对我的批评和叶芝对我的赞赏之间找个平衡点呢？而且戈尔迪和摩根也对我赞赏有加。如果我真的是个无名之辈，他们难道不会指出来吗？两点左右，我感到自己浑身上下充满了一股强大的力量（盲目且自信）。我还有伦纳德，我手边就是他写的书，我们一起生活。我是自由的，现在，我也不用过于发愁钱的事情了。而且……只要我能够暂且摆脱这种自我意识，不去理会那些对我的评论，忘掉我的名声，无视我的地位日益下降的处境——我注定要沦落至此，而且未来八九年会一直沦落下去——我就是一个正常的我，头脑敏捷，兴致勃勃，幽默风趣，情感丰富。真奇怪，声誉起起伏伏，却让人觉得如此虚无，若与《信使报》上的美国人做个对比……不，老天哪，还是不要对比了。赞美也好，指责也罢，任它沉浮，我只管静静地走好我的小路。我要关爱别人。我要无拘无束地飞翔，生活如此，做其他事情也是如此。

我认为这一番言论句句在理。我已经忘记那件事了，都结束了。

眼下最要紧的是罗杰生平的编写工作。海伦[11]来了，她说她和马格丽都非常乐意参与其中。所以我很期待。我个人有什么想法吗？如果我能抽出身来，这简直是一次涉足传记的好机会，一次绝佳的机会。虽然困难重重，但总比到处找话题写容易得多。可前提是，我能抽出身来。

11月14日，星期三

此刻是11月15日，星期四上午十点半，我准备开始重读《帕吉特家族》并做修改。这简直是个可怕的时刻。

十二点四十五分。好吧，再可怕我也努力尝试了，现在已经开始《帕吉特家族》的修改工作。天哪，天哪！每天改十页，需改九十天，也就是足足三个月。关键是得压缩，每一场面都自成一景，相当戏剧化，反差极大。每一场景都得精心选择一个主旨，还有些场景得写得简要一些。不管怎样，这部小说起码宣泄了常在我心中汹涌的思绪，它证明只有创作才能带来平衡。现在我很讨厌它，看见它就烦，必须压缩庞大的主干；我又要聚精会神地耗费我的聪明才智了。所有的苍蝇呀、跳蚤呀，都被抛在脑后了。

补充一点。我因为这部糟糕的作品甚感绝望，想不到我竟写出了这等货色，当时还写得那么富有激情。这是昨天的事。今天我又以为它很不错了。我记下这一点是为了劝慰在创作其他作品的自己：事情就是这样，大起大落，起伏不定——天晓得怎么回事。

11月21日，星期三

上星期日马格丽·弗莱过来喝茶。我们就罗杰的那本书争论了许久，却没什么定论。她希望我写得深入一些，再添些章节，争取可以面面俱到。我说，好吧，但这样的书是很难读的。她又说，哎呀，我当然希望你能自由发挥了。我说，我理应对他的生活做点评价。她回答，是说他的家庭生活吗？……确实，但我恐怕得提醒你要谨慎一些。讨论的结果就是，她需要给《新政治家》写信，要求对方提供一些信件，而我则负责阅读这些信件，然后我们再做讨论。所以我觉得，这得拖上好几个月了。我打算先改我的《帕吉特家族》，同时读些罗杰的文章，这样到明年10月份，我就可以动笔写了，当然，前提是那个时候已有定论。但谁说得准呢？

12月2日，星期日

这难道不是很奇怪吗？前些天，我修改完《帕吉特家族》之后，苦恼得压根读不进去但丁。近来，我又发觉他的作品非常崇高且有益，将我从喋喋不休的文字中拉了出来。今天（修改小屋那个场景）我太兴奋了。在今天的我看来，这本书绝对是一本好书。我这次又写得太起劲了。不过，等写完葬礼那个场景，我就停下来，让大脑平静一下。也就是说，我要写那个庆祝圣诞节的剧本了：《淡水》[12]是一出喜剧，要讲一个笑话。之后，我需要整理一下我的当代批评文章，然后想想要写点什么。戴维·塞西尔论小说的书，是一本适合普通读者的好书，只是不适合作家；书里的内容太肤浅，但以外行人的眼光来看，不乏一些亮点。然而，我已经腻烦了这种批评。他还经常失误，在我看来，他误读了休·沃波尔，而且总是刻意追求深刻。我们——布卢姆斯伯里团体——已经解散，乔德也这么认为。我冲他打了个赞同的响指。利顿和我是导致这个团体散伙的始作俑者。今早下着雨，可怜的弗朗西斯[13]躺在罗素广场一家酒店的卧室里。我去看望他，和他坐了一会儿。他孤身一人，额头上鼓起一个大包。他很清楚自己的处境：要么可能在下一次手术中死去；要么就这样慢慢僵化，直至完全瘫痪。他也有可能失去意识。这一切他都心知肚明，我们开着玩笑，彼此心照不宣。有一两次他都差点不行了。眼下我承受不了这种打击——尤其是在罗杰去世之后，我无法再面对死亡。我很害怕这种感觉。我吻了他。他说："这是第一次，你给了我一个纯洁之吻。"于是我又吻了他一下。我想，我决不能哭出来，于是同他告别了。

12月18日，星期二

昨天我与弗朗西斯谈了一会儿。他已生命垂危，但对此却毫不害怕，只是表情与往日大不相同。他不抱希望了。这个男人每小时都在问他还有多久可活，一心想要做个了结。他和往日一样，没有偏离话题，没有胡言乱语。真是雅典人民的骄傲，正如伦纳德所言，这个人值得被永远铭记。我们走回家，庆幸自己还活着，虽然不知怎的活得有些麻木。我的想象力在这种主题上失灵了。躺在那儿等待死亡，该是哪般滋味呢？死亡真是既古怪又陌生。我写得很匆忙，因为要在这个风和日丽的日子去参加安杰莉卡的音乐会。

12月30日，星期日

我忘了带日记本，所以现在只能用零散的纸片做替补。一年就这样过去了，讨厌的恶狗在狂吠，我坐在新落成的屋子里，要说时间，现在是下午三点十分，下着雨，小母牛犯了坐骨神经痛。我们打算带它去刘易斯，然后乘火车去伦敦。之后，我们要在查尔斯顿喝茶，剧目演完之后，就在那里用餐。我敢说，今年的圣诞节是有史以来最潮湿的，而且越来越潮湿。也就只有昨天，我设法像幽灵一般去农场散步了。祈祷圣诞节过后别再下雨了。埃默里女士的狗此时又在狂吠。

愚蠢的我竟然没带任何本子过来，尤其是考虑到每天早晨修改完《帕吉特家族》之后，我都能积攒满满一脑袋的想法。要是能写一写，定会很有趣。我的修改工作正大刀阔斧地进行着。我认为各个场景必须竭力压缩，不能像现在这样松散。然后修改戏剧性情节，接着是叙述部分。让一种韵律与节奏贯彻始终。这部作品起码容纳了不同文体，我想可以将其命名为《寻常百姓》。我基本上完成了第一场景，也就是玛吉与萨拉在卧室这一场景的修改。我那时写得多投入呀！可现在初稿中的文字几乎一行也没留下。尽管如此，我还是认为我捕捉到了其精华。抓住它之前，我已经写了大约六十页。回头再看时，我竟发现它好似一只在枝头轻盈跳跃的金丝雀。我想通过对话把萨拉和玛吉塑造成果敢的人物。随后我要继续修改马丁看望埃莉诺那部分，接着修改以国王之死告终的那漫长的一天。我费力地改了八九十页，虽然这在很大程度上归功于标页码时出了错。

已是年末，弗朗西斯现躺在科灵厄姆的疗养院里与死神讨价还价。我能看到他的表情，他好像正忍受着一种特殊的孤寂与忧伤。他在忍受自己的死亡——想想吧，孤零零地躺在那儿，面对死亡，心里却燃着炽烈的求生欲。“《新政治家》将成为迄今为止最好的一份报纸，对吗？”“可他已经不在人世了。”谈及布里姆利·约翰逊时，他这么说道，语气不乏酸楚。他的每一句话都让人感觉不太对劲。

我们还在这儿，为腿脚受伤的小母牛以及讨厌的狗吠而焦躁不安。但我想我依然很快乐，头脑中装着各种想法。伦纳德花了一个上午写完《骗局》，在他写作时，我们那只狨猴在椅子堆里爬上爬下，还过去拨弄他的脑袋。

罗杰已不在人世。我是否需要写写他？拨弄余烬——我的意思是，我希望能拨出一盆熊熊大火。需要为冒雨上路做准备了。那狗仍在不依不饶地叫唤。

注释

1 沃尔特·理查德·西克特（Walter Richard Sickert，1860—1942），德裔英国画家。

2 伦敦知名剧场，位于伦敦市伊斯灵顿区。

3 克丽丝特布尔·玛丽·梅尔维尔（Christabel Mary Melville，1890—1974），第二代阿伯康韦男爵的妻子。

4 斯特拉·达克沃思（Stella Duckworth，1869—1897），弗吉尼亚·伍尔夫同母异父的姐姐。这里，伍尔夫在回忆母亲于 1895 年去世时的场景，斯特拉时年 26 岁。

5 此处或许是弗吉尼亚·伍尔夫于 9 月 20 日星期四补记的一句。这样按照她的算法，第二天，也就是 9 月 21 日，距离罗杰的葬礼（9 月 13 日）刚好过去了一周。但也有可能是她记错了日期，误将星期二当作星期四。

6 这里指的是拉丁语 Deo Volente，一个宗教用语，表示顺从上帝的旨意。

7 约翰·考珀·波伊斯（John Cowper Powys，1872—1963），英国小说家、哲学家、诗人。

8 伊迪丝·路易莎·西特韦尔（Edith Louisa Sitwell，1887—1964），英国诗人、评论家。

9 《四季》是英国诗人詹姆斯·汤姆森（James Thomson，1834—1882）的著名长诗。

10 萨拉·马格丽·弗莱（Sara Margery Fry，1874—1958），罗杰·弗莱的姐姐。她是英国最早成为治安法官的女性之一。

11 海伦·安瑞普（Helen von Anrep，1885—1965），马赛克艺术家鲍里斯·安瑞普的前妻，她后来成为罗杰·弗莱的搭档，一直陪伴到他去世为止。

12 《淡水》（*Freshwater*），弗吉尼亚·伍尔夫创作的戏剧，预定于 1935 年 1

月 18 日在聚会上演出。演员为瓦妮莎·贝尔、朱利安·贝尔、安杰莉卡·贝尔、阿德里安·斯蒂芬以及伦纳德·伍尔夫。——伦纳德注

13 弗朗西斯·弗雷德里克·洛克·比勒尔（Francis Frederick Locker Birrell，1889—1935），英国作家、书商。他在剑桥大学读书期间与布卢姆斯伯里团体建立联系，并与利顿·斯特雷奇、戴维·加尼特以及弗吉尼亚·伍尔夫等人成为朋友。

1935

1月1日，星期二

《淡水》这部戏剧读起来冗长且枯燥，但我没打算让人误以为我是个还不错的剧作家。昨天我绕着老鼠农场周围的山谷美美地散了一会儿步，走了一条新道，而且遇见了弗里西先生。我们两人聊到了修路的事，然后我去了刘易斯，把车开到了马丁家，接着回到家，读圣保罗和罗杰的信件。我有必要买本《旧约》，我正在读《新约・使徒行传》。我的阅读面终于触及这个隐蔽的领域。罗马发生了什么事？勒南[1]有七大部皇皇巨著，可利顿曾认为那些不过是“花言巧语”。前天，叶芝与奥尔德斯一致认为他们的创作目的是要避免“文学性”的东西。奥尔德斯说维多利亚时代的人对“文学性”的痴迷简直不可思议。叶芝说他只想采用大众使用的语言，并说这种转变由他的戏剧创作引发。我冒失地回应道，即便如此，他作品的深意还是难以理解。至于什么是“文学性”，这倒是个相当有趣的问题。要是以后写部批评作品的话，的确可以做些探讨。但眼下我想写的是《论受鄙视者》，我的脑子要持续围着它打转。我必须写完《寻常百姓》，然后写罗杰的传记，再写《论受鄙视者》。今年 10 月动笔写罗杰传记，我能做到吗？ 10 月份出版《寻常百姓》，明年专注于另外两部作品。天晓得！可我必须紧锣密鼓地给自己安排工作，要知道我马上快五十三岁了，接着是五十四岁、五十五岁。一想到这些，我就兴奋得不得了！现在得去接待客人了。

1 月 11 日，星期五

春天将会以迅雷不及掩耳之势回到我们身边。今天刮大风了，两天前还是大雾迷蒙，我曾独自默默地散步至皮丁霍。现在村里的男丁都在打谷。昨天，内莎、安杰莉卡和伊芙都来了。我们围绕我的剧本大谈特谈。其间有件趣事。我说要雇一头毛驴来帮我接电话，言外之意是，只有吃苦耐劳的驴子才能忍受这种苦差事。我意识到，必须将《大篷车》（突然想如此称呼它）精简至 15 万字，且得在 5 月份重新将它打出来。不知我能否做到呢。我认为，这样一来，它会更凝练。有时我的脑袋几乎要裂开了，我总把各种想法都强塞给它，让它不堪重负。这本书的出现让我恍然大悟，原来文学创作是可以内外结合的。眼下我正自如地在两者之间斡旋。我已发现并收集了许多创作这本书所需的时代背景素材。

1月19日，星期六

那出戏剧于昨晚成功上演，但我收获的是一个空空如也的大脑，所以只能抱起日记缓缓神。据说，该剧的成功是必然的。我喜欢——让我来想想大家都有何反馈。邦尼和奥利弗[2]的赞美的确让我很满意，但克丽丝特布尔、戴维、科里和伊丽莎白·鲍恩一行人给我的捧场式夸赞让我不太受用。不过，总的来说，能偶尔和大家一起无拘无束地度过一个欢乐的夜晚，还是不错的。罗杰的幽灵也来凑热闹——我们排练的时候，查理·桑格给他画的画像正巧送到。伦纳德说，若弗朗西斯在场，他一定会很开心。他们如今都成了我们的幽灵朋友，但他们一定会对我的这种尝试表示赞赏，在九泉之下也能安心了。现在，就像丁尼生所言，只求上帝庇佑，让我能给自己进行一次思想的洗礼，让大脑保持清醒，去从事一些更艰难的工作。比如，我得读但丁的作品，还有勒南的作品。冬季最难熬的时段来了，天空苍白得让人无所适从，看起来像一个熬了大夜的老妇人。不过，我和伦纳德今天下午要出去散步。对我而言，这好比在银行存了一笔巨款，让我觉得安心且幸福。

我想写一部剧，主题是夏天的夜晚。主人公坐在椅子上，周围花丛中传出一些说笑声。

1月23日，星期三

是这样的，我本该解释一下写西克特这篇文章的原因。我总是马后炮。我目前在读《仙后》，读得津津有味。我以后会为之写篇评论的。我带安杰莉卡一起去购物了。喝茶的时候，她逗我说："您会介意我读《雷德克里夫的继承人》吗？"服装给人的感觉可真是奇怪啊！给安杰莉卡，也给我自己买衣服；听女人们谈论新裙子——就像听别人谈论赛马。我有点心神不宁，因为明天我要穿着新衣服和克莱夫出去吃午饭。我想不出自己所谓的"设想"，即隐含在《仙后》背后的想法是如何通过语言从一种形态自然地变换到另一种的，而且外观还要有自然的美感。读原著会更好些。不过，与克莱夫的午餐会把我从这种情绪中拉出来的。戏剧表演已经结束，我们必须开始见客了，要看《哈姆雷特》，计划春游。我打算休假两周，在这期间不用写东西，我的脑子现在像一团糨糊。我想让特里萨"唱歌"，也就是使用一种抒情化表达。可我得离特里萨（在写完萨拉与埃尔薇拉的场景后，我暂称此书为《特里萨》）远远的。天哪，这只鸭子太嫩了——这是杰克送我们的那只鸭子给我留下的印象，鲜嫩多汁的小鸭子。我在读《针锋相对》，它算不上一部精彩小说，整体上很稚嫩，未经任何艺术加工，且锋芒毕露。奇妙的是，作者竟是H. 沃德夫人的后裔。他对各种思潮都很感兴趣，将人物塑造成了不同思想的代言人。有一个人从美国给我回了信，说他很高兴看到真实的我。

2月1日，星期五

又是一个早晨，已经星期五了，我感觉疲惫不堪，无法继续写《帕吉特家族》。为什么呢？想必是我花了太多力气谈话。不过，我认为我需要“社交”。我见到了海伦、玛丽和吉勒特。今晚将见到安。其实，我觉得《帕吉特家族》很可能会成为一部佳作。前提是我要活力满满地写下去。今日就停笔休假吧。

2月20日，星期三

真正的麻烦在于萨拉，我无法将她纳入主航道，但她又至关重要。这个过渡问题可真是个大麻烦。此外，我还有一个我不愿称其为“宣传任务”的大麻烦。我对奥尔德斯的小说心生畏惧，还是避开为妙。但思绪是相当固执的东西，它们不肯与我合作，而且阻塞了潜意识的创造力。想必也就写成这样了。我已完成小饭馆这部分，真不知道写了多少遍了。

2月26日，星期二

晴朗无云，天空湛蓝，我的窗子完全被蓝色填满了，真让人又惊又喜。赖利先生刚刚修缮完那些窗子。我最近一直写个不停，目前在修改小圆池塘的场景。我想把一切都简化，这样每个句子，即使是自然完整的对话，都能承载深长的意味。我还要在场景中营造一种浑然天成的和谐感和强大张力，比如船只相撞那一幕，等等。如此一来，难度极大。但愿明天就能完成，这样我就可以尽快去做别的事，参加晚宴，去乡下拜访姬蒂。所幸我发现上流社会的场景写起来容易得多，而且我认为这些场景很值得一写。可是，天哪，我还得做多少工作！ 8 月之前是完不成的。此刻，我突然心血来潮，非常想写一本反法西斯的小册子。

2 月 27 日，星期三

我刚刚重写了一遍。这次肯定很好了，我这样对自己说道。但我很清楚，我必须绷着神经，再写几页。我写得太不连贯了，太……。众所周知，一个人看到事情的一面，而另一个人看到的是另一面，所以我们必须把这些结合起来。通过无意识，人们可以认识意识本身，然后通过意识，最终回到无意识：这是谁的名言？

我现在非常想停下《仙后》的阅读，转而去读西塞罗的信札，还有夏多布里昂的回忆录。在我看来，这种冲动如同钟摆的自然摆动。受够了浪漫主义诗歌的普遍性，现在要追求特殊性了。

3 月 11 日，星期一

今天下午，在坐车来的路上，我偶然想到，要是能继续写下去该多好啊！能感受到我指尖下的作品一点点成形，是多大一件乐事啊！去年10月16日以来，我还没有写过一个新句子，只是抄写和打字。打出的句子是另一回事，因为它由现存的东西发展而来，并非从头脑中新鲜涌现出来。但这种抄写必须继续下去，我看得到8月份了。现在我只修改到“一战”的场景。如果足够幸运，我能在5月份，也就是我们离开这里之前，修改到埃尔薇拉在牛津街的场景。至于6月和7月，我要埋头完成作品的大结局。然后等到8月，我将再次开始创作。

3月16日，星期六

最近我受到了三次严厉指责：先是温德姆·路易斯，然后是米尔斯基，现在是斯温纳顿。布卢姆斯伯里团体成了笑柄。我不想耿耿于怀。我还没读温德姆·路易斯的评论；斯温纳顿对我的影响微乎其微，就像知更鸟对犀牛的影响，只有在夜深人静之时，我才会想一想。我现在韧性很足，一副听天由命的样子；我虽不介意，却又很在乎；我的小说多好呀，今天上午我累极了；我喜欢听好话；脑子里塞满了各种念头；汤姆与斯蒂芬[3]来喝了点茶，蕾[4]与威廉[5]来吃饭；我忘了描写我与内莎的那场趣味谈话，是关于我批评她孩子的事情；可我漏掉了，记不清说了什么。今天上午我的注意力很分散，几乎无法读奥斯伯特写的那篇关于布赖顿的文章，更别说读但丁了。

上周圣约翰·欧文[6]在《时代与潮流》上称利顿“奴性十足……是个曲意逢迎的人”，或大意如此的话。我在想，如果我来评论罗杰，是否要在文中插上一段，就是以极讽刺的口吻回应欺负布卢姆斯伯里团体的那些家伙。不，我想不必。就在日记里骂一骂吧，也只能这样了。

3月18日，星期一

就这本书而言，其唯一的价值就在于督促我坚持到底，坚持己见，毫不让步，决不向任何人的意见屈服。奇怪的是，那些成群结队一起消散的东西，又突然出现。斯温纳顿和米尔斯基的讥笑令我感到被厌恶、被鄙视和被奚落——好吧，只有一个回答：坚持己见。但愿在一切结束之前，我永远不必读他们对我的评论，永远不要自我反省，只坚定地盯着我的目标，只想着怎样才能将它表达出来。啊，这得多累啊，要将所有想法具体表现出来，永无休止地揭露自己的思想，而且要借着创作冲动，让它经受外在世界的冲击，从而变得更加精练。倘若我没有感受这么多，进行下去就容易多了。

写完关于布卢姆斯伯里团体的那封信后，我无法集中精神继续写《帕吉特家族》了。半夜醒来，我细细地想了一会儿，还是拿不定主意是否要把信寄出去。可我现在必须想想别的事。昨晚我想到了朱利安和海伦。

伦纳德建议我别把那封信寄出去，两秒钟后我明白他是对的。他说拒绝回击反而对我们更为有利。我们提议让摩根对布卢姆斯伯里团体做一番滑稽介绍，他听后略有所动。

3月21日，星期四

又烦又累，那个难度很大且情节太多的空袭章节，我实在写不下去了。事实上，我又挣扎在习以为常的头痛边缘——主要是因为我昨天写得太急了。

我决定先把那个讨厌的章节放置一边，在罗德梅尔游手好闲一会儿。然而，正如我所预见，我读不进去书，我的大脑神经就像线团一样紧绷绷的。这种头痛令人非常不适，但我想它很快就会过去。我只需自我调整一下。并不是非常严重的头痛。为何要写这个笔记呢？因为我无法阅读，写东西又像哼小调一样。关键是这个小调太不像样了！再者，我发现春天来了。

3月25日，星期一

今天早上，我压着心里的怒火，抱着绝望的心情，又写了那一章。我觉得，通过破碎的方式、跳跃性的思维以及情节的插入，我确定了正确的方向。总之，我掌握了驾驭它的诀窍，而且删减了二三十页。

3月27日，星期三

我发现我的日记越来越规律了。究其原因，我无法在写完《帕吉特家族》之后立刻去读但丁。写日记可以让我的头脑冷静下来。关于空袭这一章，我总是忧心忡忡，害怕精简之后，会破坏整个章节。不要紧吧。应该勇往直前，看看后续如何。

昨天我们去了伦敦塔，那是一座被灰色乌鸦萦绕、凶残血腥、像监狱地牢一样的军事营房。它一如英国历史上大名鼎鼎的监牢，也像一个被历史遗忘的劳改所；人们在那里被枪决、被折磨、被囚禁。囚犯们在墙上刻下他们的名字，字体非常漂亮。展示架上的王冠珠宝闪闪发光，看起来俗气而刺眼，被授勋的爵士活像斯平克斯街道或摄政街上的珠宝商。我们还观看了苏格兰卫队的演习：一名军官迈着老虎似的步伐，手舞足蹈；另一名脸色蜡黄、看起来像是理发师的军官，面无表情地配合他比画。军士长又叫又骂。士兵们像机器一样翻滚扭动，发出嘶哑的叫声，接着军官也叫了起来。他们整齐划一，毫无人性，耀武扬威。这是一种有辱人格且令人目瞪口呆的景象。不过，这里的灰色墙壁、鹅卵石小路、刽子手街区，倒与之相得益彰。人们坐在河岸边，同大炮遗址为伍。还有人坐在台阶上，觉得很浪漫。我只觉得这里如同地牢一般。

4月1日，星期一

照这样下去，我永远都读不完《炼狱》。不过，如果我一半的心思用在了埃莉诺和姬蒂身上，这样的阅读又有什么意义呢。哦，那个场景需要写得凝练些，目前太肤浅了。我打算在离开之前把它完成。我们计划在荷兰和法国待上三个星期；在罗马待一个星期——要在那儿好好放松一下。昨天我们去了邱园，如果要介绍一下那里的植物，我只能说，昨天恰逢樱花、梨花和玉兰的最佳花期。我看见一朵可爱的白花，花蕊是黑色的，旁边还有一朵淡紫色的小花正落下来。当然还有一朵又一朵别的花，黄色的灌木丛，草地上的水仙花。为了穿过里士满，我沿着池塘边走了许久。一路上，我重新发现了许多小细节。

4月9日，星期二

昨天在伦敦图书馆邂逅摩根，结果弄得我一肚子火气。

“弗吉尼亚，我亲爱的。”他与我打招呼，他那小小的亲昵称呼我听了很愉悦。

“乖孩子，收到评论布卢姆斯伯里团体的书了吗？”我问道。

“收到了。你告诉我，我的书列入出版计划了吗？”他问曼纳林先生。

“我们刚才还在为此书出招贴来着。”曼纳林先生答道。

“对了，弗吉尼亚，你知道我是这里的委员会的成员吧，”摩根说道，“我们一直在讨论是否要接纳女士。”我突然想到，莫非他们打算拉我入伙，那我最好拒绝他们的好意。“噢，可已经有先例了，”我说，“格林夫人就是个例子。”

“对，对，格林夫人。莱斯利·斯蒂芬爵士说以后不会再有了。她太爱惹麻烦。我说，女人难道不会与时俱进吗？可他们好像都心意已决。不不不，女人简直不可理喻。他们根本不愿听。”

听到这些，我气得手发抖。我站在那儿怒火中烧（同时也累了）。我仿佛看到整份名单被一笔划去。我想象着摩根怎样提到我的名字，而他们怎样告诉他不行：不不不，女人简直不可理喻。所以我稳定了一下情绪，没说什么。今天早晨洗澡时，我为《论受鄙视者》想出了这样几句台词。我的一位朋友，别人要授予她一个什么奖项——他们难得地为她破了例——简而言之，她将被授予一项荣誉——我记不清具体是什么了……她说：他们认为我肯定会欣然接受的。我以名誉担保，我的拒绝会让他们大吃一惊，尽管我拒绝得非常委婉，也非常谦逊。我说：他们竟认为你该在那桶猪食面前拱来拱去，抢口食吃。难道你没告诉他们，你是怎么看待他们的吗？她说：再过一百年也不可能。我想将M. 帕蒂森卷进来，我想唤起人们的同情，使之具有强大的力量。我会明确地告诉你，倘若你在为他人倒茶，那么你绝对不可能同时成为委员会的成员——顺便我会提到斯蒂芬爵士与孀居的格林夫人曾共度良宵。对，这阵阵怒气对我的写作有益，因为它们在我心中发酵并让我看得更清晰了，我可以想象自己如何将它们转换成美丽、明晰且极具讽刺的散文。这个天杀的摩根，他竟认为我会满足于他的解释……亲爱的老伙计摩根今天要来喝下午茶，邻座是患白内障的贝里。

殿堂的幔子——我记不清是大学的还是教堂的，学术的还是宗教的——应该被掀开。她，作为例外，将获准进入其中。可我们的文明是怎么回事？两千年来，我们一直默默奉献，却没有得到任何回报。现在你们可收买不了我——就用一桶猪食？不行，我这么说道，尽管心里相当感激这份荣誉……总之，我必须撒谎；我要用力挤出每一点润肤霜，去涂抹我们弟兄脸上因为虚荣而肿胀发炎的皮肤。真相只能出自卑微的女性之口，她们是屠夫的女儿，只能女承父业在饲养场里劳作。

4月12日，星期五

一年之后，我将难以理解自己日记中的任性之言。不过，这里不乏一些事实和好词好句，可供后续参考。我很想去写那本书，可我一直忍受着头痛的小打小闹，无法一大早就投入工作。

4月13日，星期六

让我记下这一点：在《帕吉特家族》完稿之前，不要试着开始《论受鄙视者》，或者不论它叫什么吧，这样要明智得多。今天上午我拿不定主意，草率地试了试，却有趣地发现我无法在搞宣传的同时进行小说创作。所以我必须腾出手来。

去了动物园并接待了威利，我几乎累得快睡着了。但他却竭力煽动我。司法工作多可怕。它的巨大权势，它的条条框框，还有皇家专门调查委员会成员的干枯、老朽等等，都值得将来好好探索一番。还有医疗专业和整骨医生，也得好好戏弄一下。可是天哪，眼下可不行。我正在读阿尔菲里、纳什以及其他显赫人物的作品。昨晚独自夜读的时光可真开心。我们在动物园里看了傻乎乎的大肥鱼，还有大猩猩，后来乌云密布，接着就狂风暴雨。我带着极大的敬意阅读安妮·斯旺[7]的自传。自传总给我这种感觉：它们很合我胃口，至少刺激了我的想象力。虽然她的作品很寡淡——她自己都数不清写了多少本，而且并不在意好坏，但她无疑是在不停地讲故事，这种猪啦，那种猪啦，你能想到的任何白开水似的故事她都能写。但她确实是位精明能干的老妇人。

4月20日，星期六

现在场景已移至罗德梅尔，我正趴在伦纳德自制的桌上写字（桌子搁在垫子上），外面正下着雨。好好的一个星期五给搞砸了。阴雨连绵，我试着沿堤岸散步，看见一只鼹鼠在草地上跑。它恰如一只放大的豚鼠，跑起来相当敏捷，品克跑过去用鼻子拱它，它就迅速滑到了洞里。同时，透过淅淅沥沥的小雨，我听到了布谷鸟的歌声。然后我回到家，开始读书，再读书，读斯蒂芬·斯彭德的作品。读得太快了，无法停下来思考。我是否该停下思考一会儿？是否再读一遍？这部作品的节奏不错，相当流畅，表达了一些常见的观点，但这些优点逐渐从他那大学生似的乱七八糟的思维中流失——想容纳一切内容，想回答所有啰里啰唆的问题。可我想探讨某些具体问题。为什么我总是避免与同龄人接触？妇女真正的立场是什么？为什么这些问题在我看来大多悬而未决？尽管如此，我仍得承认自身的局限性。我不擅长理性思考，利顿以前常这么说我。这是否因为我本能地逃避分析，以免破坏大脑的创造力？我认为此话有理。没有哪位富有创造力的作家能容忍另一个同时代的人。倘若你本人也在创作，那么你对在世作家作品的评价可能会过于粗浅且有失公允。斯蒂芬试图解决这些问题，我也因此敬慕他。但当然，他得将这些问题串在一起——以他自己的疑虑为中心，答案可能会显得过于武断，毕竟他人可能并不持有相同的疑虑。但如我所言，我是囫囵吞枣地读，并没有费神去揣摩他的论点。我发现这种阅读方式大有裨益：可以在读完后回归作品，细细推敲。

4 月 27 日，星期六

我现在已经完全放下践行写作艺术的愿望。我想象不出那该是何种艺术，或者说得再精确些，我不能按照一本书的结构去限制我的思维，不，就算是一篇文章也不行。写作本身并不累人，构思写作却很累人。我如果写一段内容，总得考虑下一段，以及下下一段要写什么。不过，经过一个月的休假，我应该会像石楠树根那样坚韧，我的劲头将直冲云霄，像钢铁制的拱门和穹顶那般坚固，又像云朵般轻盈——但这些都是题外话。斯蒂芬·斯彭德要我写信发表一下见解，但我写不出什么。我亦不能非常有把握地评判科利特夫人[8]，即使我和伦纳德昨天都爱上了她。这是个灵巧的女人，蓝眼睛炯炯有神，穿一件布满银色圆点的毛衣，性子无拘无束，棱角分明，直言不讳。她是市长大人的寡儿媳，她丈夫在她眼皮子底下被杀死。此后，她就崩溃了，她认为唯一的治疗办法就是去香港，和贝拉待在一起。说实话，我们对此并不抱什么期望；然而她把周年庆和市长大人奚落了一番，并向我们一一讲述了她在市长官邸的生活。市长在其任期内，自掏腰包 2 万英镑，为他的警长职位花了 1 万英镑，又花 1 000 英镑买了一件白鼬皮草，穿着它在坦普尔栅门恭迎国王。那天下雨了，国王从他身边一闪而过，这件皮草就给弄坏了。她的婆婆是个本性相当严谨的女人，买鱼之前总会自己备好袋子。为表优待，女王赐给她两枚大贝壳，上面刻着乔治和龙的故事。这些东西被她慷慨地留在了市长官邸。市长大人穿的衣服上镶嵌着许多沉甸甸的金条，恨不能再招摇一点，简直俗不可耐。我没想到，她竟如此讨人喜欢，实际上我已经邀请她再来做客——或许她并不知道，即便是王室成员，我们也从未给过如此优待。

去荷兰、德国、意大利、法国旅游了。

5月6日，星期一，聚特芬

以下是我脑海中闪过的一些想法：

> 一种想法越复杂，越不可能成为讽刺性作品。了解得越彻底，越不可能归纳起来串成一条线。比如说，莎士比亚与陀思妥耶夫斯基从不写讽刺性作品。理解的年代，毁灭的年代，等等。

《贝尔昌伯侯爵》[9]。

这是一个动人且自成一体的故事，但很肤浅。可谓一本肤浅之作。不过也算一部完整的作品。算是大功告成。只有把标准降低一点，它才算是杰作。因为它宣扬人人都像塞恩蒂一样，必须以不过分深究的方式做事；这还真行得通；所以它也就成功了。就是说，如果一位作家接受惯例，并且让他的人物接受惯例的指导，而不是与之发生冲突，就能产生一种对称的效果，非常愉快且具有暗示性；但这只是表面的。也就是说，我不能关心发生了什么。然而，我很喜欢这种设计。与此同时，我对那一套猫与猴的心理谈资感到厌恶，可作家却佩服得五体投地。[10] 他有一颗敏感而真诚的心灵，但写得过于秀气，总在小心翼翼地观察。倒不是个势利小人。

5月9日，星期四

我坐在德国海关门口，晒着太阳。一辆后窗贴着纳粹标志的小车刚刚通过检查入境德国。此刻，伦纳德还在海关，我正慢慢地读《亚伦的杖》。要不要进去看看怎么回事？这个是晴朗、干燥、刮大风的早晨。过荷兰海关，只用了十秒钟。可现在都过去十分钟了。窗户都被封得严严实实的。就在这时，他们走了出来，一个看上去很严肃的人对米兹[11]笑了笑。但伦纳德后来提到，当时来了一个农夫，戴着帽子站着，那个不苟言笑的人说这里的办公室就好比教堂，而且命令农夫把帽子摘下来。在关卡处，一个瘦小的男孩被吩咐打开他的包裹，兴许只因为他装了个苹果。他一边打开包，一边说了句“希特勒万岁”。那个警官冲米兹微笑时，我们感到很庆幸，便装出一副巴结逢迎的样子——这也是我们第一次鞠躬致意。

一部艺术杰作，其内部构成必定环环相扣，彼此成就。

5月13日，星期一，布伦纳

这些国家看上去大同小异，真是稀奇。床上现在都层层叠叠地铺着东西，没有床单，许多地方在施工。奥地利人，看上去很有派头。因斯布鲁克的冬天一直持续到7月份。那里没有春天。意大利留给我最深刻的印象是一长串蓝色酒吧。我前面有些捷克斯洛伐克人，他们要去海关大楼。

佩鲁贾

今天经过佛罗伦萨。看见了绿色和白色的大教堂，还有缓缓流入浅滩的黄色阿尔诺河。经历了一场雷雨。紫色的鸢尾花与天上的云朵相映成趣。然后到了阿雷佐。那里有一座壮观的教堂，只是外表有些破败。

特拉西梅诺湖，躺在一片红紫色的苜蓿地里，它也被叫作鸸蛋湖；灰色的橄榄，看起来小巧而精致；冰冷的海水里，依稀可见透着绿光的贝壳。还有些别的景致，遗憾的是我们并未在佩鲁贾停留。1908年，我们曾在布拉法尼待过。现在一切如故。晒太阳的女人一如既往地热情。但是，她们现在开始卖蕾丝和其他小物品了。要是能待在特拉西梅诺就好了。昨天我去一家店铺买小圆面包，发现一个雕花壁炉，父权制那一套，就是用人和主人的制度，仍然在那里施行。火炉上坐着一口大锅。自16世纪以来，这里可能并未发生什么大的改变。这里的人们要担水。男人和女人在田间割草。一只小夜莺在我们的座位附近唱歌。小青蛙扑通通跳进小河里。

布拉法尼。我们三个人盯着那扇开开合合的门，一起对游客们品头论足，就像命运女神那般为他们做出总结和安排。这个女人长着一张棱角分明、表情凶悍的脸，涂着红唇——像鸟喙那样，真是自恋到家了。还有些大腹便便的法国男人，一个落魄的小姐妹。他们现在就坐在那里，一点点揭示出人性的千姿百态。还好，因为我们的行李分量，我们可以免受打量。

罗马。茶。在咖啡馆喝茶。女士们身着鲜艳亮丽的大衣，头戴白绒帽。有音乐声。向外望去，好像是看见了电影里的人物。阿比西尼亚[12]。孩子们拖着行李。来喝咖啡的人。冰块。在格雷科餐厅觅食的一位老人。

星期日的咖啡馆。内莎和安杰莉卡在画画。天气很冷。罗马的星期日，让人不易觉察，但仍可感知。一些长着大下巴的老太太看上去很凶。昆廷在谈论摩纳哥和塔列朗。一些梳着黑色发绺的女人看上去很可怜。一缕缕下垂的发绺容易给人邋遢的感觉。首相来信表示，要推荐我做荣誉勋爵的候选人。可算了吧。

5月21日，星期二

人类的大脑可真奇特。一大早醒来，我又突然想起要把那本关于“女性职业”的书赶紧写完。七八天来我压根没想过这本书。为什么呢？这本书的写作和我的小说创作交替进行，可我不知道如何才能把它们一起写完。不过，这倒提醒我，必须动笔继续写了。然而，此刻我还在等内莎和安杰莉卡，我们约好一起逛布料市场，她们还没到。

5月26日，星期日

星期日晚上六点，我在写日记；与此同时，一支乐队正断断续续地演奏，还有些孩子在大喊大叫。这是一家过于奢华的酒店，面对服务员递过来的菜单，我得用法语夹杂着刻苦学来的支离破碎的意大利语才能别别扭扭地点菜。不过，为了讨个乐子，我还是会躺在床上随意地读几句《冷漠的人》[13]。哦，我们去过的那些地方，还是有许多可爱之处的。比如刚离开罗马的那个早上，我们看见了大海和一隅未被开发的土地。过了奇维塔韦基亚之后，我们看到了大伞一样的松树。不过，热那亚却是个很无趣的地方。长着天竺葵和九重葛的里维埃拉则给人一种掉进山海之间的感觉，那里的光照充分得让人吃不消，山势陡峭，犹如拽着秃鹫的脖子俯冲而下。我们第一晚在莱里奇留宿，那里有绝美的海湾、波光粼粼的大海，还有绿色的帆船和小岛，以及闪闪发光、忽明忽暗的红黄小夜灯。那种至臻完美绝非我能描绘的，它太过浑然天成。但今天坐在车上，我想起了罗杰、布里尼奥莱、科赫斯，还有橄榄树和锈红色的土地，以及广阔平坦的绿地和树林。乐队又开始了演奏，我们得下楼去美美地享用本地鳟鱼。明天动身，星期五到家。尽管按捺不住，想赶紧让大脑恢复工作，我还是可以过好最后几天的假期的，而且比以往更加悠哉。为什么？为什么？我这样追问自己。我感觉我可以很快完成最后几个场景，而且想到了如何把第一段扩写一下。不过，我不想花太多心思在“写作”上。我要广撒网。当汽车行驶在路上时，我突然想到自己是如此不受欢迎，受尽嘲讽。同时我也颇感自豪，因为我打算勇敢直面挑战。又得写作了！

6月5日，星期三

又回伦敦了。自度假归来，我就被一种僵死的麻木感所包围，现在我感觉自己正一点点活过来。我重新开始半推半就地写这个空洞的章节，只可惜下笔无神。每次想到这一点，我简直觉得见鬼了！可我一向不信鬼神。接着，抑郁感照例来访，我真想去死。不过，我现在意识到，写出来的那两百页自会证明其价值，并督促我无论如何得写出一部剧来。全部要打散，我停下笔，开始构思。而且，在经历了一段奇怪的小插曲，就是电话铃响了之后，我对生活的热情又回来了。看来，那种不痛快就是一次外力作用下的擦伤。（我是想记下这种让人无可奈何的突发状况。）

6月10日，星期一，圣灵降临节

在蒙克屋。非常努力地写作。我想我应该把这些场景赶紧写完。不过，今天（星期二[14]）早上我不能写。我怎敢大言不惭地宣称我具有玫瑰与星辰那样的品质！

6月13日，星期四

在某种程度上，后几个场景——其写作难度，堪比《海浪》。我的大脑被我压迫到了停滞的状态，不得不休息会儿。起身上楼，我偶遇拖着行李的布鲁斯特夫人，再次回到桌前，就觅得一股文字的涓涓细流。我的文笔简直不能再凝练了，鲜明而深刻，连贯而统一。这是否代表写得很好呢？我感觉我有一大圈柱子要安插，但干起活来，拖拖拉拉，汗流浃背。差不多就是这样。思维越来越贫瘠，精神越来越紧张。于是，当我写到上流社会的那些场景——比如埃莉诺的那场，真是松了一口气！只是这些场景也需要写得再凝练些。让我备感压力的是如何才能写得恰到好处。

7月16日，星期二

莫名地感觉失败到家了。马格丽还没有来信评价我的演讲稿[15]，但听贾妮说，帕梅拉认为它完完全全是个败笔。正因为如此，我把最后几页稿子给毁了！今天早上我没心思写作，无法进入状态。我被数不清的烦心事困扰，惦记着要请客吃饭，诸如此类。我的大脑一片混乱。还得把那篇——该死的演讲稿给打出来，要么干脆不干了。不过院长都来信了。没有下次了，哦，再也不会有下次了!

只要花些心思好好构思一番，我觉得总能把最后几页给写好。是的，但问题在于我必须去见苏茜和埃塞尔，去看贝谢尔小姐的房子，要打电话，要做笔记，订这个，买那个，叫我如何构思呢？算了，静下心来，好好想想吧。现在才16号，距离8月份还有两个星期呢。我确信一定有一种非常不错的写法，就藏在某个地方有待发现。我认为，绝不只是拉拉杂杂地写下去，如有必要，我可以停笔几天。可不太行，还是继续写下去吧，或许可以迅速地写个轮廓出来，要手写——这是个好方案。然后回过头，把握中心思想，之后全力以赴去写。写的时候要有节制，同时得顾及自己的状态。也许还要读点莎士比亚。是的，读一部莎翁后期的戏剧。我觉得我肯定乐意去读，这样可以舒缓一下我的写作神经。唉，可我如此焦虑，总担心到手的杯子会被打碎。

7月17日，星期三

就在刚才，我疯狂地打完第一稿而且发现这本书有740页，也就是14.8万字。不过，我认为可以精简些，因为最后一部分内容整体上写得很粗糙，需要塑形；只是我的脑子太累了，眼下无法认真修改。我想我还是可以精简内容，然后……？天哪。我现在明白为什么写完《海浪》之后，我就溜去写《爱犬富莱西》了。那个时候，我只想坐在河边扔石头。我还想以轻松自由的状态去读书。让心灵的皱纹自行消失。苏茜·巴肯，埃塞尔，然后是朱利安——所以我那次从下午四点半一直和他们谈到凌晨一点，这期间只有两个小时的晚饭和静默时光。

我想我明白了最后一章应该围绕尼古拉斯[16]的演讲来展开，所以必须写得更正式。我想我还明白了如何安排插曲——我是指留白的空间，还有诗歌和对比。

7月19日，星期五

不妙，我的头痛征兆越来越明显了。试图做最后的冲刺没什么用，这应该就像一股微风试图撼动笨重的大榆树。是的，这最后的日子，就是一股微风，吹拂着长满浓密绿叶的大树。但就算是微风，也总会带来一些运动，担起一些重量，吹起一些东西。

8月16日，星期五

我无法详细地做个记录，因为我在着急忙慌地打字，被压得喘不过气了——是的，我又疯狂打字了。如果可以，我恨不得以每周100页的速度，打完这本似乎永远也不可能完成的书。我埋头苦干到现在，也就是下午一点钟，所以必须继续工作，还有一大堆事情没交代——那么多人，那么多场景，关于美感和一只狐狸，以及一些突发奇想。

8月21日，星期三

昨天来了伦敦。我在《泰晤士报》的书评上看到了关于我的评价——最耐心，也最勤勉认真的艺术家——我认为说得很对，为了那本书我可是煞费苦心。我的脑袋就像……一个布丁那样，轻轻地跳动着，整个早晨过去了，却酝酿不出一个词。我现在挺精神的。昨天我把前面20多页寄给了梅布尔。

马格丽·弗莱星期五过来了，她说自己最近忙着写文章，还写了新书。我能做到如此不屈不挠地另写一本新书吗？一想到写作和修改，我就发怵，尽管写作会使我感到快乐，甚至让我欣喜若狂。天又太热了。我准备把这个房间重新粉刷一下。昨天去了木匠屋，还挑选了印花棉布窗帘。这值得记下来吗？也许吧。

9月5日，星期四

今天上午我只得放弃创作《岁月》——作品将定名于此。我彻底失败了，想不出一个词。可我能感知到一些东西，是真的。所以我打算等上一两天，让大脑之泉再度喷涌。这次泉水得喷得更高些。共有740页。我认为，就心理而言，这是我所有冒险中最奇怪的一次。我的半个大脑彻底枯竭，可我想，我只需换个角度思考，我还有另外半个大脑，足以让我欢乐地写出一篇小文章来。唉，要是有人能解释大脑的运作就好了。另外，甚至在今天，我依然深陷绝望之中，几乎是泪眼婆娑地盯着那一章节，不能使之生色。我感觉自己只能胡乱摸索着找到线团的末端，不知道该从哪里下手，也不知道该专注于哪个人物。是的，我什么也不知道。我的头脑会再丰盈起来的，疲乏也会消除。可我难以入睡，心事重重。

9 月 6 日，星期五

这几天我打算把头用绿酸模叶裹起来，如果我的耐力够强，就裹个 5 天，直到孩子们，也就是伦纳德的侄女们都离开。希望我能做到，毕竟我感觉一个新的场景就快要被酝酿出来。为什么不把衔接做得再简单一点呢？比如玛吉眺望九曲湖的那个场景，如此一来，春天那一幕就不会显得过于突兀。但这正好是我之前竭力避免写的场景，为此我还差点发了脾气，岂不怪哉？我一直在说，这会是我写过的最有趣的东西，现在它却成了绊脚石。我想知道为什么。是因为太过私人化了？还是因为跑题了？别瞎想了吧。

9 月 7 日，星期六

在这个美好而宁静的早晨，我敞开窗子读阿尔菲里的作品，没有抽烟。我相信，只要不写作，我就能寻回之前疯狂阅读的快乐。问题在于，写作会使大脑发热，于是无法静心阅读，而且就算热度退去，头脑已经疲惫不堪，只能随便写写了。可我已经两天没写《岁月》，我感到那种平静而坚定的写作力量一下子回来了。今天想写约翰·贝利的生活，但我心里存有疑虑。该是什么样的呢？各种细枝末节都有。突然听到了像是老鼠在啃床垫的声音。只是瞥了一眼《泰晤士报文学副刊》，但我立刻感受到了文学晚餐，文学这个或文学那个的味道——而且上面有一句话，大意是弗吉尼亚·伍尔夫打败众人，终于从德斯蒙德那儿得到了考珀的书，而且读得很开心！这是在说我吗？我可是十五岁时就读过考珀的书，他们竟这般胡说八道。

9月12日，星期四

近来，我的早晨过得既不宁静，也不安稳，而是夹杂着痛苦和狂喜。我在重写《岁月》，我的脑子涨得像个热气球；这本书太长了，让我觉得压力巨大。但我将用尽十八般武艺来保持头脑清醒。我将于十一点半停止写作，然后自娱自乐一下，读些意大利文或德莱顿的作品。昨天去看望了住在赫德森小姐家的埃塞尔。那完全是英国绅士的家，我坐在那里寻思怎么有人受得了这种配置；我想到该有一种像蜗牛壳一样便于携带的房子。或许未来人们的房子就像小扇子一样轻便，扛起来就能上路。生活将不受制于这四面墙壁。这个绅士派头的家有数不清的收拾得干干净净且修缮良好的房间。还有一个戴制服帽的女仆。他们的蛋糕放在宝塔托盘上。抬眼看去，那个家到处都是闪闪发光的棕色家具和书籍——套着红色假皮面。很多漂亮的老房间。庄园主人的房间颇为精致，看上去格外讲究。还有一个舞厅，一个图书馆——可惜是空的。梳妆打扮后的赫德森小姐，抱着她的狮子狗；干练的前伊斯特本市市长，顶着他的灰卷发。他们看上去都如此整洁而神气，就是鼻梁上的银色镜框有点歪斜，但总体给人一种有条不紊、令人敬佩、平易近人的感觉。“我打算去拜访牧师的妻子。”埃塞尔脸色红润，身材魁梧，说起话来滔滔不绝。这个可怜的老妇人，一如既往地自信，从不觉得自己耳背，而且一心想着做弥撒。她每六个月就会闹上一出。不过，她已经七十六岁高龄，耳背也正常。在那之后，我同伊芙和安杰莉卡一起回了查尔斯顿。

9月13日，星期五

对于迷信的人来说，这是一个多好的组合啊！我们开车去多金看望玛格丽特和莉莲。与此同时，我觉得《岁月》的写作正迎来一股温暖的洪流。每章和每节的开头总是很难写，那个时候必须进入一种全新的状态，与中心思想建立联系。里士满接受了我写马里亚特[17]的那篇文章，并为获得他可怜小骑士的身份感谢我！

10月2日，星期三

昨天我们去布赖顿参加了一次集会。今天早晨我拒绝再次去开会，可我自己的节奏还是被打乱，再也无法抓住创作《岁月》的情绪。怎么会呢？沉浸于那种活动，力求达到某种目的，这种生活离我很远，也让我感觉自己离它很远。不，我还没有把自己的意思完全表达出来。会议相当富有戏剧性，贝文[18]公然指责了兰斯伯里[19]。伦纳德发言时，我泪水盈眶。但我感觉他在故作姿态，无意识地扮演了受难基督徒的角色。我想贝文也在演戏。他把头深埋于他宽大的肩膀里，看起来像只大乌龟。我告诉过伦纳德，别四处卖弄他的道德观。作为人类的一分子，我的义务是什么？妇女代表的发言声音微弱，没什么实质内容。星期一，曾有人说：是时候了，我们再也不要洗洗刷刷。非常脆弱可怜的抗议，却是真心实意的。一丝微弱的鼓噪，可她又有几分机会来与烤牛肉和酿啤酒这些必须由她来完成的工作抗衡呢？所有观点都生动有趣，但相互重复，豪言壮语太多；要求改变社会结构这个观点有些偏颇，道理是对的，可社会何时才会改变？我可以相信，只要贝文获得了平等权利，他就能创造一个美好的世界吗？要是他生来是一位君主的话……我站在倡导非暴力反抗的索尔特一边；他是对的，我们应该采纳他的观点。话说回来，要是社会停滞不前，又该怎么办呢？所幸我没有受过什么教育，没有投票权，大可不必为国家现状负责。脑子里有个声音在不停地低声咕哝，使我无法集中精神，自然就无法创作。能有一天打乱下安排倒也是件好事，哪怕两天，但三天可不行。所以，就算我没去集会，我也不能好好创作。不过，我想弄完这个之后，我会回归正常状态的。奇怪的是，我的大脑对表面印象极其敏感，竟然把它们放到心上，并且为了它们思绪万千。我们的大脑或工作到底有多重要呢？我们每个人都应该投身于改变社会结构的活动吗？路易[20]今早说她很乐意为我们料理家务，她很伤心我们就要离开了。她所做的本身也是一份正经工作。当然，我不否认我喜欢玩弄文字。可是……伦纳德已经去了那里，估计以后我会和他讨论一下这个问题。他说过，艺术应当与政治分离。当时我们顶着凛冽的寒风在沼泽地散步，顺便讨论了这个问题。事实上，我的脑子太容易犯困了。是的，它总是昏昏沉沉，让我无法写作。

10月15日，星期二

自从我们回来后，我就一直处于兴奋状态，每天上午写《岁月》，下午茶之后写罗杰的传记，直到晚饭时刻，然后去散步，和朋友谈话，最后休息。今晚写罗杰，是因为昨天落下了，今天早上又不能写，而且十分钟后我必须上楼接待格鲁伯小姐[21]（讨论一本关于妇女和法西斯主义的书——就像洛蒂说的那样，完全是有的放矢）。是的，这十天过得非常平静且幸福。我原本以为我会讨厌伦敦，其实一点也不。这里很安静，干燥，舒适。我发现我的晚餐是精心烹制的。没有孩子们大吵大闹。我感觉《岁月》的写作正轻松而有力地向前推进（今天这种感觉渐渐消失了）。读完《下一场战争》[22]，我发狂地兴奋了三天。我是否提过，布赖顿集会之后，我和新书之间的障碍被打破，所以我忍不住想匆匆写上一章。可我制止了自己。我已经准备好把它的轮廓描述出来，一有时间就开始写了吗？我计划在明年春天的某个时候来做这件事，同时继续写罗杰的传记。顺便说一句，这个分工很完美，奇怪的是我之前竟从未想到这一点——时不时用另一本书或另一种工作来平衡一下这个忙于写作的大脑。这是唯一能阻止思维的车轮，并使其朝另一个方向转动的方法，我为之振奋，并希望事情有所改善。哎呀，现在要去见格鲁伯了。

10月16日，星期三

在创作《岁月》时我发现，假如只浮于表面，那么只能达到喜剧效果——比如露台那个场景。问题是我能否通过在各种人物之间引入音乐和绘画，以完成属于不同层次的创作呢？我力图在空袭场景中表现这一点。一方面是诸多因素不断流动，互相影响，既有画面又有音乐；另一方面是情节，即由一个人物讲述的另一人物的故事，还有延续的变化（空袭发生时引起了感情的变化）。不管怎样，我发现在这本书里我必须使用对比。仅有一个层次的写作无法深入下去。我也曾对《海浪》寄予如此厚望，并力图不去破坏其他层次。所以，一种小说形式正发展成形，它适合描绘人性的方方面面，至少我希望如此。我应该能感受到各种影响交织成一道墙，这一过程将在最后一章的晚会场景完成。所以我们能感受到，在各色人物继续过着他们个人生活的同时，这道墙业已完工。可我还未参透这一点。今天上午我在写克罗斯比，一个上流社会的场景。通过游移于各种事情之间得来的喘息，似乎向我证明了这种穿插安排很适合我。眼下我很享受这种节奏，并未感受到创作《海浪》时的重重压力。

10月22日，星期二

我又耽误了《岁月》的写作，都怪我那可恶的爱说话的毛病。也就是说，若我和罗丝·麦考利从下午四点聊到六点半，接着又和伊丽莎白·鲍恩从八点聊到十二点，第二天我的脑袋就会又沉又热，像个大拖把，而我也会成为所有跳蚤、蚂蚁和小虫的猎物。所以我停笔了，目前写到萨尔和马丁在海德公园里这一幕，我花了一上午时间打罗杰的传记。这是一种让人无比舒畅的镇静剂和提神剂。我希望它总能在我手边。我的处方是让那根神经休息两天，但休息是很难得的。我想，在完工之前，我将拒绝所有的聊天聚会邀请。要是能在圣诞节前完成就好了！打个比方，如果我今晚去参加伊迪丝·西特韦尔的鸡尾酒会，就只会发现一点病情加重的苗头。我要把自己弄得像小火苗一样，然后以崭新的面貌稳稳地再度燃烧。不过，完成《岁月》之后，我要到处走走，让太阳好好地把我的全身晒个遍。话说回来，还有谁没来呢？这周的每一天我都得大谈特谈。但我想，若在我的房间里谈，我会更加快乐。现在我要静下心来读一读布里奇斯的信，也许还会整理海伦的那团乱麻。

10月27日，星期日

我突然想到，阿德里安[23]的生日到了。我们请他过来吃饭。不，我不会急匆匆写这本书的。我要让每一个场景在我手里自然而轻松地成形，然后送去打字，即使这需要再等一年。我想知道为什么时间总是如此折磨人。今天早上我感觉挺好的。我在写姬蒂的聚会。尽管我在用尽全力压制自己的不耐烦——我从来没有如此努力地抑制过自己——但我还是比以往更享受写作，也更轻松。而且怎么说呢，我的意思是，相比其他时候，它给我带来了更自然的快乐。但我还是顶着很大的压力，还有许多书已经在大厅等得不耐烦，所以我不能再慢悠悠地写下去。昨天我们走过肯伍德，去了黑格特，看了看老弗莱的两所小房子。罗杰就是在那里出生，并在那里看见罂粟花的。我想到可以从这个场景开始。是的，那本书自然成形。然后，我还要迎接我的下一场战争——它随时都可能失控，就像被绑在鲨鱼身上一样；我匆忙写出一幕又一幕。我想我必须一口气写完《岁月》。假设我能在明年1月份完成《岁月》，然后在六个星期内完成《战争》(随便怎么称呼它)，那么明年夏天再修改罗杰的传记？

11月18日，星期一

尽管如此，我突然想到，我已步入写作生涯的新阶段。我觉得人类生活共有四个方面，是这样吗？生活的这些方面都该被表达出来，这就意味着人物角色要更丰富且编排合理。我的意思是，我与非我，外表与内心——不行，我太累了，不知如何表达才好，可我分明有了灵感，这种念头会影响我那本有关罗杰的书。这般探索，着实有趣。心理活动与外在躯体重新融合——如同一幅画。这些将构成继《岁月》之后，我的下一部作品的内容。

11月21日，星期四

写得还行，可这些上流社会的场景实在太单调了。写了一上午的姬蒂与爱德华在里士满的场景，现在来反思一下。起初我甚感欣慰，但再读下去就泄气了，面前苍蝇乱舞。关键得心平气和地对待它，回到前面部分，精简细节。这部分强调了太多“观点”，语句拗口，暗示过多。我想在日复一日中展现人物，以及他们对事物感知的变化。这也是最棘手的问题，要把重复和变化相结合。

11月27日，星期三

只怪日子太无聊，我无心写作。不过，承蒙上帝庇佑，我似乎有种感觉，就是我已经进入梦寐以求且无人能及的国度，我可以从外部世界进入内心世界，并且在永恒中遨游。这是种怪异的兴奋和自在，我在结束其他作品时从未有过这样的感受。这部作品篇幅相当长。可这意味着什么呢？今天早晨又一次写得不顺手，没法给最后一章开个好头。不知是哪儿出了毛病，可我没必要着急。最主要的是让思路轻松地活跃起来，然后流畅地倾注，而且不能写得太刻意了。当然，想一下子进入一个新人物的内心世界绝非易事。这是个北方人。眼下我有些气恼，本打算安安静静地过一周，可内莉和南·赫德森两人都提出要来我这儿。我要给她们回电吗？南还要带一个土耳其朋友过来。我可不要别人催促我。不行。

12月28日，星期六

能用漂亮而清晰的字体写下这个日期，感觉真好，一本新书的创作也于即日启动。可我无法掩盖自己马上要精疲力竭的事实；我的脑子，在完成对《岁月》结尾几页的最终修改后，就好似被清洁女工用秃了的鸡毛掸子。这是最后一次修改吗？为什么每日翩翩起舞之前要先来一段微醺的小旋转呢？然而，事实是，我必须舒展抽筋的肌肉。现在才十一点半，是一个潮湿又灰蒙蒙的早晨，我想安静地工作一个小时。这提醒了我——在完成写作之后，我必须为自己设计些放松的方式，以免结束得太突然。我想，可以写一篇关于格雷的文章。但一旦我有所松懈，整个未来的计划就会发生改变。我是否应该再写一部长篇小说——一部必须用尽脑汁，使出浑身解数的长篇小说——差不多要写上三年？我甚至没有试图反问这是否值得。有些早晨，我忙得都来不及誊写罗杰传记的内容。戈尔迪的书让我失望到无言以对。他总是一个人站在山顶，问自己应该如何生活，发表长篇大论的见解，却从不实践。罗杰则一直活在丰饶的山谷里，真切地体验生活。戈尔迪从他的大门牙缝隙吹出的热乎乎的口哨声是多么微弱啊。他总是生活在整体中，却过得孤孤单单；总读雪莱和歌德，然后丢了自己的热水瓶；他从不留意某张面庞，一只猫、一只狗或一朵花，除非是为了关注普遍性。这就解释了为什么他那些高深莫测的书让人读不下去。然而，在某些时刻，他还是很有魅力的。

12月29日，星期日

事实上，我刚刚写完《岁月》的最后几个字——紧赶慢赶，不过今天才星期日，而我给自己定的期限是星期三。但我并不像往常那样兴奋。我想让它，一部散文作品，平静地结束。写得很好吗？我无法断言。那是否合情合理？章节之间互相连贯支撑吗？我可以大言不惭地说它是一个整体吗？是的，但仍有许多地方需要改进。我还得把它精简一些，突出亮点，让停顿和重复都恰到好处，然后继续写。这个版本共有 797 页，假设每页 200 个字（只是个大概字数），总计大约 15.7 万字，就算 14 万字吧。是的，它仍需要打磨，需要大胆删减一些内容，并强调一些。这将需要我再花——我也不知道多长时间。最终，我必须下意识地把我的思想从它身上转移，并开始酝酿另一种创作情绪，否则我将陷入严重的绝望。真奇怪啊——一切都会消失，其他东西将取而代之。明年这个时候，我将坐在这儿，拿着一大捆评论剪报。不，我希望这不要成真，希望这只是我幻想中的事情：人们一如既往地要对这堆潦草之作指指点点，而我将辩解说，这不过是一种尝试罢了，我马上要做些别的事了。所有的老问题或新问题，都将摆在我面前。总之，我对这本书的主要感觉是它充满活力，有所成就，而且颇有力量。我想，我从来没有像现在这样享受写作；我的整个大脑都在运行，却没感觉到写《海浪》时的紧张。

12 月 30 日，星期一

今天，不怎么样，毫无进展。因为头疼得厉害，我一个字也写不出来。我只能像观望深不可测的罗基岛那样回头看着《岁月》，不能展开新的探索，甚至不能思考。昨天去了查尔斯顿。我坐在一张黄色的大桌子旁，身边的椅子少得可怜。读罗杰的书信，我被他迷住了。这真是一段稀奇的后世友谊，在某些方面，要比我现世的友谊更亲密。我所猜测之事，已被揭晓，这个人却不在了。

我曾想——希望他们能安息——穿衣服的时候——如何编排我的战争之书[24]——以假装它是过去几年里编辑们要我写的所有文章的集合——有关各种主题——女人该不该抽烟、穿短裙或者参加战争等等。这将赋予我讨论的权利，而且将我置于回应者一方。这一方法或许欠妥，却能保证连贯性。也许可以写个序言说明这一点。我觉得这样挺不错的。这是个刮大风的雨夜——雨势很大，我进被窝时就开始下雨，狗吠声阵阵，大风呼啸。现在我想溜进里屋去，找一本老书来看看。

注释

1 欧内斯特·勒南（Ernest Renan，1823—1892），法国著名哲学家、历史学家、宗教学者。

2 奥利弗·斯特雷奇（Oliver Strachey，1874—1960），英国密码分析家。他是利顿·斯特雷奇的哥哥，克里斯托弗·斯特雷奇的父亲。

3 斯蒂芬·哈罗德·斯彭德爵士（Sir Stephen Harold Spender，1909—1995），英国诗人、小说家和评论家。

4 蕾·斯特雷奇（Ray Strachey，1887—1940），英国女权主义政治家、艺术家和作家，奥利弗·斯特雷奇的妻子。

5 威廉·查尔斯·富兰克林·普洛默（William Charles Franklyn Plomer，1903—1973），南非裔英国小说家、诗人和文学编辑。弗吉尼亚·伍尔夫非常推崇他的作品。

6 圣约翰·格里尔·欧文（Saint John Greer Ervine，1883—1971），爱尔兰传记作家、评论家、剧作家。

7 安妮·谢泼德·斯旺（Annie Shepherd Swan，1859—1943），苏格兰记者和小说家。

8 奥尔加·科利特（Olga Collett），曾是英国王牌广播评论员。

9 《贝尔昌伯侯爵》（*Belchamber*），霍华德·斯特吉斯（Howard Sturgis，1855—1920）在1904年出版的一部小说。故事讲述了贝尔昌伯侯爵塞恩蒂从童年到二十多岁的生活。

10 参见17世纪法国诗人拉·封丹的寓言故事《猴子与猫》（或称《火中取栗》）。故事讲的是聪明的猴子骗猫去取火中的栗子，勇于冒险的猫因此被烧掉了脚上的毛，但取出的栗子却被猴子吃了。现用来比喻受人利用，徒然吃苦，而得不到好处。

11 米兹是我们养的狨猴。——伦纳德注

12 阿比西尼亚是埃塞俄比亚的旧称。

13 《冷漠的人》(*Gli Indifferenti*), 意大利作家阿尔贝托·莫拉维亚(Alberto Moravia, 1907—1990)在1929年出版的小说。

14 日记中的记录原本就是如此。

15 这是弗吉尼亚·伍尔夫在布里斯托大学为罗杰·弗莱的画展开幕做的演讲,演讲稿后来收录于批评文集《瞬间及其他随笔》。——伦纳德注

16 尼古拉斯是《岁月》中的人物,一个波兰裔美国人。

17 弗雷德里克·马里亚特(Frederick Marryat, 1792—1848),英国海军军官、作家,著有多部海洋小说。

18 欧内斯特·贝文(Ernest Bevin, 1881—1951),英国政治家、工会领袖、工党政治家。

19 乔治·兰斯伯里(George Lansbury, 1859—1940),英国政治家、社会改革家、工党领袖,支持妇女权益。

20 路易就是为我们料理家务的埃弗里斯特夫人。——伦纳德注

21 这里指的应该是美国记者、摄影师露丝·格鲁伯(Ruth Gruber, 1911—2016),她的博士学位论文分析的是弗吉尼亚·伍尔夫的作品。

22 《下一场战争》(*The Next War*),著名反战诗人威尔弗雷德·欧文(Wilfred Owen, 1893—1918)的诗歌。

23 阿德里安·莱斯利·斯蒂芬(Adrian Leslie Stephen, 1883—1948),弗吉尼亚·伍尔夫的弟弟,布卢姆斯伯里团体成员,也是英国最早的精神分析学家之一。

24 这本书就是1938年出版的《三个基尼金币》。

1936

1月3日，星期五

新年伊始，接连三天我都状态不佳，头痛，要裂开一般，脑子里的各种念头走马灯似的。天上下着瓢泼大雨，发洪水了。昨天我们踉踉跄跄走出去，泥浆淹没了我的胶靴，泥水在靴子里吱吱作响。就乡下而言，这个圣诞节真是糟透了。伦敦同样会使人烦躁不安，可我还是乐意回去，而且我已经无比心虚地央求不要再待一星期了。今天是个灰黄多雾的日子，所以我只能在阴湿的雾气中看到山丘而看不到卡本山。但这样我就心满意足了，因为我的头脑清醒，可以开始写《岁月》了，也就是星期一开始做最后的修改。这突然变成一件急事，因为这么多年了，伦纳德还是第一次对我说，我挣的钱还不够付我的那份房租，而且我必须从积蓄中拿出 70 英镑。这样我就只剩 700 英镑了，我得把缺口补回来。又要考虑经济问题了，在某种程度上说，还挺有意思的。但若真的把它放在心上，就会感到有压力。更糟的是，它粗暴地惊扰了我，让我必须靠写文章挣钱。我想把我的下一本书叫作《答来信者》，可我不能为了构思它而立刻停下手里的活儿。不行，我必须找到一种耐心而安静的方式来舒缓我那易激动的神经，让它沉沉睡去，直到我完成《岁月》。或许2月份能完成？哦，那时我将一身轻松，就好像——怎么说呢？——就好像一个巨大的骨瘤——一大块肌肉——从我脑子里挖掉了。不过还是先专注于手头的工作，然后去写新作品吧。奇怪的是，这倒能解释我的心理状态。看来我不能再写文章了，必须创作自己的书。我是说，想到要为报纸写作，我会立刻调整要说出口的话。

1月4日，星期六

天气有所好转，我们决定待到下星期三。自然还会下雨。但我要给自己定下几个了不起的目标：尽可能少读周报，因为周报容易让我陷入个人情绪中，对往事念念不忘；在修改《岁月》的这段时间，要读些老书，培养好的习惯，把大脑填满；忘掉《答来信者》。总之，要尽可能从根本上解决问题，少做表面文章，尽可能享受与他人的交往，少些杞人忧天。现在要写罗杰的传记；写完后放松一会儿。因为，说实话，我仍然感觉头脑紧绷绷的，一个小失误就能迅速让我陷入绝望或狂喜，或者我时常经历的其他痛苦状态——那可是一长串的不快乐。我订了一块牛里脊，我们一会儿开车去取。

1月5日，星期日

我又在这个老麻烦上耗了一上午。我确信已经做到词可达意，再改只能坏事。如果要改，一定也只是整理和润色而已。鉴于我现在感觉非常平静，这些工作自然难不倒我。只要我感觉好，就没问题。我想转移注意力，去做点别的事。写得好还是坏，还不清楚。今天颇觉宁静。昨晚读了《司号长》[1]，坐车去看了大水，我的心情舒缓了许多。昨天的云朵异常美丽，透出绚丽的紫，就像热带小鸟翅膀上的颜色；湖泊映出同样的颜色，我们还看到了成群的鸻鸟，有黑有白，轮廓皆纤细修长，颜色皆纯美淡雅。昨晚可谓酣眠！

1月7日，星期二

我把最后几页又誊写了一遍，我认为现在的情节安排更好些。许多细节和一些基本要素被保留下来，比如雪景那一幕，而且我确信很多我不愿重写的段落也被保留。不过，我坚信自己的感觉是对的，眼下只需动用技巧，无须创作。

1月16日，星期四

昨晚大约六点半，我把《岁月》的最后一部分读完，然后就陷入了极其罕见却无比强大的痛苦之中。这本书简直是在有气无力地讲废话——像一堆无足轻重的闲言碎语，如此冗长的篇幅，充分展示了作者自身的衰颓。我只能将本子重重扔在桌上，脸颊发烧地冲上楼去找伦纳德，他说“这是常有的事”。可我感觉不是的，我以前从未感觉这般糟。我记下这一点，以免在另一部作品中重蹈覆辙。今天早上，我仔细读了一会儿，又有了完全相反的感觉，书的内容还算充实，是一部朝气蓬勃之作。我翻看了前面几页，更加断定它言之有物。眼下我必须强迫自己开始定期给梅布尔寄送稿件。我保证，今晚要送走 100 页。

2 月 25 日，星期二

这则日记将证明我在多么刻苦地工作。我抽出日程里最早的空档——午饭前的五分钟——在此写上一会儿。整个上午我都在工作，每天几乎从早上五点工作到晚上七点。所以我的头痛又犯了，只能静静地躺着，装订些书，读一读《大卫·科波菲尔》以缓解头痛。我曾发誓一定要在 3 月 10 日前完成手稿，全部打出来并校对，然后送给伦纳德审阅。可我还在里士满和埃莉诺的场景磨蹭，还没打出来，而且要对那个讨厌的空袭场景做许多修改。如果可能的话，这些都得在下个月 1 号，也就是星期日那天全部打出来，然后我必须从头开始，把书通读一遍。所以我既不能来这里写日记，也不能写罗杰的传记。说来也怪，尽管我的感觉飘忽不定，心里也没谱，但总体而言，我对此还挺满意的。

3月4日，星期三

不错，我差不多完成了空袭场景的誊写，我想这已经是第13次修改。明天就可以把它送出去了。我觉得，在重读之前，只要我胆子够大——我可以休息一整天。现在能看到结尾了，其实就是另一本书的开头，它一直在毫不客气地催我。哦，每天早上又可以自由地写作了，重新编织我的文字是再好不过的——与过去几个月相比，这简直是放松身体、愉悦身心的良机——自10月以来，我几乎一直忙着精简并重写那本书。

3月11日，星期三

昨天我给克拉克印刷社送去了132页稿子。我们决定不走寻常路，在给伦纳德看之前，先把它一页页印成校样，寄到美国去。

3月13日，星期五

进展相当不错。所以午饭之前我来悄悄休息十分钟。我从没在任何一本书上如此用功。我的目标是把它改成无须修改的校样。我能感觉自己想表达什么了——还不算太糟。不过，关于《岁月》就谈这么多吧。昨天我们在肯辛顿花园散步时谈论了政治话题。奥尔德斯拒绝签署最新的宣言，因为它主张制裁。他是个和平主义者。和我一样。或许我该妥协。伦纳德说，鉴于欧洲正面临六百年以来最严重的分裂危机，我们必须搁置私人分歧而支持联盟。他今天上午参加了工党的特别会议。在这过度劳累的一周里，我们史无前例地热衷于政治。希特勒的军队驻扎在莱茵河畔。伦敦在召开会议。法国人将事态看得非常严重，所以他们——那个情报小组——安排了一个人来参加明天的会议。他们对英国知识分子的信任可真让人动容。明天又开会。像往常一样，我想，嗯，事情总会过去。可奇怪的是，枪炮又逼近了，而且进入了我们的日常生活。我可以很清楚地看见它们，并听见它们咆哮，尽管我仍在继续工作，像一只悲观的小老鼠那样小心翼翼地啮啃着。现在能做什么呢——除了接听那没完没了的电话，听伦纳德讲话。一切都按部就班地进行。所幸由于《岁月》的事情，我们把所有晚宴都推迟了。今年的这个春天过得畏首畏尾的，而且非常吃力，或许有两天还算不错，番红花盛开了，可接着又是寒冷黑暗的日子。生活似乎一成不变，我埋头写作，我们无法社交，枪炮的威胁，没完没了的会议，黑暗的日子——至于这一切意味着什么，没人知道。就我而言……不，除了散步和工作，也就是午饭后散步一小时，我真怀疑我可曾见过别的人或做过别的事。

3月16日，星期一

按理说我不该写日记，可我没法继续面对那些让人头疼的稿子。我将在下午三点钟重新开始，读上几页，喝个茶，然后继续干下去。在我看来，自完成《远航》之后，我还从未像这次因为重读而感到万般灰心丧气。就拿上星期六来说，我那时觉得要彻底失败了，可这本书现在正印刷呢。于是，我揣着绝望的心情，重新开始，中间我曾想撂挑子不干了，不过还是继续打字。一个小时之后，我觉得头脑紧绷，受不了了。昨天我又读了一遍，不禁觉得这可能是我写得最好的书。

然而……我才读到国王去世的场景。我想是因为场景的交替变化，读起来才会如此吃力。中间的情节的确扣人心弦，之后就突然松懈了。每个场景的开头读起来似乎了无生趣……所以我又得打字修改。我已经差不多完成250页，还剩下700页。只要沿着河边走一走，步行穿过里士满公园，我就会感觉全身又舒畅了，这些活动可比做其他事儿都管用。

3月18日，星期三

我觉得它现在看上去很不错——仍是《岁月》这本书——所以不能继续改了。实际上，我深信威特林斯场景是此书中最为精湛的一笔。初校样刚送来，也就是说，我得准备好被浇一身冷水了。今早我注意力涣散，一直在琢磨怎么给一位英国读者回信。再啰唆一句，我觉得这一版就是定稿了。

3月24日，星期二

周末过得挺不错。树木开始抽芽，风信子、番红花也都醒来了。天气转暖。这是第一个春日周末。我们走着去了老鼠农场——去寻找紫罗兰。那里也是一片春意盎然。我还在修修改改，整个人昏昏欲睡。我的心思都在《两个基尼金币》[2]上——我打算这样给它命名。我觉得自己马上又要精神错乱了，全身心沉浸在这本书里，我都意识不到自己在做什么。走在河岸街上，我突然意识到自己在自言自语，声音还挺大。

3月29日，星期日

今天是星期日，但我仍写个不停。今早我完成了埃莉诺在牛津街的场景，这是第20次修改了。我告诉自己，全都计划好了，将于4月7日星期二完工。我不禁浮想联翩，觉得非常不错。不过，不能再继续拖下去了。这周的开头不尽如人意，整个人垂头丧气的。

4月9日，星期四

在经历了令人窒息的忙碌后，眼下又将迎来寡淡的生活。最后一批稿件已于昨天寄给克拉克印刷社。伦纳德正在读这本书。我只能说自己没抱什么希望，我觉得到目前为止他的评判都不温不火的，但这也只是暂时性的。无论如何，那段让人厌恶又叫人痛苦到无力的日子，必须得付之一炬了。可怕的是明天，过完今天这个刮大风的短暂休息日——哦，自打我们回来，凛冽的北风每天都在疯狂地呼啸，好在我听不到，看不见，对其不闻不问，只出没于房子和房间里，通常都是怀着悲哀的心情——过完今天这个休息日，我想，我必须从头开始，读完600页冰冷的校样。为什么？哦，为什么啊？不会再有下次了，绝对没有下次。只要能把那些工作做完，我就立刻动笔去写《两个基尼金币》的开篇，而且要开始对罗杰的亲切漫谈了。说真的，我认为这会是我写的最后一部“小说”。不过，接下来我也想写些批评文章。

6月11日，星期四

足足两个月了，现在我只能简单回顾一下。也就是说，在经历了两个月的沮丧，更糟的是，生了一场近乎毁灭性的大病——自1913年到现在，我第一次感觉自己如此濒临崩溃——现在我又恢复到最佳状态。我必须重写，我的意思是添加一些东西，同时要在校样中把《岁月》的一大部分内容删去。但我不能全身心投入。只能工作一个小时左右。哦，我由衷地感到开心，又可以做自己思想的主人了。我们昨天从 M. H. [3] 回来。现在我打算像一只脚踩鸡蛋的猫那样小心翼翼地生活，直到完成我的 600 页稿子。我认为我行，我一定行，但我必须拥有巨大的勇气和无比乐观的精神。正如我所言，这是 4 月 9 日以来我第一次心甘情愿地写作，在那之后我就卧病在床了，接着我们去了康沃尔郡——那几天我没写日记，后来就回到这里，去看了埃利，去了蒙克屋，昨天回到家，试着待上两星期。我的血脉一直在膨胀，只觉脑门发热。今早写了 1 880 个字。

6 月 21 日，星期日

受了一星期的痛苦折磨——其实每个早晨我都备受煎熬——没有夸大其词——我的脑子由里向外作痛——蔓延其中的是一种彻底绝望和失败的感觉——脑袋就像得了花粉症的鼻孔——今天总算又迎来了凉爽而安静的早晨，让人能放松一下，喘口气，觅得一线希望。刚刚完成罗布森的场景，写得还行。我的生活是如此局限，如此压抑，让我觉得无事可记。一切都得遵循计划，事事皆已准备妥当。我在楼下写上半个小时，然后，常常是怀着绝望的心情上楼，在床上躺一会儿，去广场上走一圈，回来再写十来行。昨天去了市长大人家。那个地方让人不由自主地感到拘谨和压抑。在下午茶到晚饭之间的这个时段，我发现大家都瘫倒在沙发上。比如，罗丝·M.、伊丽莎白·鲍恩和内莎。昨晚我们到广场上坐了一会儿。我看见水滴从绿叶上滴答滑落。听见了雷声，目睹了闪电。天空是紫色的。内莎和安杰莉卡在讨论四分音符与四八拍。猫咪在我们身旁鬼鬼祟祟地走动。伦纳德去和汤姆、贝拉一起吃晚饭了。这是一个怪异却十分精彩的夏天。我有了一些新的感受：谦逊之感，非个人的快乐，对文学的绝望。我的写作技巧在最极端的磨炼下有些长进。真的，在读福楼拜的文字时，我感到自己的想法呼之欲出。哦，耐心地等一等吧，他的文字让我觉得心安，也让我受教颇多。我必须默默地、有力地、勇敢地把这本书写出来。不过，恐怕要到明年才能出版了。我认为它充满了无限可能，只要我能做到。我正尝试用短语来塑造鲜明生动的人物形象，这需要删减并压缩一些场景，也就是通过一个媒介串联起整个故事。

6月23日，星期二

好一天，坏一天——生活就这么延续着，很少有人像我这般忍受过写作的煎熬。我想，只有福楼拜经历过。现在我已经能看到小说的轮廓，也就是它的整体面貌。我想只要我有勇气和耐心，就能完成它。心平气和地写每一个情节，并将它们组织起来，我想它也许会是本好书。然后——哦，完稿时该多好呀！

今天的头脑不太清醒，因为去看了牙医，然后奔波着去买了些东西。我的大脑就像一个天平，一粒米就能打破它的平衡。昨天还好好的，今天可就垮了。

10月30日，星期五

距离上次写日记已经好几个月了，我暂不想记录这期间发生的事。我不想记，是因为我还无法对其做出解释，无法细细分析这个与众不同的夏天。描写小说场景对我来说会更有帮助，也有益健康。拿起笔来描述实际发生之事，倒也有助于练笔，毕竟我现在下笔迟疑不定，写得磕磕绊绊。我还能“写作”吗？的确，这是个好问题。眼下我要试着弄明白，我的天赋到底是消失殆尽了，还是处于蛰伏状态。

11月3日，星期二

奇迹永远不会停止出现——伦纳德居然很喜欢《岁月》！他认为，到目前为止——就“风”这一章而言——它足以与我的任何作品相媲美。我要记下这些事实。我是从星期日开始读校样的。读至第一部分结尾处，我陷入绝望，一种彻底的硬生生的绝望。昨天我强迫自己读下去，读到“当代”这一里程碑式的章节时，我说：“毫无疑问，真是太糟糕了。我准得像抱只死猫那样把它拿给伦纳德，告诉他别读了，直接烧掉。”我就是这么做的。肩上的重负一下子减轻了。这是真的，我感到自己卸下了一个大包袱。天气寒冷且干燥，看上去灰蒙蒙的。我走了出去，穿过克伦威尔之女长眠的墓园，经过格雷旅馆，沿着霍本街往前走，然后返回。此刻的我，不是天才弗吉尼亚，只是一个受了夸赞且心满意足的——我可以说自己是个灵魂吗？抑或躯壳？这个躯壳累极了，已经年迈体衰。不过，一想到能与伦纳德白头偕老，心里也挺满意的。我们敷衍地吃了顿午饭，味同嚼蜡。我对伦纳德说，我要给里士满写信讨些书来做评论。书稿出版想必要花费两三百英镑，这些钱得我自掏腰包。我存了 700 英镑，这样一来，就只剩下 400 英镑。自然谈不上高兴。伦纳德说，他觉得我对那本书的看法或许有些偏颇。接着来了许多陌生男人。芒福德先生，赤褐色皮肤，很瘦，戴着呆板的圆顶礼帽，拿着手杖。我带他去客厅，给了他一支香烟。还有一位叫什么的先生，肥胖且魁梧，他嘴里说着打扰了，手却实诚地敲了门。塞西尔勋爵和夫人来电请我们去吃午饭，顺便让我们见见西班牙大使。（想必是知道我在写《三个基尼金币》。）喝过茶后，我们去了《星期日泰晤士报》的书展。天气闷得难受，我觉得自己像个死人。哦，真是累得要死！怀特小姐走了过来，和我谈论她的书以及大家对她的评论，她身材矮小结实，小脸蛋红扑扑的，一副笑嘻嘻的模样。然后乌尔苏拉·斯特雷奇[4]从达克沃思家过来，她跟我开玩笑道：你不记得我了吗？我一下子就记起了那洒满月光的小河。后来罗杰·森豪斯拍了拍我的肩膀。然后我们回了家，伦纳德一个劲儿地读，什么也不说。我感到自己正陷在沮丧中，其实《岁月》也可以重写一遍，但我已经构思好另一部作品——应该用第一人称来写。关于罗杰的那本书也可以这么做吗？我又陷入了惯常的头昏脑涨和麻木中，就好像大脑的供血被切断。突然，伦纳德放下校样，说他认为这本书不同凡响——并不比其他任何作品逊色。现在他又继续读了。费尽心力写了这么几页，已经让我精疲力竭，我打算上楼去读本意大利语书。

11月4日，星期三

伦纳德现在已经读到“1914年”这一章的末尾，依然认为这是一部杰作，无与伦比：非常古怪，非常有趣，又非常伤感。我们讨论了我的悲伤。但我的困难在于，我无法让自己相信他是对的。可能只是因为我之前夸大了这本书的糟糕部分，而他读完发现其实并非如此，才夸大了它的优点。倘若要出版，我必须马上坐下来修改一番。但这可能吗？在我看来，几乎每一句话都很糟糕。但我要暂且搁置这个问题，等他今晚读完再说。

11月5日，星期四

奇迹出现了，昨晚大约十二点，伦纳德读完最后一页，却无法开口说话。他哭了。他说这是“一本最出色的书”——与《海浪》相比，他更喜欢《岁月》。毫无疑问，一定要让它出版。我见证了他的情感和他的投入——他一直读啊读，所以我对他的看法没有疑虑。那我自己是怎么看的呢？不管怎样，此刻伦纳德为我带来了巨大的宽慰。这个从星期二开始的反转，让我兴奋得几乎不知道是该脚着地，还是头着地。这种经历还真是前所未有。

11 月 9 日，星期一

就这本书而言，有些难题是我必须攻克的。我发现它异常棘手。我绝望了。它看上去糟糕透了。我只能寄希望于伦纳德的评价。这样一来，我就无法集中注意力，为了安抚自己，我尝试了各种方法：拿起一篇文章来读，写罗杰的传记，为《听众》杂志评阅一本书。可这些让我心烦意乱。我必须把心思集中在《岁月》上。我必须读完校样，然后把它们送走。我必须把心思集中在它身上，整个上午都要全神贯注。我想，只有这样，才行得通，然后我可以在茶歇和晚饭之间做些别的事。整个上午都要沉浸在《岁月》的阅读中，不能做别的事。如果遇到棘手的章节，就集中精力改上一小会儿，再过来写几句日记。但在下午茶之前，不能急着去写其他东西。写完之后，我们可以随时请教摩根。

11月10日，星期二

总的来说，今天早上修改《岁月》进展顺利了些。脑子被这项工作搞得累极了，大约一个小时之后，开始头痛。这也是实情，所以得让它休息一下，静静地沉浸在这种情绪中。是的，就凭我写得这样艰难，我想它还是不错的。

我不知是否有人像我写作《岁月》这样，在一本书上遭过这么多罪。一旦完成，我就不想再多看它一眼，它像一个漫长的分娩过程。想想那个夏天，每天早上都头痛，强迫自己穿着睡衣走进那个房间，写完一页就躺一会儿，总以为自己写得很糟。如今挫败感一定程度上仁慈地消失了。但现在我觉得，只要写完，我就不管别人怎么说了。莫名其妙地，我觉得自己还算被人尊敬、受人欢迎，但这只是飘忽的幻觉，变幻不定。再也不写长篇了。但我想自己还会创作更多小说——情节会自己成形。可今早我感觉太累了：昨天太过紧张，而且劳累过度。

11月30日，星期一

在我看来，没有任何必要为《岁月》感到不快。我觉得它终于成功了。无论如何，这是一部紧实生动而且竭尽全力才完成的作品。刚刚写完，我感到有些得意。它当然与其他书不同：我认为它包含了更多"真实"的生活，更加有血有肉。但不管怎么说，我大可不必夜里躺在床上吓得发抖，尽管作品仍有些可怕的水分，而且开头部分读起来很让人头痛。我认为可以放心了，我对自己这样认真地说道，以便安慰一下翘首企盼了几个星期而备感无聊的自己。我没必要理睬别人说的话。实际上，我向那个非常忧郁的女人——我自己——表示了祝贺。她经常头痛，而且深信自己的作品是个失败，可无论如何，她坚持了下来，因而应该被恭贺。至于她如何顶着一个破布般的脑袋完成了这本书，我并不清楚。现在休息会儿，读一读吉本的书。

12 月 31 日，星期四

在我面前放着的是校样——长条校样——今天要把它们送走。这些东西曾像荨麻一样刺痛我，我却要掩饰这种痛苦，甚至不想在日记里提及。

过去几天里，我心中充满了一种神圣的宽慰——无论好坏，眼下都要同它告别了。而且自 2 月以来，我的思想就像一棵大树那样，首次摆脱重负振作起来。我一门心思在吉本身上，不停地阅读；我想，这是 2 月里我头一次这么专注。如今又能写作，又可以享受生活了，还可以四处走动。关于写作之于我的必要性，我可以做一些有趣，而且或许颇有价值的记录。人总要不断追求点什么。我不确定，写长篇小说时是否必须保持一种高强度且异常专注的精神状态。我的意思是，如果将来再写长篇——估计不可能——我将强迫自己同时写些小文章以缓和那种紧张状态。总之，现在我不打算担心“能不能写”的问题。我要冲进非自我意识的洪流里，努力工作，先写吉本，接着为美国那边写几篇小文章，然后写罗杰以及《三个基尼金币》。至于后两者要如何安排先后顺序，如何衔接，还不清楚。总之，即使《岁月》失败了，我的新构想也已经成熟，还收获了一大把零碎的想法。也许我现在又迎来了一个写作高峰期，可以迅速写出两三本小书，然后休息一段时间。不管怎么说，我觉得自己能力十足，完全可以继续写下去。脑袋里不再空空如也。为了证明这一点，我马上去拿我的吉本笔记，要开始认真构思那篇文章了。

注释

1 《司号长》(*The Trumpet Major*)，托马斯·哈代于1880年出版的一部历史小说。小说讲述了女主人公安妮·加兰与三个追求者的故事。

2 这本书就是后来的《三个基尼金币》。

3 M. H. 指位于罗德梅尔的蒙克屋（Monks House）。

4 乌尔苏拉·斯特雷奇（Ursula Strachey，1911—1999），传记作家利顿·斯特雷奇的侄女。

1937

1月28日，星期四

我又开始快乐且狂热地做梦了，也就是说，今天早上《三个基尼金币》要动笔了，脑海里全是它。我的计划是现在就写，尽可能地写，不再拖延，我觉得或许在复活节前就能写出个大概来。不过，我将允许自己，督促自己，间歇而随意地写一两篇小文章。然后我希望自己能侥幸撑过那可怕的3月15日。今天收到电报，美国那边竟然还没收到《岁月》的校样。我必须把自己武装起来，以抵御即将到来的恶言恶语。据我所知，这种方法简直太有效了。

补记：1937年10月12日写完《三个基尼金币》（暂时就写成这样了）。

2月18日，星期四

目前我已经写了三个星期的《三个基尼金币》，共完成38页。

我的写作源泉眼下已消耗殆尽，而且我也需要换换胃口。写点什么呢？此刻毫无思路。

2月20日，星期六

我上楼时，有意将视线挪开不看印刷室，因为那里堆放着供评阅的《岁月》副本，有的已经打包好，有的正在打包。下周就要把它们发出去了，所以这是我最后一个相对平静的周末。我如此闷闷不乐又心灰意冷地期待着什么呢？我主要想的是，我的朋友们断不会提及它，他们会尴尬地转移话题。我想，我在期待好友中有人能给个还算温热的评论，虽然不温不火，却至少还算恭恭敬敬。我料想好事的小矮人们会像那些印第安人一样喜形于色，他们会欢呼雀跃地宣布，这是一个古板拘谨的小资产阶级作家写作的冗长废话。他们还会说，现在再不会有人拿伍尔夫女士当回事了。我不会太在意这些冒犯行径。我想我最耿耿于怀的是，我去蒂尔顿或查尔斯顿时，会看见他们支支吾吾不知道该说什么，那才尴尬。我们要到6月份才离开这儿，所以我必须充分准备好面对这种沉闷的气氛。他们会说这是一本劳筋动骨的书，是作者最后的努力，诸如此类。罢了，既然已经写下这些，我觉得如果真的要面对，我还是能在这种阴影下生存的。也就是说，我要不停地努力工作。工作是没完没了的。昨天我与内莎商量出一套插图故事书；我们准备在圣诞节出12幅平版画，由我们自己来印。

就在我们聊得正欢的时候，马格丽·弗莱来电，说让我去见见朱利安·弗莱，谈一谈有关罗杰的事。我开始感到有压力了。随后伦纳德又问我是否有可能在今年秋天看到《三个基尼金币》问世。此外，我还得读吉本的书，做广播，为罗杰的传记写篇还算合适的按语。我打算在这场温和的评论大会结束之前躲开文人圈子。可这种若有所思的等待是最糟糕的。下个月的今天我应该会更加自在。其实目前我也只是偶尔发愁想想这事。

补记：我料想他们如今会幸灾乐祸地扬言，伍尔夫女士的长篇大论简直空无一物。

2月21日，星期日

五天（在此期间我写了《面孔与声音》）很快过去，我又开始写《三个基尼金币》：在极其无聊的闲逛之后，我开始慢跑，并希望向前冲刺。很奇怪，有时我会转变得这么快。说来也怪，昨天静寂得很，一个人也没见到，所以我去了喀里多尼亚集市。没找到汤匙店，花三英镑买了一副手套，一英镑买了一双长筒袜，然后回到家。又开始读法语作品，就是贾妮去年夏天送我的《愤世嫉俗》以及科莱特[1]的回忆录。只可惜我当时闷闷不乐且心思游移不定，没有心情读任何东西。今天，评论家们（哦，这愚蠢的念头）对我发动了攻势，可我更在意的是拥有一套天鹅绒床铺或做点别的事情。事实上，一旦慢慢开始写《三个基尼金币》，我想我就只能看见闪亮的白色跑道，然后坚定地朝着目标冲刺。

2月28日，星期日

我的整个身心都被《三个基尼金币》占据着，所以几乎无法抽身出来写日记。（此刻，我其实又放下笔，在努力思考我的下一段内容——大学）——以及它对未来职业的影响，诸如此类。这是我的一个坏习惯。

3月7日，星期日

由前一页可以看出，我的精神热度突然蹿升，我无法解释为什么，只知道自己近来一直疯狂地写《三个基尼金币》，并且写得还不错。眼下就要迎来最关键的一周，我必定要如预期中那样突然经历一个大滑坡。我敢肯定，情况会非常糟。不过与此同时，我也相信这种跌落未必是致命性的。也就是说，这本书可能被唾弃，也可能受到小小的称赞；但问题是，我自己很清楚它为何会失败，而且它的失败是我故意为之。此外，我很清楚我已经把自己的观点表达透彻，无论是作为作家，还是作为生命体。作为作家，我完全有能力再去创作两本书——《三个基尼金币》和《罗杰》[2]，更不用说写些文章。作为生命体，我目前对生活的兴趣和此刻感到的安稳，都无法舍弃。坦白地说，这一点，我已经在过去的这个冬天里证实。这不是故作姿态。说实话，就算我过气了，不受大众欢迎了，也只能让我觅得静静观察这个世界的良机。同时，这种境况使我可以淡然面对生活。我永远不需要去寻找任何读者。总之，无论如何，我都感觉安稳，而且期待着，在经历过未来十天那不可避免的折腾之后，迎来一个缓慢、黑暗，却富有成果的春夏秋。我希望自己可以一直这么坚定。星期五评论出来的时候，请记住这一点。

补记：我们已预售 5 300 本。

3 月 12 日，星期五

哦，多么令人宽慰呀！伦纳德把《泰晤士报文学副刊》递给躺在床上的我，他说全是些好消息。的确如此，《时代与潮流》说我是一流的小说家，更是伟大的抒情诗人。我几乎没法仔细读那些评论，感觉有点晕眩，心里想着，那书居然不是一堆废话，竟然确实产生了影响。当然，那压根不是我想要的影响。可现在，我的天哪，在经历了这些痛苦之后，我又自由了，完整了，有活力了，能全速前进了。所以不要再沾沾自喜或故作镇静地炫耀了。今天要回蒙克屋，因为朱利安回来了。我用午饭前的最后五分钟记下这一点：今天我已经完全摆脱过去几周的痛苦、烦恼和绝望，再也不会经历这些了。我又背上了《三个基尼金币》的创作包袱，之前我已经刻苦努力地写了一阵子。现在我要加把劲，把这架小马车从一段崎岖的小路拽上来。这样看来，似乎就没有休息，更没有结束。我总是任凭直觉控制自己，似乎没了压力我就无法生活。现在，《岁月》终于要从我脑子里彻底退去。

车修好了，可天上下起了倾盆大雨。

3月14日，星期日

《观察家报》的两个专栏都夸赞了《岁月》，我为此乐不可支，竟不能按照计划继续写《三个基尼金币》了。就在刚才我还坐在椅子上惬意地读着评论。我想到了，一年前，我恰好就在这个房间里苦苦挣扎，那时我突然觉得三年的心血要彻底沦为一部蹩脚货。我还想到，我在这儿度过了无数个早晨，步履不稳地跑出来，将誊好的手稿剪碎，好不容易写上三行，就又回去躺在床上……那是我一生中最糟糕的夏天，但同时也是最辉煌的。难怪我的手都发抖了。最让我开心的是，德·塞林科特[3]也读了，这让我明显有了胜算，也许《岁月》并不会像我担心的那样无人问津或没于平淡。《泰晤士报文学副刊》说得它好像是中产阶级的挽歌，只是让人眼前一亮而已；但塞林科特认为这是一部别出心裁、开拓创新的作品。我还没有读完他的所有评论，可我认为他说到了点子上。这意味着《岁月》会备受争议，也意味着《三个基尼金币》这把利剑，经过这次热铁的锤炼，会被打造得更加锋利漂亮。所以，正如我确信的那样，精心制订的计划不会因为生活中的各种波澜而夭折。不过，能够坚定自己的想法，对我而言更是一次巨大收获。

3 月 19 日，星期五

眼下我正经历一件稀罕事儿，“他们”几乎异口同声地夸赞《岁月》是一部杰作。《泰晤士报》如是说，邦尼和霍华德·斯普林等人也如是说。如果有人在一周前，更别说是在六个月前，告诉我应该创作这本书，我定会像被击中的野兔一样蹿起来。那绝对是件不可思议的事！这种众口夸赞始于昨天。顺便说下，我在科文特花园[4]散步时看见了圣保罗大教堂，而且第一次在那里听见了老女佣的歌声，当时她在前厅里一边擦椅子一边哼小调。后来我去了伯内特买东西，还买了一份《旗帜晚报》。我坐在地铁里读报时，竟觉得自己已然超脱众人。那是一种平和的自豪感，内心没有一丝涟漪。此刻我的内心非常坚定，想必舆论的鼓噪不会对我产生多大影响。现在必须开始写《三个基尼金币》。

补记：那些好评大意如此——这是一部杰作，展示出伍尔夫女士如何比其他在世的小说家更别出心裁……具有惊人的创作能力。

3 月 27 日，星期六

不，我不准备再修改关于吉本的那篇文章了，一千字已经算是很凝练。太折磨人了，我脑子里一片混沌。来潦草地写几笔吧。此刻我正坐在火堆旁，这是一个寒冷但明媚的复活节早晨；几缕阳光闪现，小丘仍然顶着一搓昨日的雪；突然间会有一阵墨黑色的风暴像章鱼那样张牙舞爪地扑过来；秃鼻乌鸦蹿跳在榆树枝头，嘟嘟地啄着树枝。就像我总在早餐后到阳台踱步时所言，面前之景，美不胜收，只需看上一眼，就会沉浸在快乐之中。真是一种奇怪的景象，花园映衬着教堂，阿什汉姆的山影反衬着教堂黑色的十字架。简直是在偶然的一瞬间汇聚了英国景色的全部精髓。我们是星期四回来的，恰逢伦敦交通的高峰期，一路熙熙攘攘，各色小汽车都在飞奔。昨天我终于彻底摆脱了接电话和写评论的工作，无人来电。我开始读《奥尔蒙特勋爵和他的阿明塔》[5]。我发现，与我之前读的那些无聊又肤浅的小说相比，这本书的内容无比丰富，情节错综复杂，风格生动活泼，文笔苍劲有力。所以，天哪，这本书让我又想写小说了。我之前算是小瞧了梅瑞狄斯。我很欣赏他为摆脱平直的散文体所做出的努力。与现在相比，他早期的作品更有幽默感与洞察力。吉本的作品也是如此。也就是说，我准备好创作了，奈何现在只能写写日记，不然后脑勺紧绷绷且隐隐作痛的老毛病又要犯了。

4月2日，星期五

今天真可谓兴致勃勃！我现在感到胸有成竹且精力充沛，脑子里涌动着各种想法。这是因为我被泼了冷水，又被打了耳光：埃德温·缪尔在《听众》上，司各特·詹姆斯在星期五的《生活与书信》上都批评了我。这两人巧言令色，其意图就是奚落我。缪尔说《岁月》毫无生趣且令人失望。实际上，詹姆斯也说了同样的话。所有的辉煌都开始黯淡，我那摇摆不定的声望又降到了最低点。我的作品毫无生趣且令人失望，所以我终于被识破了真面目；我的书就像令人作呕的大米布丁，就是一个冷冰冰的败笔，毫无活力可言。与康普顿·伯内特小姐严酷的写实风格和强烈的独创性相比，我的作品要低劣得多。受这痛苦的驱使，我凌晨四点就醒了，心里难受得要命。驾车到珍妮特家，然后回来，一整天我心里都沉甸甸的。到七点钟时，心情轻松了些，我在《帝国评论》上看到一篇四行字的评论，说这本书是我最好的作品。这让我感觉好些了吗？我觉得效果甚微。不过。那种被引爆的感觉太真实了。我莫名地觉得自己又有了精神。比起赞扬，这类批评反而让我更开心、更充实，而且更加雄心勃勃。

4月3日，星期六

这个月29日，我得做一场广播，具体要求是——不能玩弄文字技巧。先撇开这件事，来谈谈文字。为什么它们不乐意变成一种技巧呢？它们陈述事实，自身没有用处。我认为应该有两种语言：虚构的与真实的。文字没有人性，本身无价值，为人所私有。为什么呢？由于文字的包容性，民族得以继续存在。死亡的文字，纯正的文字，不纯正的文字，都只是些印象罢了，绝非定论。我当然尊重文字。文字之间相互关联。若是言辞足够巧妙，不在场之人也能有身临其境之感。我们轻易就能造出新词来，比如，咯吱一声挤扁（squishsquash），咔嚓一下扭伤（crickcrack），但我们不能在写作中使用这些词。

4 月 4 日，星期日

又是怪事一桩。梅纳德认为《岁月》是我最好的作品，而且他认为其中一个场景的描写，也就是埃莉诺与克罗斯比的那个场景，竟胜过了契诃夫的《樱桃园》。此论断出自一个很有头脑的人，而且他是发自内心地赞美我，但这并不像缪尔的批评那般让我动容，它只是慢慢地、深深地渗进我心里。这不是虚荣感。另一种评价，即缪尔的评价才虚荣，而且它会随着《听众》杂志的过气而消亡。伦纳德去了蒂尔顿，并和他的密友梅纳德聊了很久。梅纳德说他觉得《岁月》很感人，比我的其他作品都更细腻，不像《海浪》那样令他困惑，其中的象征手法也没有让他费神，写得很美，语言简练，没有赘词。但他还没读完。我要如何看待这两种迥然不同的评价呢？它到底是我最有人性的作品，还是最无人性的？唉，别想了，还是写我的书吧。明天必须动笔。

4 月 9 日，星期五

“盲目幸福的人儿，一经传道，只会处处惹人怜。”[6] 话虽如此，可我的幸福并不盲目。那是一种巨大的成就感，我用了五十五年才得到它，今早三四点钟的时候，我这样琢磨着。我清醒地躺在床上，心里异常平和又无比满足，好像我已经走出这个纷繁的世界，进入了一个深蓝色的沉静空间，在那里我能顶天立地地活，不会受到任何伤害，而且已经为一切可能之事做好准备。我之前从未有过这种感觉，可从去年夏天开始，我经历了好几次。那时我正处于最消沉的状态。每当这种感觉袭来，我就好像走了出来，将斗篷扔到一边，躺在床上，仰望星空。那几晚我是在蒙克屋度过的。当然，到了白天这种感觉就弱了，可依旧存在。昨天老朋友休来看我，可他压根没提起《岁月》，于是这种感觉再次袭来。

6 月 1 日，星期二，蒙克屋

终于又开始写《三个基尼金币》了，苦干了五天，现在正是誊写阶段，在某种程度上也算是重写。我可怜的脑袋又嗡嗡作响了——我想这主要是因为我昨天痛痛快快地散了好一会儿步，就惊扰了瞌睡虫——昨天太热了。无论如何，我必须利用这一页来练练笔——我无法紧张地连续工作三小时，得放松一下，在这最后一个小时里愉快地驰骋。写作最糟的地方在于——太浪费时间了。早上的最后一个小时，我该干些什么？继续读但丁。啊，可一想到我再也不会被逼着写一部长篇作品，我的心都要跳出来了。是的，以后只写短篇。当然长篇的影子不会一下子就消失，它仍时常闪现在我脑海中。伦敦的生活太紧张，天气太热，所以我无法专注于当下的创作。我是否提过哈考特与布雷斯出版社来信了？他们高兴地发现《岁月》在美国畅销。从《纽约先驱论坛报》把我的名字列在榜首来看，他们所言属实。他们轻而易举地卖出了 25 000 本，创了新纪录。（现在我对《三个基尼金币》又充满了希望。）我们在考虑是否要买份年金保险来赚钱，毕竟最理想的状况是不用非得通过写作来糊口。我不确定自己是否还会写长篇小说。除非是《岁月》这种对我有强大驱动力的作品，否则我不会下笔。我常对自己说，倘若我不是我，那我就去写评论和传记，并要为它们创造一种新形式。此外，我还可以写些完全不拘泥于形式的小说、短篇故事，还有诗歌。这也取决于命运的安排，在我写完《三个基尼金币》后——即使没有达到出版水平，我也希望 8 月能完成它——我打算将原稿放在一边，继续写《罗杰》。最理想的安排就是，6 月——为《三个基尼金币》埋头苦干一个月，然后开始审读我的罗杰笔记。顺便提一句，《细察》杂志尖锐地批评了我，伦纳德说他们认为我在《海浪》与《岁月》里设了骗局；

对此，美国的 F. 福克纳竟睿智而高调地表示赞同，就是如此。(我的意思是，眼下我需要向他们学习如何写评论了。我猜想，这位聪明伶俐的年轻人应该很希望能打倒我——由他去吧。私下里，萨莉·格雷夫斯和斯蒂芬·斯彭德却称赞了我。总之，我不知该摆出什么态度来，这是真心话。可我不准备再为之劳心费神。我那篇写吉本的文章被《新共和》退稿了，于是我不打算再往美国寄任何稿件。我不会再为任何报刊写文章，除了《泰晤士报文学副刊》，眼下我正为他们写一篇关于康格里夫[7]的评论。)

6 月 14 日，星期一，《岁月》保持畅销书第一名的位置。

7 月 12 日，星期一，《岁月》仍占据畅销书第一名的位置，持续数周。

8 月 23 日，《岁月》排名第二或第三，已有九个版本。

昨天，10 月 22 日，《岁月》的排名垫底了。[8]

6 月 22 日，星期二

我该感到羞耻吗？今天先写了日记，而不是去写关于康格里夫的评论。可我在饭后与萨顿小姐、默里以及安妮谈了一会儿，现在我的脑子疲惫不堪，读不进去《以爱还爱》。而且，直到下星期一我的心情平复之时，我是不会碰《三个基尼金币》的。要接着写“教授”那一章，然后完成最后一章。于是现在要将大脑的血抽向另一边，这是 H. 尼科尔森的专业建议，的确不错。我想写一个关于山顶的梦幻故事。究竟为什么呢？我要写躺在雪地的景致，有彩色光环，一片寂静，孑然一身。可惜我不能写。但我难道不能抽出一天时间，好好让自己享受一下沉浸在那个世界的快乐吗？以后永远都只写短篇，不再写折磨人的长篇，只写瞬间的强烈感受。要是我还能再冒险一次就好了。很奇怪，昨天在查令十字街——我来了灵感——与书有关的冒险，一些新的因素组合在一起。是在布赖顿吗？位于码头的一间圆屋——人们在购物，彼此擦肩而过——这是安杰莉卡在夏天讲的一个故事，但这种故事如何能抵挡评论家的利刃？我试图让大脑的四个维度全面运作起来……生活与文学情感息息相关。来场一日游，一次思维历险，差不多就是这样。不用去重复之前的实验了；既然是实验，就必须是全新的。

6月23日，星期三

这是在读完《以爱还爱》这部杰作后随便写下的笔记。我之前从没意识到这本书有多棒。阅读这些杰作可真是令人兴奋。这是种极好且纯正的英语！是的，手头总得放些经典文本以提醒自己切不可堕落。我在这里无法详细表达自己的感受，但明天必将把它写进文章里。可是我无法静心阅读，可怜的罗丝·玛丽，我今晚本应读她的诗句。L. S.（洛根·史密斯）怎么能在《国家传记辞典》[9]中否认 C. 感到了痛苦——那部剧要比萨克雷的其他所有作品都更强烈地表现了痛苦，剧中的荒唐行径往往是率性而为。不过，就谈这么多吧。我昨天去购物了，还抓了小鲱鱼，去了塞尔福里奇百货。天气变得很热，而我穿了黑色的衣服——夏天劈头盖脸地来了，并且变化多端——一会儿刮风暴了，一会儿把人冻僵了，一会儿又炙烤大地，都只是常事。我走到52号街的时候，遇见一大群逃亡者，他们就像沙漠中的大篷车一样径直穿过广场。那场景好似西班牙人从毕尔巴鄂飞过来，于是，我猜想毕尔巴鄂已经沦陷。大家看起来都习以为常，但不知为何我的眼泪夺眶而出。孩子们蹒跚而行；妇人们穿着伦敦特有的廉价夹克，头上戴着鲜艳的手帕；还有一些年轻人，他们全都带着廉价的箱子，拎着亮蓝色的搪瓷水壶，水壶看上去非常大，还有一些罐子，我猜里面装着某个慈善机构分发的礼物。这支步履蹒跚的队伍就这样突然飞来，他们被迫逃离被机枪扫射的西班牙战场，吃力地穿过塔维斯托克广场，沿着戈登广场前行，然后去哪里呢？这是一种奇怪的景象。他们继续前进，心里很清楚自己要去哪儿：我想他们应该是跟着一个指挥人员。一个男孩在讲话，其他人都全神贯注地听着，就像我们在长途跋涉中常见的景象。想必这就是我们无法像康格里夫那样写作的缘由之一吧。

7月11日，星期日

有一个缺口，不是生活中的，而是评论中的。最近每天早上我都在忙着写《三个基尼金币》。我开始怀疑自己能否在8月之前完成。不过，我正沉醉在我的魔法气泡之中。如果有时间，我很想描述一下我对这个世界的别样观察——这个苍白幻灭的世界，当它的墙壁变薄时——要么是我累了，要么是我的思路受阻——我就会猛然间看到这个世界。我还想起了在马德里附近的朱利安，诸如此类。玛格丽特·李·戴维斯来信说珍妮特快不行了，问我能否为《泰晤士报》写篇关于她的文章——这倒是个奇怪的想法，好像重点在于由谁来写，或者不写。不过我昨天心血来潮，很想写写珍妮特了。我以为，写作，尤其是我的写作，好似一种通灵手段，所以我就成了那个不二之选。

7月19日，星期一

刚从蒙克屋回来，但我不能也不打算写任何东西——太烦躁了，而且犹豫不定。这也是因为我把自己逼得太紧了——神经太过紧张——只能为《泰晤士报》简单拼凑了一小份珍妮特的讣告。没能具体展开写，文风太过僵硬，矫揉造作。她已经去世。今早收到了恩菲[10]的三条消息。她是星期四去世的，闭着眼，“看上去很美”。今天他们要将她火化。她生前定制了一个小小的葬礼仪式，把死亡日期一栏留白。没有太多的话，只写了贝多芬的慢板乐章，以及一段关于温柔和信仰的文字——如果我事先知晓，一定会写进讣告里。但我的文字有那么重要吗？只要能恰当且完整地唤起人们对她的思念，我就算不辱使命。我们亲爱的老恩菲，一向大大咧咧，以后就要孤独无依了。在我们眼里，她永远都是一个特别健忘的人；但我感觉到了她的多情，我记得她信里的那句话，记得她如何在午夜跑进珍妮特的房间，两人一起度过了一小段美好时光。她总是冒冒失失。珍妮特则是个坚定的沉思者，她坚守着一种不被世俗大众所认可的个人信仰。但她惊人地不善言辞，而且羞于表达自我。她的来信，除了最后一封是以“我心爱的弗吉尼亚”开头，总显得冷漠而随意。我曾经多么爱她啊，那些在海德公园门前的时光；在去温德米尔的山路上，我那么激动，感觉身上一会儿发热，一会发冷。她一直对我的生活有重要的预见作用，直到这种预见终于从现实生活中消失，成了我的幻想的一部分。

8月6日，星期五

会有另一本小说浮现吗？如果有，是什么样的作品呢？我唯一的线索就是，它会是对话、诗歌、散文，一切都相当独特。不再写紧凑的长篇了。但我没有灵感，需要等待；如果灵感永远不来，我也无须介意。尽管我猜在最近某天，我又会像以往那样着了魔。我不想再写小说。我想探索一种新的评论方式。我已证实一件事，即我永远无须为“悦”人或劝人而写作。如今我彻底而永远地成了自己的主人。

8 月 17 日，星期二

无事可记。的确如此，这个夏天我只活在自己的思想里。我写得很起劲。写上三个小时也只感觉像过了十分钟。今早我又感受到了那种熟悉的狂喜——想想就兴奋——当时我在为纽约的尚布伦眷写《公爵夫人与珠宝商》。我得给他寄一份故事梗概。我猜想这个梗概定会使他扫兴。不过，那种久违的兴奋又回来了，哪怕它只稍稍闪现了一下；我想，这要比我写评论时感到的兴奋更为强烈。

幸福的电流——如果可以这么说的话——穿过了我的身体——来电报了，我被要求继续写。尚布伦给一个 9 000 字的故事开价 500 英镑。我立马开始编造冒险故事——十天的冒险经历——一个胳膊上套着黑色织袜的男人在划船。我是不是一直为了悦己而写作呢，包括这篇日记？如果不是，那是为了讨好谁呢？这是个相当有趣的问题。

10 月 12 日，星期二，伦敦

是的，我们回到了塔维斯托克广场；从 9 月 27 日开始，我就没再记过日记。这说明《三个基尼金币》是如何满满当当地霸占了我的每个早晨。这是我重新开始记日记的第一个早上，因为在十二点钟，也就是十分钟之前，我完成了我眼中《三个基尼金币》的最后一页。啊，在过去的这些早晨里，我是怎样疯狂地拼命似的写作啊！它一直压迫我，然后从我体内喷涌而出。或许可以把这看成是好事，我就像一座人体火山，喷发过后，我的大脑反而感到凉爽和平静。直到刚才，我还一直在嗞嗞作响，这是因为——是的，我记得我在德尔斐的时候就在惦记它。后来我强迫自己先把它写进小说里。不，应该是先写了《岁月》。在这一整段可怕的抑郁时光里，我努力抑制自己，除了做些狂乱的笔记之外，我拒绝碰它，直到《岁月》——那个讨厌的负担从我身上卸下。只有这样，我这次才能一鼓作气地写下去。当然也费了不少时间和心思。至于写得是好还是坏，要如何断言呢？我现在必须去添加书目和注释了。后面可以稍事休息一周。

10月19日，星期二

昨晚重读了《狩猎会》[11]，也就是要寄给美国《时尚芭莎》的那个小故事，我竟由此看到了一部新小说的轮廓。它首先是对主题的陈述，然后重述，以此类推，重复讲同一个故事，先突出一点，再强调另一点，直到中心思想被阐明。

或许我在评论文章里也能谈谈这一点。但我不知道具体要怎么谈，我的大脑现在懒于思考，只能试着做些探索了。故事是这样的：写完《狩猎会》之后，我设想，既然那个女人叫了一辆出租车，我要继续讲下去；比如说，克丽丝特布尔，在塔维斯托克广场上，又讲了这个故事；或者我会在讲故事的同时详细阐明我自己的想法；又或者我将从《狩猎会》里挖些人物出来，讲述他们的生活，但所有场景必须加以限制，从而把它们集中到一个中心点上。我认为这个想法可行，而且可以在短时间内实现：可以把它写成一本精悍的小书，为它注入多种情绪，还有可能把它写成批评文章。我必须把这个想法搁置在大脑里一两年，毕竟这段时间我要写罗杰的传记和其他东西。

注释

1 西多妮－加布里埃尔·科莱特（Sidonie-Gabrielle Colette，1873—1954），法国作家、演员、戏剧评论家。

2 《罗杰》后来以《罗杰·弗莱传》之名出版。

3 奥布里·德·塞林科特（Aubrey de Selincourt，1894—1962），英国作家、古典学者、翻译家，他翻译过希罗多德的《历史》等经典作品。

4 科文特花园（Covent Garden），位于伦敦西区，是伦敦各大著名剧院和娱乐设施所在地。

5 《奥尔蒙特勋爵和他的阿明塔》（*Lord Ormont and His Aminta*），乔治·梅瑞狄斯于 1894 年出版的小说。

6 这是威廉·华兹华斯的诗句，具体参见华兹华斯的诗歌《咏乔治·博蒙特爵士所作风景画一帧》。

7 威廉·康格里夫（William Congreve，1670—1729），英国复辟时期的剧作家和诗人，因其巧妙的讽刺性对话以及对该时期风俗喜剧的影响而闻名。

8 上面四条关于《岁月》排名的信息应该是弗吉尼亚·伍尔夫后来补记的。

9 《国家传记辞典》（*Dictionary of National Biography*），或称《英国人物传记辞典》，一部介绍英国历史名人的参考书，自 1885 年开始出版，由弗吉尼亚·伍尔夫的父亲等人编纂。

10 恩菲是珍妮特的姐姐。——伦纳德注

11 《狩猎会》（*The Shooting Party*），弗吉尼亚·伍尔夫创作的短篇小说，1938 年首次发表在《时尚芭莎》上，后收录进短篇小说集《鬼屋》。

1938

1月9日，星期日

是的，我得强打起精神来迎接这讨厌的一年。一来，我已经写完《三个基尼金币》的最后一章；二来，不知从何时起，我竟破天荒地在半晌午就停笔了。

2月4日，星期五

来迅速地写上十分钟。伦纳德郑重其事地对《三个基尼金币》表示赞许。他认为此书脉络清晰且分析透彻。总体而言，我很满意。如他所言，我们不能奢求情感丰富，毕竟它不算是一部小说。可我认为它或许更具有实用价值。不过，我这次表现得更洒脱了，这倒是真的。我觉得自己的辛苦结晶化为一部好的作品，而且我认为它不像我之前的小说那样影响我的心态。

4月11日，星期一

我想，我至少是从4月1日那天开始写《罗杰》的，借助他的回忆录，已经写到克利夫顿这部分。总体而言，我写得又苦又累，而且恐怕要大改。不过，在推迟了这么久之后，终于写下20页。对我来说，立刻着手这项单调乏味的工作其实是一种巨大的放松，这样我就可以安然度过《三个基尼金币》给我带来的倦怠期。伦纳德没有像我希望的那样夸赞我，但还是得囫囵吞枣似的读完我的笔记。我猜想，等我誊完稿子（明天要完稿），可就要来一场冰冷而幻灭的冷水澡了。但我真的很想写这本书，这愿望太强烈，太执着，太紧迫，太冲动，连我自己都说不清。我有一种安详的感觉，就好像已经说出自己的全部想法。不管别人是否采纳，我都摆脱了这本书，现在我五十六岁，却又可以自由地开始全新的冒险了。昨晚我又开始构思：夏日夜晚，一个完美的整体。但《罗杰》的写作把我团团围住了。星期四要回蒙克屋，等着我的是讨厌的一大捆手稿。是否可以认为，哪怕是就观点而言，《三个基尼金币》还算言之有物？它显示了我曾经多么勤奋，思维多么丰富，而且它在某些方面（考虑到技巧问题、引言、论证等等），同我那堆杂七杂八的作品"一样好"！我认为它的内容要比《一间自己的房间》更充实，毕竟当我重读后者时，我感觉它有点太以自我为中心了，有些夸夸其谈，还有些肤浅。不过，它也有优秀的一面——读起来非常流畅。可我担心《三个基尼金币》是否太俗气了，而且有点咄咄逼人。

4月26日，星期二

我们在蒙克屋过了复活节，但因为没有阳光，感觉比圣诞节还冷，天空灰蒙蒙的，让人感到压抑，刺骨的寒风穿透了冬衣。看校对稿，强烈的绝望袭来，好在被我那神圣的人生哲学给打住了，我很高兴找到了曼德维尔[1]的《蜜蜂的寓言》(这真是一部饶有趣味的作品，正合我意)。后来昆廷打电话来提醒我：下午是否收到了菲利普的信？奥托琳过世了。他们告诉她，菲利普可能撑不下去了，这反而吓得她送了命。菲利普想请你写写她(此时威克斯先生和马塞尔先生正在收拾阁楼以做备用房间)。所以我只好写了。这可怕的小药丸使我的脑袋绷得紧紧的，我感到头晕。除此之外，我其实正在构思一部新作品，我只求他们千万别再给我强塞什么包袱了。先肆意写写吧，最好能在一个早上就写完，这样也可以顺便从《罗杰》的写作中解脱出来。我恳求自己，别制订什么计划，别一股脑儿地搬来所有参考物，别逼迫我那疲惫又怯懦的大脑去包容另一个世界，这可真是所有事情全赶到一起了，我是一会儿都坚持不下去了。但为了给自己解闷，我来说两句有趣的：为什么不把它叫作《波因茨庄园》[2]呢？因为它围绕一个中心，把文学与真实、琐碎、不和谐生活中的幽默结合在一起讨论；还有我能想到的任何东西；但若将“我”剔除，代之以“我们”，那最后又该向谁“祷告”呢?“我们”……是由许多不同因素构成的整体……“我们”是所有生命、所有艺术，以及所有流浪者和迷失者的集合，是一种闲散的变幻不定但又统一的整体——我在想什么?在英国乡村一所景致很好的老房子里，露台上女佣来来回回，路人络绎不绝，从强烈的情感到散文、事实和笔记，那永恒的多样性与不确定性!可惜啊!我必须读罗杰，还得去参加奥托琳的葬礼，而且我答应了 T. S. 艾略特的荒唐请求，下午两点半要代表他去马丁那儿。

奥托琳的葬礼。哦，天哪，天哪，我感觉不到特别强烈的悲伤。周围是一片恸哭声、嘟囔声、摸袋子的窸窣声，还有拖着脚走路的声音。我看见一大群衣着体面的棕色皮肤的南肯辛顿女士。接着是唱赞美诗；一位牧师在他的白袍上戴了一串徽章；窗子是橘色和蓝色的；墙角塞着一面小小的英国米字旗。这一切与奥托琳，或者与我们的感情有何关系?不过墓前演讲倒十分中肯：是一篇评论性文章，有可能出自菲利普之手，但由斯佩特先生这位演员绘声绘色地诵读。那是一篇严肃又世俗的悼词，至少能让人意识到死去的是一个人。演讲中提到了她美丽的嗓音，让我联想起她那奇特而浓重的鼻音。这倒有助于塑造一个亲切的伟人形象。菲利普的秘书强留我谈了一会儿，并让我往高处坐。可座位被一位穿皮大衣的女士占了，她说“恐怕我动不了”，看上去的确不假。于是我去了非常靠后的位子，但我依然能清楚地看见菲利普即使身穿厚大衣，也将脊背挺得直直的。他顶着红色的头发，那公羊似的大脑袋转来转去，看着每一排人。当他问我是否喜欢这个演讲时，我握了握他的手，恐怕还假意做出了一副颇为感动的样子。然后我悄悄地溜到了外面，走过台阶，依次经过杰克、玛丽、斯特奇·穆尔斯以及莫莉等人。我看见格特勒眼睛里饱含泪水，各种用人都在现场。然后我被奥克斯福德夫人[3]一把抓住，她像鞭子一样面无表情，腰背挺直，尽管她化了妆，想使眼睛有神些，可还是没有光。她说自己曾劝奥托琳改掉那腔调，说那就是一种装腔作势。但她承认这是个有魅力的女人。你来告诉我，她的朋友们为何与她不和？我没出声。最后邓肯插嘴道：她太苛刻了。于是这位女士不打算刨根问底了。当我取笑她写的讣告时，她却将话题转移到西蒙兹和乔伊特的趣事上。我为《泰晤士报》写的那篇悼念奥托琳的文章还没见报，不过没什么可遗憾的……

昨天为了让脑子清醒些，我去达利奇散步，路上却弄丢了胸针，当时我的心思都在今天校对的终稿上。今天下午就要把稿子寄出去，这本书我不会再多看一眼了。我现在感觉无比自由，为什么呢？因为我曾全力以赴，现在无所畏惧。我可以随心所欲地做任何事情，不再有名气，不再高高在上，不再受小团体欢迎，永永远远地自由了。我有种感觉，一种舒展的感觉，就像换上了软拖鞋。为什么会这样呢？为什么明知道我的书或许写得并不好，而且只会招来一些不温不火的嘲笑，可我还是觉得去世之前我都手握大权，终于摆脱了那群伪君子？弗吉尼亚·伍尔夫可真不着调，而且我行我素——为什么，为什么我不肯好好反省一下？整个上午都心神不宁的。

眼下的问题在于，我对这个稀奇古怪的《波因茨庄园》太上心，所以无法安心继续写《罗杰》。那么我要做点什么呢？要知道，今天可是我恢复自由的第一天。新一期鼓鼓囊囊的《泰晤士报文学副刊》在头版刊登了一篇介绍《三个基尼金币》的文章，让我有点沾沾自喜。哎呀，这是没办法的事。我必须紧紧抓住我的"自由"——四年前它曾神秘地向我伸出手来。

5月5日，星期四

眼下正大雨倾盆。干旱终于被送走了。这是个再糟糕不过的春天。我的钢笔都有问题，连新钢笔也不好用。因为写《罗杰》，我的眼睛又酸又痛，一想到还要奋笔疾书，我不禁倒抽一口凉气。我必须想办法减轻负担，放松一下。我不能过度扩充（记住这一点），不然它就成了冗长艰涩的乏味之作。后期我得做些概括，活跃一下文风。这样一来，那些信件要怎么办呢？它们就在那儿，与我论述的观点相悖，我如何能罔顾事实？这是个问题。不过我确信，在刚完成对罗杰生平的描述后，可不能过度消耗我的体力。这个坏笔尖啊，真拿它没办法。

5月17日，星期二

今早心情不错，因为朗达夫人来信说《三个基尼金币》让她欣喜若狂而且颇有感触。西奥·博赞基特得了评论副本，给她读了些摘要。她认为这本书会收获热烈反响，还表示她作为一个门外汉对我满怀感激。这是个好兆头，它表明总有人会被这本书打动，会思考它、讨论它，所以我的心血不会白费。当然，朗达夫人已经部分站到我这边了。她是个爱国的好公民，原本很有可能站出来反对我。虽然在过去的几周里，我感觉毫无希望，心灰意冷，甚至忘记了写书时的那种激动与紧张，但此书将有可能在文人堆里引起极大轰动，而且超过我之前的预想。考虑到整个欧洲或将战火纷飞，这是很有可能的。又一个警察被杀，那么德国人、捷克人、法国人又要挑起那古老而恐怖的战争了。8月4日的惨象可能会在下周重演。目前还有一段平静期。伦纳德告诉我，K. 马丁（借用英国首相的话）说我们这次将要参战。所以希特勒要好好捋捋他那翘上天的小胡子了。可一切都是未知，我的书或许会像一只围着焰火起舞的飞蛾，眨眼间就灰飞烟灭。

5月20日，星期五

在等《三个基尼金币》出版——我觉得应该是6月2日，在此期间，我不止一次想要记下内心的期望、恐惧等种种感受。可至今未动笔，因为我一直沉浸在罗杰的纯粹世界里，并且（今天早上再次）进入了《波因茨庄园》的虚幻世界，我几乎感受不到什么。况且我也不想唤醒什么情感。我害怕阴魂不散的嘲讽和空虚。为了减轻身上的千斤重负，我曾用满腔热情写就了这本书，可它却不能令人满意。我为此担忧。另外，我为将这个角色带到公众面前而感到不安——害怕公然为自己作传。不过，此刻我正陶醉于我为自己赢得的巨大解脱和平静之中，这完全抵消了那些恐惧（大实话）。眼下我不再受其毒害，不再兴奋不已。这还不是全部。因为在倾吐完这些情感之后，我做了一个决定。我无须过循环往复的生活。我是个局外人。我可以走自己的路，发挥自己的想象力，并以自己的方式去实验。这或许会招致群嘲，却永远打不倒我。即使大家——评论家、朋友、敌人——对我不闻不问或嗤之以鼻，我仍觉自由。这实际归因于我在 1933 年或 1934 年秋天经历的精神“皈依”（我懒得去琢磨一个合适的词）——当时我心血来潮，冲到伦敦，我记得是要买一个挺大的放大镜，在布莱克弗里尔地跌站附近；当时我给了那个弹竖琴的人半个克朗，感谢他在地铁站里向我讲述他的生活。目前的征兆耐人寻味，伦纳德没有我预期的那样兴奋，内莎的态度非常暧昧，赫普沃思小姐和尼科尔斯夫人则说，“伍尔夫女士为女性做出了巨大贡献”，而且我已应允皮帕的预订。现在要去读罗杰的信件了。蒙克屋现在冷风阵阵。

5 月 27 日，星期五

感觉不太对劲，在经历了几个月的高压之后，我竟然又急不可耐地开始工作了。然而下场就是，每天只能在这儿写上半小时。我正在重打《罗杰》，然后构思"沃波尔"。我刚用鲜绿色的墨水在这些通告上签名。但我不想细数我的分内工作所带来的乏味和无聊。我真是感激不尽啊，布鲁斯·里士满用一封信彻底结束了我与他，也就是我与《泰晤士报文学副刊》长达三十年的交情。过去，只要伦纳德对我喊"大报纸打电话找你!"，我就会欣喜若狂，一口气跑下楼去接电话，并顺便给霍加斯出版社接一笔活儿，几乎周周如此。我在为他写作的过程中学到了许多技巧，如何压缩，如何写得生动，而且他使我养成了认真读书的习惯，总要拿笔做札记。我今天本来在等这周的工作任务，却得知一切都结束了，好在心里的涟漪总会消散。难道我自己事先没看出端倪吗？总的来说，我得到的痛苦大于快乐。我因朗达夫人的热情而开怀，可我更介意别人的讥笑。会有许多人讥笑我——还有一些愤怒的来信，还有人选择沉默。然后，从昨天开始，再过三个星期，我们就要离开了。到 7 月 7 日我们回来时——或许再早些，因为我们不习惯在旅店住太久——一切都将过去，差不多都结束了。然后我想，我在以后的两年里都不会出版任何东西，给美国那边的文章除外。这周的等待让人感觉无比糟糕，但事情还不算太坏——没什么能与《岁月》招致的恐惧（恐惧过后只剩麻木，我对自己的失败确信无疑）相提并论。

5 月 31 日，星期二

皮帕来信了，她很热心，这使我彻底放心了，以前我一直很担心。因为我想，如果我写了那么多，她却不喜欢，那我只好靠自尊来支撑自己了。但她说那是她们渴望的东西，而且我已经给她们下了迷魂药。现在我又恢复勇气了，可以从容不迫地（实话实说）面对那些嘶嘶叫的蠢驴和嘎嘎叫的呆鹅写出的评论，而且我又想起这个周末过后，那些评论就都过气了。我从未像现在这样镇静地面对评论。我也不太介意我那帮剑桥朋友的看法。梅纳德可能会揶揄我，可我会在乎这点儿事吗？

6 月 3 日，星期五，罗德梅尔

今天是《三个基尼金币》问世的日子。《泰晤士报文学副刊》登出两个专栏和一篇社论；《裁判》[4] 用粗体标出“妇女向性别宣战”以及诸如此类的标题。与我之前的那些作品相比，《三个基尼金币》的出版日显得尤为清净，所以我就安安静静地写《波因茨庄园》。我甚至懒得读林德的评价，亦不想看《裁判》，或浏览一下《泰晤士报》上的文章。我确实有一种安宁欣慰的感觉，我就是不愿读评论或听别人的意见。

我很好奇这是为什么。是否因为我想真切地交流而非不断地重复？我敢说有这方面的原因。十分幸运的是，我们离喧嚣已有50英里之遥。天气晴朗而干燥，很有6月天的特色，但不久就会下雨。噢，我很开心《泰晤士报文学副刊》说我是英国最杰出的小册子作家。只要大家认真对待这本书，它定会成为划时代的作品。此外，《听众》杂志说我写得一丝不苟且客观公正，像清教徒般严苛。但也就只有这些了。

无论如何，六年来的挣扎、努力、烦恼和狂喜就算结束了。可以将《岁月》与《三个基尼金币》视为一个整体，实际上它们就是一体的。现在我可以休息了，我一直渴望休息。噢，独自一人，沉浸在自己的小世界里。

6月5日，星期日

这是我经历的最温和的分娩过程。试将它与《岁月》比比看！我一醒来就知道七嘴八舌的评论要扑过来了，但这绝对不会使我伤脑筋。昨天我看了《时代与潮流》，还有伦敦的各类无名小报。今天读了《观察家报》上塞林科特的文章，那真是一次可怕的指控。《星期日泰晤士报》，以及《新政治家》与《旁观者》大概要等到下星期才会发表评论，所以气氛趋于稳定。我预测在星期二晚上会收到许多来信，其中有匿名信，也会有辱骂信。但我已达到目的。别人认真对待我了，而不像我担心的那样，把我晾在一边，或当我是牙牙学语的可爱孩子。昨天《泰晤士报》上登了一篇题为《伍尔夫女士向女性呼吁》的文章，并指出思想家们必须对这一严峻挑战做出回应，诸如此类。《泰晤士报文学副刊》把这篇文章放在比广告还显眼的位置，真让我不明所以，他们肯定别有用心。

6月16日，星期四，鲍尔多克[5]

在伊克尼尔德驿道稍作停顿，抽上一斗烟，这条灌木丛生的街道上有许多黄色小别墅。眼下已到圣詹姆斯·迪平。继克罗兰修道院之后，又见到一座气势恢宏、风格相似的教堂。天气变得很热，地势平坦，有一位老先生在垂钓。鱼儿四下散开，露出小脑袋。河水已漫过路面。现在继续前往盖恩斯伯勒。在彼得伯勒吃午饭，那里可以看到一些工厂的大烟囱。铁路通道开放了，再次出发。抵达盖恩斯伯勒。在一个杂草丛生的广场上，有一座高耸的红色威尼斯式宫殿，它在一众平房中间格外显眼。这里的窗户很长，墙壁倾斜，一条条小巷如迷宫一般。这是个陌生的无名小镇。星期日，到了豪塞斯特兹。那里有荆棘树和羊群。几个发白的小伙子在城墙前面坐着。紫色薰衣草绵延数英里。一条色彩斑斓的泥泞小路穿过这片广阔的尚未开垦的荒凉土地。今天有蓝天、白云和微风。城墙起伏，宛如波浪，其最高处就像一个浪头的顶峰，马上要破裂开来，接着趋于平坦，顶峰下是沼泽地。然后等待雨停，因为那天城墙上又刮风又下雨。这里距离科布里奇只有几英里远，我们在荒野等待着。天色很暗，云雀在唱歌，午餐被推迟了。有一支九十人的队伍在皮尔斯布里奇的旅馆吃午饭。他们来到这里是为了庆祝某项运动，也是为了体验一下 18 世纪的当地生活。接着去看了一座花园里的牧师住宅。这是一所建造得相当坚实的私人住房，里面有一些房客。我们吃了火腿和水果，但奶油太纯太多，让人看得心慌。今天早些时候路过一片全是沼泽的乡村，接着是奔宁山脉。它们全都笼罩在一团热雾中。云雀在唱歌。伦纳德在为萨莉[6]找水喝（这其实发生在看到城墙之前）。星期日。坐在罗马城墙下的小路边，伦纳德在清洗火花塞。我在读希腊诗句的译本，并自顾自地遐想万千。阅读时，我们的思想就像飞机的螺旋桨一样，虽然看不见，却在快速且无意识地运行——这种状态不可多得。牛津大学的自我宣传还不错，试图与生活接轨，与时俱进，学术性很强，典型的牛津风格。奶牛靠着某种共鸣一起向山顶移动，一头吸引着另一头。风摇晃着汽车。风太大了，导致我们无法爬坡上去看一眼湖泊。这就是为什么山丘仍属于罗马人——这里的风景永存不朽……他们看到的，我也看到了。风，6 月的风，水，还有雪。羊儿嵌在漫漫草野，如珍珠一般。这里没有阴凉处，也没有庇护所。罗马人曾驻守这里。如今什么都没有了。

星期二。到了中洛锡安郡。停车加油。继续上路，前往斯特灵。苏格兰的雾气自树林蔓延开来。这是正常的苏格兰天气。巍峨的山丘。丑陋的清教徒住房。已有九十年历史的水电站。一个女人高声叫嚷，说她星期六的时候看到了伍尔夫女士在梅尔罗斯散步。鉴于我当时还不在那儿，她可真是眼力惊人。加拉希尔斯以制造业闻名，却丑陋得可怕。在梅尔罗斯的水电站旁偷听到一些谈话片段。声音柔和的苏格兰老太太坐在窗下的火炉旁，那里是公认的属于她们的位置。“我很想知道你为什么打着伞走来走去。”一个正在忙针线活的人答道：“我在想我是否应该把它洗干净，然后重新缝一遍。我现在用的底子脏兮兮的。”我在这里插上一句：我们在德赖堡稍作停留，去看司各特的墓地。它位于一座破败的小教堂的破顶棚下面。这让它勉强获得了一个大小合适的屋顶。沃尔特·司各特，这位准男爵，就躺在那里。他躺在一个像是用巧克力冻制成的盒子里，棺盖上刻着清晰的大字。埋在他身边的夏洛特夫人身上盖着同样的深褐色木板，由此看来，这定是他的心头好。倒也很应景。毕竟小教堂让人印象深刻，田野的尽头便是潺潺的河流。他的周围尽是苏格兰的古老废墟。我记得自己摘了一朵白色丁香花，却把它弄丢了。这里空气舒畅，但司各特的墓地却显得很拥挤。他的身边躺着上校，他的脚边躺着女婿洛克哈特。黑格也挤在这里，他身边长满了暗红色的罂粟花。话说回来，这群老太太正讨论约翰·布朗医生，他的哥哥是梅尔罗斯的一名医生。人的头痛总是来得很快，而且不一会儿头脑就糊涂了。人总是在喝茶的时候吃太多蛋糕，可七点钟还得吃一顿大餐。“我觉得他很好——她的丈夫。她自己倒很有个性。她的交际圈也不错。他们住在哪里？退休后去了珀斯郡……我现在缝了三针了……皮斯小姐和她朋友来到书房，想要生火。她就不能按一下门铃什么的吗？出来吧，你这个小疙瘩（努力解开线头）。眼下开放了很多。两年前是（德赖堡的）百年纪念日。我去参加了集会。有一个仪式，非常有趣。所有大臣都来了。台上坐了五个人。主持人可能也在其中。不管怎么说，集会挺不错的；那是美好的一天，现场到处都是人。鸟儿们也随着音乐一起唱和。那天是阿兰·黑格的生日。在德赖堡有一场仪式。我挺喜欢德赖堡的。我没去过杰德堡——非常漂亮。”不，我不认为我可以把事情完整地记录下来。这些老家伙坐在沙发上，我敢说她们并不比我年长多少。的确，她们大约六十五岁。“爱丁堡很好，我喜欢那里。要欣赏它的美丽，我们必须先离开。你必须离开你的出生地。然后，当你回去时，一切都变了。一年就可以，两年也行。（手头的活儿）我应该就做到这儿吧，后面看看效果如何。你去的是什么教堂？苏格兰长老会，不是圣贾尔斯大教堂。我们过去常去特伦教堂。我们去的是圣贾尔斯。是圣乔治教区，我丈夫是圣乔治教区夏洛特广场的长老。你喜欢沃吗？只要不听他啰唆，我还挺喜欢他的，大家都这么抱怨。他的布道很晦涩，让人一个字也听不懂。唱诗班很不错。我找不到一个可以听清楚的好位置。我觉得他们的声音好像是从观众堆里自下而上发出来的。大家都还没有到——我只能静静地坐着——我正在做礼拜——我听见的是祷告，年轻人听见的是音乐。他们从蓟花勋章礼拜堂而来，那儿挺不错的。他们与我擦肩而过。我站起来，继续向前走。有一些从来没人坐的座位，而且这些座位往往是最好的。我喜欢圣贾尔斯，它可爱而古老。那个被我占了座位的老太太告诉我，教堂已经翻新过。这都是钱伯斯的功劳，可开幕式上却没给钱伯斯家族保留一个座位。筹备工作做得很糟糕。有人主动为他们让座。这挺蠢的。总是有一些更高级的教堂要改建。我喜欢圣公会式的。如果是改成圣公会，那就放手做吧；如果是苏格兰长老会，那就让它变成苏格兰长老会吧。沃医生的哥哥在邓迪。他很喜欢罗斯尼斯。有人说罗斯尼斯的牧师很圆滑。”

狂风肆虐；树干光秃秃的；燕麦薄饼；仅存的零钱是一英镑蓝色纸币。格伦科。梅纳辛。绿叶山丘，岛屿漂浮。一串移动的汽车。没有居民，只有游客……本尼维斯山被大雪层层覆盖。大海。小船，给人一种在希腊和康沃尔的感觉。黄色的旗帜，硕大的毛地黄，没有农场、村庄或茅屋，一片死寂的土地上到处是昆虫。有一位瘫坐在椅子上的老人。另外还有两位女士，其中一位颇显富态，她的靴子已经装不下她的腿。大家都为晚餐梳妆打扮了一番，坐在客厅里。此处算是克林拉里克的上好客栈。湖中心长着挂有钟乳石的绿树。山丘宛如盖碗，上面布满了天鹅绒般的绿叶。住在伊顿广场的班宁顿女士，她为她公公，一位植物学家，找到了冬青。晚上十一点钟，天还没黑透。G. M. 扬[7]为《三个基尼金币》写的评论很差劲。我心痛了十分钟，然后就忘记了这事。尼斯湖吞没了汉布罗夫人，她当时戴着珍珠项链。[8]

后来，我厌倦了抄写，就把剩下的那部分给撕了。这是个教训，下次旅行切不可用铅笔没完没了地做笔记，毕竟后面还得誊写。令我懊悔的还有其他事情。博斯韦尔在旅馆里做的那些实验。还有那个女人，她的祖母为华兹华斯工作——在她祖母的记忆中，华兹华斯是个穿着红色衬里披风喃喃念诗的老人。有时他会拍拍孩子们的头，但从不和他们说话。相比之下，H. 柯勒律治[9]则总泡在酒馆里和男人厮混。

7 月 7 日，星期四

噢，先是为了《三个基尼金币》和《波因茨庄园》忙得天旋地转，现在又回过头来写吓人又累人的《罗杰》。我要怎样才能捕捉到信里的蛛丝马迹呢？今天上午我强迫自己读了罗杰 1888 年在法兰德的信件。可“小象”[10]昨晚给我当头浇了盆冷水，她劝我打消为那些没什么人生经验的人立传的念头。罗杰的人生，在她看来，根本不值得写。我估计这话不假。我在这儿寻寻觅觅，可不就为了些琐碎的细节。实在太细碎了，没有能添油加醋的地方，一切都已记录在案。是否该用这种方法来写？若照这样写下去，别人是否会感兴趣？我认为要一如既往地写下去，一直到 1909 年，就是我遇见他的那一年，然后试着加些虚构成分。但在此之前，我必须埋头读完这些信件。我认为要坚持对比的写法，也就是既有我的观点，也有他和其他人的观点。接下来我还得读他的作品。

8月7日，星期日

我挺喜欢写《波因茨庄园》的。这本书有些名堂，因为它不会中任何人的意——假如真有谁想读。顺便提一下，安·沃特金斯说《大西洋月刊》的读者对沃波尔了解太少，所以理解不了我的文章。于是我就被退稿了。

8月17日，星期三

不，吃午饭之前我不打算继续写《罗杰》，毕竟从老信件里挖掘细节太耗费心血了。我想忙里偷闲二十五分钟。事实上，我一直在专心写《罗杰》。我不是说过我不会这样做吗？伦纳德不是说过不用着急吗？之所以一反常态，是因为我已经五十六岁；我想起吉本那时曾允许自己休息了十二年，结果却突然去世了。话虽如此，可我为什么总是焦躁忐忑，急不可耐呢？我需要风和日丽的日子，需要深思。我总在凌晨三点惊醒，打开窗户，看着苹果树那边的苍穹，然后不由得陷入沉思。昨晚刮了一夜的狂风。各种舞台效果都占全了——太阳西沉后，乌云密布，大树摇摇欲坠，东西全被刮走了，令人惊叹不已。伦纳德叫我过去从浴室窗户往外看，有一大片红云，结结实实一大块；还有水彩画似的大块紫色与黑色，恰如水面上的冰一样滑爽；石块般大小的深绿色、深蓝色，以及一抹飘动的深红色。不，这些不足以描绘出我所看到的情景。还有花园中的树木，它们周身反光，就像我们家的拨火棍靠着陡坡烧着了。后来，用完晚饭，我们讨论了我们这代人的情况以及战事会如何发展。希特勒的百万大军已整装待发。这次仅仅是夏季演习，还是……？哈罗德在广播中以他那精于世故的口吻暗示道，战争很可能发生。果真如此，那就不只是整个欧洲文明的彻底毁灭，我们的余生也给毁了。昆廷已应征入伍，我不想谈这些了——就这样吧。以后要谈新房间、新椅子、新作品。我这只草叶上的小虫子，还能做点什么呢？我情愿去写《波因茨庄园》或者干点别的。

8 月 28 日，星期日

今年夏天的一大特色是极端干旱。小溪干涸了。一只蘑菇也没长出来。星期日更是蒙克屋特有的魔鬼日，到处是狗吠、孩子的叫声、教堂的钟声……人们去参加晚祷了。我在哪儿都感觉不自在。玩了三场激烈的滚球，最后我被打败了。我们对滚球很上心，对读书则心不在焉。我和罗杰的传记也扭打成一团，最后勉强将其降服，马上就要写到他在美国的事迹了。我将沉到小说里去，写出那个至关重要的章节。但它是否值得一读呢——一想到要进一步精简和润色，我就忍不住仰天哀叹。叮咚……叮咚，我们为什么非要住在村里呢？我们简直是在自掘坟墓！这里随时可能迎来枪炮声，然后我们都会被炸飞。伦纳德近来很窝火。希特勒的走狗有恃无恐。单是捷克斯洛伐克那一战，此人就足以与1914年的奥匈帝国大公“媲美”，但又是1914年。叮咚，叮咚。人们在田野来回漫步。这是一个灰蒙蒙的傍晚。

9月1日，星期四

这是9月间一个非常晴朗而明媚的日子。西比尔有可能来吃晚饭，但也有可能放我们鸽子——如果内阁大臣突然到访，真可谓投机政治。奎妮·利维斯[11]在《细察》上猛烈攻击了《三个基尼金币》。我想这并没有让我震惊到陷入深深的恐惧。我压根没仔细看。虽然这意味着将来我会受到更多训斥，但我只读上几句，就知道这全是个人之见——奎妮之所以抱怨和反驳，都是因为我怠慢了她。我不清楚为什么自己不再关心别人的赞美或批评了。可事实就是如此。今早我有点瞧不上自己写的罗杰传记，太过琐碎，太过平淡。明天我必须继续写，恐怕得暂停《波因茨庄园》的写作了。昆廷过来给他的桌子刷漆。我们已经商定保留屋顶的康沃尔郡奶油色。昨天我发现了一条新的散步路线，可以从泰尔斯康伯谷走到河边。

啊，看完简·沃克的来信，我瞬间忘记了奎妮对我的批评，真是要对简千恩万谢……信中说，每个懂英语的男人和女人都应该读一读《三个基尼金币》，诸如此类。

9月5日，星期一

真稀奇，我坐在这里翻看罗杰和纽约大都会博物馆的那点资料。这时有只麻雀飞到了我房间的屋顶上，扑腾个不停，我不禁想到，这个美妙的9月清晨很可能重演1914年8月3日的历史[12]……战争会带来什么？黑暗，压力，我想肯定还有死亡。来自朋友的噩耗，还有昆廷……那个可笑的小人儿，他脑子里装的都是什么东西啊。为什么说他可笑呢？因为一切都很荒唐，有违现实。什么死亡、战争、黑暗，从猪肉铺的屠夫到首相，没有人有一丁点在意，在他们看来，这些毫无意义。什么自由，什么生命。不过是一个女佣的梦而已；我们从梦中醒来，眼前的墓碑则提醒我们自食恶果。好吧，我的思维没能强大到可以接受这个观点，暂不能理解。如果这会成真，那我们就能理解了。但目前来看，这只是一种抱怨罢了，是以一种无声的方式来反抗现实。今晚我们可能会听到它的疯狂叫嚣。纽伦堡集会已经开始，但它还将继续一个星期。那么这十天集会之后会发生什么呢？假设我们侥幸逃脱，意外还是有可能随时到访，掀起一番骚动。但这一次，每个人都翘首期待。这次不同以往。因为我们都身处黑暗，无法集结起来，但开始感受到群体的力量。每个人都在向身边的人打探：有什么消息吗？你是怎么想的？唯一的答案就是静观其变。

与此同时，老汤普赛特先生在医院里去世了，他曾在小河边和田野上赶了七十四年的马。伦纳德会在星期三宣读他的遗嘱。

9月10日，星期六

我感觉不到危机是真实存在的——没有1910年在戈登广场的罗杰真实，我刚才一直在写这一段，好不容易停下来，现在利用午餐前的最后二十分钟写写日记。当然，下周的这个时候我们可能已经开战。各家报纸都以同样的口吻警告希特勒，大概都是听命于政府，那语气既严肃又故作镇定，大意是如果他逼迫我们，我们定会反抗。清一色的沉着和克制。毫无挑衅之言。说得不能再妥帖了。事实上，我们只是镇静地尽可能拖延时间，等到星期一或星期二，神谕自会显现。我们要让他知道我们的厉害。唯一的疑问是，我们说的话能否传到他那耳背的大长耳朵里呢。（我在想罗杰，而不是希特勒——我祝福罗杰，并希望我能这样告诉他，因为是他让我心有所念——在这个混乱而不真实的世界里，他给了我多大的慰藉啊。）在我看来，这些脸色阴沉的成年人都极其可笑，他们盯上了一座儿童的沙堡，由于某些令人费解的原因，这个沙堡竟被当作一座真实而巨大的堡垒，需借助火药和炸药方能摧毁。凡有点理智的人都不会相信这一荒唐事。但没人觉得必须说出真相。换句话说，人们都失忆了。与此同时，飞机在盘旋，翻越一个个山坡。一切准备工作都已就绪。当有空袭迹象时，警笛会以一种特殊的方式鸣叫。我和伦纳德已经不谈这个问题了。还是玩玩滚球，摘摘大丽花吧。这些花在客厅里怒放，昨晚在暗处看它们竟觉得是橙色的。我们的阳台现已建好。

9月20日，星期二

我厌烦地写不下去了——头疼得厉害——所以为《罗杰》的下一章构思一下也好。（我一直专心致志地写《波因茨庄园》，结果引来了头痛。记住：写小说比写传记更累人，但也因此更刺激。）

我在考虑以海伦·弗莱的去世作为停顿。另起一段，复述罗杰·弗莱的原话。然后再一次停顿。接着开始写我和他的初次会面。他给我的第一印象是一个老于世故的人，而不是什么教授，或放荡不羁之徒。接下来展示一些他写给他母亲的信件的一些细节。然后回到第二次见面上来。那是关于绘画、关于艺术的讨论。我不由得望向窗外。他能言善辩，有些执着，想说服你与他有相同的爱好。他热诚专注，却也骚动不安，浑身散发着天蛾般的躁动气质。我要不编一个他在奥托琳家的场景？还有伊斯坦布尔。开车外出，拿东西进来，他善于一心两用。接着引用一些他人的信件。

1910年的首次展览。

奚落他。引用W.布伦特的话。

他人对罗杰的影响。再次停顿。

致麦科尔的信。他自己的个人解放。

非常兴奋，找到了自己的方法（可这种方法并不长久，从他写给内莎的信可以看出他过于被她影响)。

爱情。如何表现他从未坠入过情网?

制造一种战前气氛。奥托琳。邓肯。法国。

就美与感官享受写信给布里奇斯。他吹毛求疵，一板一眼。

9月22日，星期四

我稀里糊涂地在日记里写了几页关于罗杰的东西，如果非要拿出证据的话，这就是证据。它说明，就像我一直习惯说的那样，我在乱写一通。是的，此时此刻，我手头放着几包1910年至1916年间他写给瓦妮莎·贝尔的信，还有几包给斯莱德美术学院的推荐信；数不清的文件夹，每个里面都装着各种信件、新闻剪报和著作摘要。在这一堆里，还夹着我自己的东西，已经多得数不过来，还有关于《三个基尼金币》(此书现已售出7 017本)的半官方性质的信件。这跟我们计划的不一样，几周以来，我们无法在钟声响起之后头脑清醒地独自工作一整天。但我觉得现在这样也不错。然而，我才刚刚开始适应很久之前的定期阅读的习惯，先读这一本，然后读那一本；整个上午要写《罗杰》；下午两点到四点去散步；五点到六点半玩滚球；然后读德·塞维涅夫人的书；七点半吃晚饭；读罗杰的信件；听音乐；给埃迪[13]装订他那本《老实人》；读西格夫里·萨松的书；然后在晚上十一点半左右睡觉，等等。这种生活节奏很好，但我似乎只能坚持几天。等到下个星期，就又乱套了。

10月6日，星期四

再来写上十分钟吧。写《波因茨庄园》写得很开心，可每次只能写一个小时，就像写《海浪》一样。我非常喜欢它。《罗杰》搞得我精疲力竭。两天前，暴雨大作，不能散步，苹果都给刮到了地上，电灯断电。我们在伍尔沃思家按六便士一根买来的蜡烛，一下子就给点掉了四根。在餐厅的炉火上烧了饭，熏了一些鱼。男人们正在给护墙板上色，房间可以在本周收拾妥当。政治已经变成老一套，“我早就说过……你说了，我没说”。报纸我是看不下去了，总是陷入沉思。为什么我们不相信我们可以在没有战争的和平环境里度过一生？打不起精神走去圣雷米大街，想去，又不想去。渴望新鲜事物，很喜欢读德·塞维涅夫人的作品，哪怕就着烛光也乐意。渴望去伦敦，盼望电灯放光明，渴望品尝佳酿；渴望完全与世隔绝的生活。昨天和伦纳德走去皮丁霍，途中我将这些都讲给他听了。

10月14日，星期五

在漫长的黑夜降临之时，我要做两件事。第一，像现在这样，趁着心血来潮，将许多小诗句写进《波因茨庄园》，也许某天它们就派上用场了。第二，将以往那些发表在《泰晤士报文学副刊》上的评论收集到一处，甚至装订起来，为以后出个评论集做准备。是叫选摘？还是叫评论？这些都是我在过去二十年里博览英国文学时做的评注。

11 月 1 日，星期二

马克斯·比尔博姆活像一只柴郡猫。身体是球形的，下颚宽大，蓝眼睛，眼球逐渐变得浑浊。所有这些特点，使得他有点像布鲁斯·里士满。他曾说，他从未参加过任何团体，从来没有，甚至在年轻时也没有过。这是个严重的失误。当你还是个小年轻的时候，你应该凡事较真。我想这非常重要，但你可能意识不到。“大千世界，无奇不有。”我游离于所有团体之外。亲爱的罗杰·弗莱彼时很喜欢我，他是一个天生的领导者。没有人能如此“神采奕奕”。他看起来是这样。我从未见过这样有气质的人。我听过他的讲座，关于艺术美学的讲座。但我很失望。他一直在翻稿子——没完没了地翻……那时汉普斯特德还没有被毁坏。几年前，我在杰克·斯特劳的城堡酒吧待过一阵。我的妻子得了流感。酒吧女服务员小心翼翼地说——我妻子得过两次流感。“你可真是个贪心鬼，不是吗？”现在这话成了经典。所有的酒吧女服务员都要说上一句。我想我已经出入酒吧十来次了。乔治·摩尔一直都不长眼色。他从不知道男人和女人都在想什么。他是以书观人。啊，我还担心你会故意提起《敬礼和挽歌》[14]。是的，那很美。是的，那时他确实有了点儿眼色。不然他顶多算是个漂亮的湖泊，里面却没有一条鱼。《凯里斯溪》[15]……库尔森·凯纳汉[16]？（我曾谈到库尔森·凯纳汉是如何在黑斯廷斯拦住我攀谈一番的。你是伊迪丝·西特韦尔吗？不，我是弗吉尼亚·伍尔夫，你是？我是库尔森·凯纳汉。）一听这话，马克斯立刻咯咯地笑起来。他马上接着说自己在"黄皮书时代"就认识库尔森了，后者写了一本《上帝与蚂蚁》，售了1 200万册。还有一本回忆录。我是如何拜访罗伯茨勋爵的……这位大人物离开椅子站起身。他的眼睛是淡褐色的吗？是蓝色的吗？是棕色的吗？不，那只是士兵的眼睛。他写道，马克斯·比尔博姆，我还未见过的名人之一。

关于他自己的创作。亲爱的利顿·斯特雷奇告诉我说：首先我写下一个句子，然后再写一句，这就是我的写作方式。就这样，我继续写下去。但我感觉，写作应该像是在田野上奔跑。这是你的方法。现在你是如何在早餐后回到你的房间的——你有什么感觉？我过去常常看着时钟说，哦，天哪，我应该开始写我的文章了……不，我要先看报纸。我总是不想写作。但我从前参加完晚宴回到家，总会拿起画笔画漫画，一幅又一幅。它们似乎是从这里冒出来的……他按了按他的肚子说道。我想，那是一种灵感。你在你那篇佳作中对我和查尔斯·兰姆的评论非常真实。他很疯狂，极具天赋，是个天才。我也很像杰克·霍纳。我展现出了自己最好的东西。它简直太丰富，太完美了……我的大众读者约有1 500人。哦，我出名了，这主要是因为你，还有像你这样的高层重要人物。我经常翻阅自己的作品，而且我有个习惯，就是用所敬佩之人的眼光来审视它们。我经常用弗吉尼亚·伍尔夫的方式阅读自己的作品——从中挑出那种你可能欣赏的东西。你从不这样做吗？哦，你应该试试。

伊舍伍德[17]和我在门口碰面了。他是个瘦削却活力十足的男孩子，眼神灵动，步伐轻快，像个赛马骑士。这个年轻人，用W. 毛姆的话来说，"手心里攥着英国小说的未来"。他满怀热忱，不仅继承了马克斯的才华和古怪，更是将其利用得恰到好处。这是个浅薄的夜晚，我可以证实这一点，因为我发现我没能抽自己带的雪茄。只有聊到更深刻的内容，我才会抽雪茄。西比尔的待客之道使我们的聊天始终保持在同一肤浅水平。要么讲讲故事，要么奉承几句。那所房子，外壳介于白色、银色和绿色之间，我记得里面镶着木板，家具陈旧。

11月16日，星期三

很少能有机会站在顶峰。我指的是从高处静静地眺望。我在上楼时想到了这一点。这很有象征意蕴。就我的传记写作而言，现在我正在"爬楼"。我会迎来巅峰时刻吗？在完成罗杰的传记之后？或者今晚，躺在床上，两三点钟的时候？这些时刻是偶发性的。在我因《岁月》而备感痛苦的那段时间，它们经常到来。

薇奥拉·特里[18]昨晚去世了，死于胸膜炎，比我小两岁。

我记得，她的皮肤是杏黄色的；头发稀疏，是琥珀色的。她的肿眼泡下面耷拉着大眼袋。这位了不起的女神一般的人物，老来命苦，她个头高大，走路大步流星，经常打扮自己，而且很入流。我上次见她是在石像鬼鸡尾酒会上，当时她情绪高涨，心情很不错。我与他人交情不深，对她却颇有好感。因为她的书，我们大概每年都会见上一次。她的《西班牙城堡》出版的那晚，她在这里吃了晚饭。我曾去沃本广场喝茶，发现那儿的黄油是用报纸包的。她的客厅里放着一张意大利双人床。她这个人很有灵性，魅力十足，举手投足间流露出女演员的修养，而且具有她们的豁达不羁和多愁善感。我认为她是非常优秀的母亲和女儿；她没什么野心；很会享受生活；我想她该只为钱发愁；她大手大脚；胆子很大；而且勇敢——这是个创造生活奇迹的人。她如此强壮而高大，理应活到八十岁，但毫无疑问，由于经常熬到深夜，她城堡一样的身体吃不消了。我不清楚具体情况。她能将一些事物化成文字。她的女儿弗吉尼亚这周就要结婚了。一想到薇奥拉就这么躺下了，我感觉浑身不自在，真是说不通。

11月22日，星期二

我本来是打算写我作为作家的所思所想的。我不想读但丁，十来分钟前我刚改完“拉宾与拉宾诺娃”，我记得这是我二十多年前在阿什汉姆写的故事，那时我也许正在写《夜与日》。

时间跨度相当长。而且很明显，大概十年前吧，我被捧上天，随后就被W.路易斯和斯泰因小姐给扼杀了。现在我认为——让我想想看——当然，我已经落伍了，在年轻人看来尤其如此，根本无法与摩根相提并论。我曾创作《海浪》，但不大可能再出佳作了，是个二流作家；而且我认为，我很可能被大众彻底抛弃。我想此刻我在大众心目中的地位正是如此。这一论断主要基于C.康诺利对我做出的鸡尾酒式的评论——我是那么无足轻重，就像空中的一小撮羽毛。我对此有多在意？比我预想的还漠不关心。当然，我从未觉得自己有多高的知名度，所以也不感觉自己被扼杀了。可我觉得，继《海浪》或《爱犬富莱西》之后，《细察》认为我过时了。路易斯也攻击我，我意识到人们在激烈地反对我。是的，即使备受老一辈指责，我也一度很受年轻人赞誉。但《三个基尼金币》打破了这样的局面，因为G. M.扬斯和《细察》杂志那一派评论员都批评这部作品。我的朋友们为此也排挤我。我的地位岌岌可危。毋庸置疑，摩根的名望比我高多了，汤姆也是，可那又怎么样呢？从某个角度说，这倒是一种解脱。我认为，本质上我是个局外人。我把看家的本领都使出来了，我背后有堵墙稳稳地支撑着我。不过，逆着潮流写作总让我心里不踏实，而且想要全然不顾潮流，真是太难了。但无论如何，我会这么做的。《波因茨庄园》是否有些东西，让我们拭目以待。不管怎样，起码我还能指望我的评论特长。

12 月 19 日，星期一

我要用这最后一个上午——因为明天会忙得可怕——来给这一年的工作做个总结。的确，这一年还剩十多天，但对这本日记来说，就只有这么多“自由时间”了——我本想说“自由权”的，但我谨小慎微的良知要我另寻一个词。这样就引出一些问题，也就是我就写作艺术提出的一些问题，但我暂不考虑它们。总的来说，写作这门艺术变得很迷人——比之前更迷人吗？不，我还是个小家伙时，就认为它很迷人。当时大人们都在吃饭，我趴在圣艾夫斯客厅里的绿色毛绒沙发上，模仿霍桑的风格胡乱编造了一个故事。那一年的最后一顿晚餐是特意为汤姆准备的。

今年我完成了《三个基尼金币》，4 月 1 日左右开始写罗杰的传记，而且把他的生活定位在 1919 年。我还评论了沃波尔，修改了“拉宾与拉宾诺娃”，编订了《传记的艺术》。《三个基尼金币》的反响很有趣，出乎意料——只是我不确定自己有何种预期。已经售出 8 000 本。我的朋友都没提及这本书。我的大圈子又扩大了，但我完全不清楚这本书的真正价值。是什么呢？不，我甚至都不知道该怎么说，因为确实还没有人综合评价它。比起《一间自己的房间》，大家对它更不能达成一致意见。那么，推迟评判似乎是上上策。《波因茨庄园》已经写了 120 页。我想把它写成一本

220 页的书，一部混合剧。因为一直在读弗莱家族的信件，我迫不及待地冲上去创作这本书，以求缓解长久以来的压力。我想我在某个地方看到了一个整体框架——就在 4 月的某一天，我抓住了它，像一条悬空的线，不知道接下来该写什么。然后灵感一下子就来了。只是为了寻求快乐而创作。

注释

1 伯纳德·曼德维尔（Bernard Mandeville，1670—1733），荷兰作家、哲学家。

2 《波因茨庄园》就是1941年出版的《幕间》。

3 这里指的是埃玛·玛格丽特·阿斯奎思（Emma Margaret Asquith，1864—1945），英国作家、社会名流。

4 《周日裁判报》（*The Sunday Referee*），英国的一份周报，创办于1877年，当时被称为《裁判》（*The Referee*），主要报道体育新闻。

5 鲍尔多克（Baldock），英国赫特福德郡的一个小镇。

6 萨莉是一只西班牙猎犬。

7 乔治·马尔科姆·扬（George Malcolm Young，1882—1959），英国历史学家。

8 1930年8月，银行家汉布罗一家四口和女佣乘船畅游尼斯湖，于湖心遭遇船只爆炸。众人跳水求生，汉布罗与两个孩子和女佣得救。擅长游泳的体育选手汉布罗夫人却一直未上岸，后经多日打捞，始终没能发现尸体，故传尼斯湖底有水怪一说。

9 哈特利·柯勒律治（Hartley Coleridge，1796—1849），英国诗人、传记作家、散文家和教师，诗人柯勒律治的长子。

10 此处的“小象”（Jumbo）是玛乔丽·斯特雷奇（Marjorie Strachey，1882—1964）的昵称。她是传记作家利顿·斯特雷奇的妹妹，她本人也是教师、作家和翻译家。

11 奎妮·多萝西·利维斯（Queenie Dorothy Leavis，1906—1981），英国文学评论家、散文家。

12 1914年8月3日，德国向法国宣战。

13 埃迪是指伍尔夫夫妇的朋友爱德华·怀尔德·普莱费尔爵士（Sir Edward Wilder Playfair KCB，1909—1999），英国公务员和商人。

14 “Ave atque vale”是拉丁语，意为“欢呼与告别”。这里指的是古罗马诗人卡图卢斯悼念兄长的诗歌《敬礼和挽歌》。

15 《凯里斯溪》(*The Brook Kerith*)，乔治·摩尔在 1916 年出版的历史小说。

16 约翰·库尔森·凯纳汉（John Coulson Kernahan，1858—1943），英国作家。下文提及的《上帝与蚂蚁》是他早期发表的一首颇受欢迎的长诗。

17 克里斯托弗·伊舍伍德（Christopher William Bradshaw Isherwood，1904—1986），英裔美国小说家、剧作家、日记作者。

18 薇奥拉·特里（Viola Tree，1884—1938），英国女演员和作家，曾多次出演莎士比亚戏剧中的女主角。

1939

1月5日，星期四

在旧笔尖的陪伴下，《罗杰》快要写到乔塞特的部分了，于是我换了个新笔尖，用这最后的五分钟，在这个美好的1月的上午，写下新年的新篇章。这是午餐前的最后五分钟——只有一丁点时间，大脑处于如此状态，叫我如何开篇呢？这个大脑仍囿于先前的工作，为了完成最后一句话苦思冥想。即使有了这最后一句，也需要再修改十几遍。所以《罗杰》的工作占了上风，然后才是罗德梅尔的日记。实际上，我已经任由霜冻摆布好久了。我们是在十四五天前过来的，这里所有的管道都给冻住了。下了整整五天的大雪——寒冷彻骨，狂风呼啸。我们当时在暴风雪中蹒跚了一个小时。车轮像是被拴上了铁链。我们磨磨蹭蹭，终于在圣诞节那天赶到了查尔斯顿和蒂尔顿。两天后，我们一觉醒来，发现到处绿草如茵。悬挂在厨房窗户上的长条冰锥子的鼻头开始结水珠。它们融化了。管道化冻了。现在吹着东风，好似6月的某个上午。时间到了。不管怎样，这本日记算是动笔了。或许明天我的头脑会清醒些，可以写上十分钟。

1 月 8 日，星期日

既然我的脑子，因为写《罗杰》已经被我揉搓成了老女仆的破抹布——乔塞特那章真是——太烦琐，太拖累人了——那我得放松一下，先心不在焉地写篇日记，然后，我发誓，在我们星期日动身前的这几天，我要努力写小说。不过，我的绝大部分写作欲望，甚至是写小说的欲望，都被磨灭了。罗德梅尔是一个折磨人的大磨盘，特别是在冬天。我写了整整三个小时，散步两个小时，然后我们一起读书，其间还做了晚饭，听音乐，看报纸，这才挨到十一点半。就这样，我读了好几大包罗杰的信件，读了德·塞维涅夫人和乔叟的书，还有其他几本枯燥乏味的书。

1 月 18 日，星期三

《哈珀》杂志接受了我的故事，无疑让我为之一振。我是今早听说的。那是个美丽的故事，让人不禁想要拥有。于是 600 美元被我收入囊中。不过，我得强调一下，尽管我认为不应为了哗众取宠而写作，但这种鼓励还是让人备感温暖，重获希望。我无法否认这一点。我想我掌握了一种更直接地总结关系的方法，这样诗（在韵律上）就可以摆脱抒情散文的风格——但我赞同罗杰的观点，在这方面我矫枉过正了。顺便说一句，这是很久以来我受到的最精彩的批评，也就是说，我将作品中无生命的场景诗化了，强调个性，却忽视了借助素材传达意义。

2月28日，星期二

一个可怕的真相是，我只有因谈话而心生烦恼时，才想写日记。我只记录沮丧和失意，而且记得非常勉强。暂时不用为罗杰而写作。今天可以开开心心地写《波因茨庄园》。近来收到了许多包裹，别人的新书问世，我的后脑勺却麻木了。像往常一样，我一变得脆弱，那些蜇人的家伙就得势了。总是那些人。我无须多言。我得去理工学院做“演讲”，各种活动多了起来。不计其数的难民让我更加不安。你看，我说过我不会谈论他们，可我已经在谈论了。

3月11日，星期六

昨天，也就是10号，星期五，我完成了《罗杰》的初稿。现在我必须开始——好吧，甚至不能说是开始，而是要反反复复地修改。可怕的苦日子要来了。我十分怀疑自己作为传记作者的身份，而且怀疑自己从一开始是否有资格承担这项工作。尽管如此，我还是坚持到了最后。可以允许自己有片刻的小小欣慰吧。虽然我没时间细品罗杰那些没完没了的可怕经历，但此书差不多概述了他的人生。所以它或许是有些希望的？又或许只是一堆毫无价值的零零碎碎？

4月11日，星期二

为了换换脑子，我目前在读狄更斯的书。我想了解他是如何生活，而非如何写作的，这种阅读是好事，也是坏事。那感觉像是你虽然明白了，但什么都记不住。不过，狄更斯的笔触太精准了，对某些人物的刻画颇为形象——比如对斯奎尔斯小姐、普赖斯小姐以及农夫的描写简直棒极了。我想好好对他评论一番，此时却无法发挥我的评论特长。我也在读德·塞维涅夫人的作品，以内行的眼光读，因为我想一心两用，同时快速读完两部作品。将来我打算飞快地创作凝练的短篇，再也不想受长篇束缚，这样就可以避免老年的停滞与僵化。此外，不可囿于那些老一套的观点。因为我越来越怀疑自己在下笔之前是否了解透彻，写出来的句子总显得太武断，太陈旧乏味。莫里斯，李·戴维斯兄弟中的最后一个，过世了；玛格丽特还活着——她生活得过于谨小慎微。我一度怀疑他们为何要对自己的生命如此小心，总是测这个，验那个，从不让自己受累，不过是为了多苟延残喘几年？另外，我也在读罗什富科的作品。我那个棕色小本子的用处就在于促使我多读书——手拿着笔——凭直觉去读佳作，不读油腔滑调的手稿，也不读聒噪的新手作品——乳臭未干的崽子们小嘴大张，叽叽喳喳叫个不停，总想说服别人。至于乔叟，我只在必要时读。所以要是有时间——或许下周会有更多独处时间——要是没有战争的话，我应该可以渐渐遁入那可贵的兴奋状态。只要进入那种状态，我的脑子就可以飞速地转动，那感觉就像睡着了，就像飞机的螺旋桨。但我必须重打最后的克利夫顿一节，这样明天才能休息，才能为剑桥大学的讲座做准备。这部作品相当不错，至少我希望如此——内容紧凑，结构成形。

4月13日，星期四

后来我患了两天流感，症状不厉害，但脑子却被抽得空空的，所以今早我跑到这儿来，只想借着读罗杰的信件打发时间。我的小说本周已写完40页——孩童时代等等——大部分内容是自传性质的。现在政治危机正在逼近，张伯伦今天在议院发表了声明。我想，即使明天不开战，距开战也不远了。

昨天读了大约100页的狄更斯作品，因而对戏剧与小说创作产生了一些模糊的想法；文章的重心、数不清的场景摹写、不停歇的人物塑造，都从舞台上搬了下来。文学——亨利·詹姆斯之辈所推崇的那种富有层次的人物塑造与暗示，在他那儿几乎失去用处。一切都那么粗糙而鲜明，缺乏变化，可又如此丰饶且富有创意。对，正是这样，但并不十分独具匠心，也就是缺少暗示，所有东西都和盘托出，静心阅读时品不出什么东西来。但这也是他的作品紧实且富有魅力的原因所在。书里没什么值得掩卷而思的内容。当然，这只是我在流感作用下的一些心得，毕竟我脑子乱糟糟的，我要把爱德华爵士的书拿进屋子，坐在火炉边，好好拜读学习。

4月15日，星期六

鉴于《罗杰》的进展相当不错，我认为应该不用在每一章上都花两周时间修改。这让我觉得十分有趣——大刀阔斧地做着今年的苦差事。我认为我看见了它的雏形，而且事实证明我的编写方法很不错。它或许太像一本小说了，不过我并不介意。没有来信，没有新闻，我的脑子已经太过疲惫而无法阅读。伦纳德却捧着他的书读得正欢。我想去度假，在法国待几天，或者去科茨沃尔德跑一圈。但考虑到我有那么多喜欢的东西——奇怪的是（我总用这个口头禅）——战争似乎把世界分裂，一切都变得毫无意义，不能做规划，而且涌出了一种集体主义的感觉，所有英国人在同一时刻都想着同一件事——对战争的恐惧。人们之前从未有过如此强烈的感觉。等这种感觉逐渐平淡，大家又都各自陷入了私人生活。

我必须得从伦敦订购通心粉了。

4月26日，星期三

我已经完成四分之一——到明天《罗杰》就可以写完100页。鉴于此书共400页，修改100页花了三个星期（可中途被迫暂停），所以还需要九个星期才能完成。是的，我应该会在7月底之前完成。但我们可能会离开这里。据说是8月份。然后9月就可以把它全部打出来……那么，明年这个时候就可以出版了。8月我就能自由了，我经受了多大的磨难啊。我想只有六七个人会对这本书感兴趣吧，而且我会挨骂。

6月29日，星期四

《罗杰》的修改工作以及PIP[1]的写作把我累得头晕眼花，现在我要让大脑自在地舒展十分钟。我说不清为什么要写日记，也不知道自己是否会再读。或许如果我继续写我的回忆录——也可以把我从《罗杰》中解救出来——日记就可以派上用场。昨天真令人沮丧；去福南梅森百货买鞋子，有打折货，但都是卖不出去的那种。那气氛，简直是典型的英国上流社会，人们一脸严肃，打扮得一丝不苟。想到自己像个滑稽人物，我感到难堪而烦躁。不过，淋着雨穿过公园后，我又恢复了活力。到家后我试着把注意力集中到帕斯卡尔身上。我无法投入，可这仍是自我调节的唯一方法；即使没读懂，还是感觉到了平静。这些神学观点超出了我的理解范围。不过，我还是可以理解利顿的观点——这个狡诈的老伙计。可以肯定的是，生活如梦——他就那样走了，我却在读他的书；而且我正试图理解我们给这个世界带来的影响。我有时觉得这是一种幻觉——他走得太急，生命逝去得太快，除了这些小书，没留下什么痕迹。这让我不由自主地陷入沉思，回味起过去的时光。晚饭后我和伦纳德去了诊所，我们牵着横冲直撞的萨莉在外面等了一会儿，碰巧看到了傍晚的美景。啊，摄政公园上空飘着灰紫色的云朵，还有紫色和黄色的晚霞，这些让我突然满心欢喜。

8月7日，星期一

我打算做个鲁莽而大胆的尝试，暂停压缩“想象与构思”这一部分，来这里写十分钟日记。实在不想按照计划继续我每天上午必做的乏味修改工作了。

噢，对了，我记起来好几件事，并不只是写日记。用时髦一点的话来讲，是要写随笔。彼得·卢卡斯和纪德都在干这个。他们谁也无法静下心来搞创作。（我想，如果没有《罗杰》，我倒是可以。）随笔即评论——日常生活中的有感而发——就像现在这样，自发而来，我也感受到了它的召唤。可我刚才在想什么呢？我一直在想审查官的事情。那些不知道具体是谁的大人物告诫我们要遵守规范，而眼下我读的手稿就明显经过了他们的审查。

如果我这样说，某某会认为我多愁善感；如果我那样说，其他人又会认定我太布尔乔亚。现在，我感觉所有的书都被一群看不见人影的审查官给包围了。他们的自我意识，他们的躁动，依稀可见。还是很有必要弄明白他们眼下到底有何企图。华兹华斯的时代有这种东西吗？我觉得没有。我在早餐前读了他的《露丝》。那种安静、无意识、心无旁骛、专注，以及由此产生的“美感”深深打动了我。仿佛我们必须让心灵不受干扰地沉淀在物体上，才能获取珍珠。

下面是关于一篇文章的小想法。

> 具象表达就是拉近思想与周围环境的距离。一个在田野哭泣的孩子会让人想起贫穷。令我欣慰之物，是思想。我是否应该去参加村里的运动会？于是，“应该”就入侵了我的计划。
>
> 哦，穿衣服的时候，我在想，若能描述一下老之将至的感觉，还有逐渐到来的死亡，那该多有趣。就像人们描述爱情一样，留意它失败的各种症状，但为什么会失败呢？把变老这件事当作与众不同的经历，而且用心发现走向死亡的每一个渐进阶段，毕竟迈向死亡可谓一种伟大的体验，至少就其过程而言，不像出生时那般无意识。

必须去做我的苦差事了，我觉得自己又精力旺盛了。

8月9日，星期三

我那苦差事把我累得神志不清，无精打采。究竟如何才能写完这一章啊？天才晓得。

8月24日，星期四

也许描述“危机”要比描述罗杰的情史更有意思。毕竟我们正深陷战争危机。我们宣战了吗？下午一点，我要仔细听一听。从情感上讲，今年与去年9月份有很大不同。昨天在伦敦，人们几乎无动于衷。火车上没几个人——我们坐火车去的。街上没什么骚动。搬家公司上门来了。正如工头所说，这就是命运。你能拿命运如何？梅克伦堡广场37号[2]一片狼藉。在墓园碰见了安[3]。她说没有开战，当然，只是目前没有。约翰·莱蒙说：“其实我不知道该作何感想。”这更像是开战前的一次大彩排。博物馆都已关闭。罗德梅尔山上亮起了探照灯。张伯伦说危险迫在眉睫。苏德条约令人不快，谁也没料到会是这样。我们简直像一群小绵羊，毫无冲劲，耐着性子，困惑不解。我怀疑有些人想“干脆凑合下去”。我们订购了双份物资和一些煤炭。维奥莱特姨妈在查尔斯顿避难。一切都很不真实。空气中弥漫着绝望。我写得很吃力。钱伯斯给我的一个小故事开价200英镑。沼泽上空尽是雾霾。飞机来来往往。战争一触即发。但泽还没有被占领。店员们欢呼雀跃。

我写不下去了，就把一根小禾秆嫁接到另一根上，眼巴巴地希望能成功。安说，现在没有开战的理由。共产党人自己都拎不清。铁路罢工游行活动取消了。哈利法克斯勋爵用乡下富绅的口吻向我们播报。路易问：衣服会不会变得很贵？人们心底自然都泛起了悲观主义。年轻人被撕成碎片：那些母亲悲痛欲绝，就像两年前[4]的内莎那样。但不排除随时都有右倾的可能。集体情绪抑制了个人感受，然后逐渐退去。现在只感觉不踏实，心烦意乱。这一切与37号的混乱景象交织在一起。

9月6日，星期三

今早八点半，我们听到了第一次空袭警报。当时我躺在床上，一阵鸟鸣声逐渐入耳。于是我穿上衣服，走到阳台，和伦纳德待在一起。天空晴朗。村舍房门紧闭。吃早餐时还感觉一切正常。中间休息时，萨瑟克区遭遇空袭。没有最新消息。赫普沃思夫妇星期一来了。他们颇像在进行海上环游。勉强对谈。挺无趣的。一切事物都失去了意义。报纸几乎不值一读。英国广播公司在事发前一天没给任何消息。心里空落落的。效率低下，我还是把这些事情记录下来吧。我的计划就是强行让心思回到罗杰身上去。可天哪，这是我此生经历过的最糟糕的事情。我现在只能感受到躯体，我的内心已经变得冰冷且麻木。各种烦心事没完没了。我们已经做好窗帘，也把煤块等物资送到巴特西区的八个妇孺所住的小屋。待产的妈妈们叫嚷个不停。有些人昨天回去了。我们把车送到定做车篷的地方，路上碰见内莎，她载着我们去查尔斯顿喝茶。是的，眼前的这个世界空洞而无意义。我是个懦夫吗？我想，就身体而言，是的。明天去伦敦，我估计自己会被吓到。在紧要关头，大量的肾上腺素足以让人保持冷静。可我的大脑却停止工作。今早我拿起手表，然后又放下。结果它丢了。这种事让我很恼火。不过，毫无疑问，我可以跨越这道坎儿。但我的头脑似乎缩起来了，我变得畏首畏尾。要想治这个病，最好读一本像托尼那样写得扎扎实实的书。这可以锻炼一下大脑神经。赫普沃思家正在往布赖顿运书。我要走过去看看吗？可以。折磨我们这些非战斗人员的都是蚊虫和苍蝇。这场战争就这样冷冰冰地开始了。人们只是觉得必须启动杀戮机器了。

目前，“雅典娜号”已被击沉。一切看起来毫无意义——一场漫不经心的屠杀。就像一手拿着啤酒罐，一手握着锤头。为什么非要打碎它？没人知道。这是一种前所未有的感觉。普通民众已经为此付出了鲜血的代价。电影院或剧院都关门了。除了几封绕道美国的来信，收不到任何信件。《评论》[5]被《大西洋月刊》拒稿了。没有朋友的来信或来电。是的，我能想到的最接近的比喻，大概就是一次漫长的海上航行，和陌生人聊两句，遇到许多微不足道的小麻烦，为之后的生活做些安排。当然，我所有的创作源泉都被阻断。这个夏天的天气可算是完美。

我就像个残疾人，只是还能抬头和喝茶。冷不丁，我能拿起笔，轻松地写两句。在热浪中散步的效果就是体内的污浊之气被排出去，全身血液畅通。这本书会有助于我积累笔记，是我快速写作的初步成果。我已经重复了不下百次：任何对战争的心痛，都不如为创作而进行的构想来得真实。不如去做些自己擅长的事。我能做的唯一贡献——小声嘀咕这些想法，就算是我为自由事业做出的微小努力。我这样告诉自己。这样一来，心中所构想的，即一种幻觉，就有了支撑，因为那种感觉又回来了。借用外部之力，信仰的迷雾会更厚，不存在之物也能成为可能。

我在阳光下的沼泽地散步，在那儿看到一抹浑浊的黄色。与此同时，我萌生了一个想法，就是用我这 15 本零零散散的日记写一篇文章。那将是小菜一碟，不会像写《罗杰》那么艰难。但我能否抽几小时把日记通读一下呢？我必须得读。今天晚上，空袭范围已从萨瑟克区、朴次茅斯和斯卡伯勒缩小至东海岸，但没造成任何损失。明天我们就要出发了。

9 月 11 日，星期一

我刚读了三四个字的狄奥弗拉斯图[6]，从希腊语到英语，读得磕磕绊绊，不妨在此处记录一下。我正努力把心思放到希腊文学上。还真做到了。像往常一样，希腊文学简直太黏稠，太有冲击力了，那么灵活多变！拉丁文学不会描写一个莽夫在半夜里惦记他的借款。希腊人有清晰的目标。不过，要想读懂狄奥弗拉斯图和柏拉图，还得辛苦跋涉很长一段时间。但值得为之努力。

9月28日，星期四

不妙，我记不清日期了。薇塔一会儿要在这儿吃午饭。我计划十二点停止写《罗杰》，然后读些好东西。我不打算让我的脑子迷糊下去，得给它听点微小却刺耳的音符。不知为何，一本书快要写完了，我的大脑有些疲惫，尽管我还可以愉快地应付一部小说或一篇文章。那为什么不休息一下呢？难道不是因为我煞费苦心地写《岁月》，以至于用脑过度吗？于是我转头去读史蒂文森[7]，就是那本《化身博士》，但我不怎么喜欢。9月的天气晴朗且舒爽。风很大，但光线不错。可我没办法写信。

10月6日，星期五

尽管我因为其他国家的事情有些心不在焉，但还是成功地把《罗杰》完整誊写了一遍。当然，这本书仍需修改、精简和润色。我还能继续做下去吗？注意力总是涣散。我写了几篇有关路易斯·卡罗尔的文章，并杂七杂八地读了很多书——福楼拜的生平，罗杰的演讲，最后是伊拉斯谟和雅克·布兰奇[8]的传记。韦伯夫人邀请我们共进午餐，她经常提起我们。我的手像山杨树一样抖个不停。整理完自己的房间，我才逐渐平静。对于下一步的创作，我现在还没有一个清晰的思路。这个周末要见汤姆。我打算记录一节三等火车车厢里的谈话内容。是关于生意人的谈话。他们的单身生活。所有的政治话题。他们的故作姿态、精心谋划，以及对女性的蔑视和漠不关心。例如，一个男人递上《旗帜晚报》，指着一张女人的照片。“女人？让她回家自个儿玩去吧。”那个醉眼惺忪、身着蓝色哔叽衣服的男人说道。来自另一段谈话，“对他来说，她就是个累赘”。那个儿子每天晚上都去上课。冷漠男人的世界可真奇怪。天气恶劣，保险职员们得意扬扬地工作，故步自封，自给自足。互表钦佩，谈吐尖酸，话语简洁，看上去客观公正，被伺候得很好。可他们同时瘦弱、敏感；其中有男学生，也有务工的男人。在清早的火车上，他们说：“真不知道人们怎么会有时间打仗。一定是那些没工作的家伙在折腾。”“我宁愿傻乎乎地上天堂，也不愿清醒地进地狱。”“战争是很疯狂的。希特勒那伙人是黑帮分子。就好比美国的阿尔·卡彭。”他们的话缝里丝毫没有关于艺术或书籍的讨论。卖不出保险的时候，他们就玩填字游戏。

10月7日，星期六

真稀罕，战争刚爆发的前几天我觉得无事可做，如今却备感压力，满脑子都是想法和工作，我甚至感觉头脑阵痛和眩晕的老毛病复发了，而且对我的折磨要比以往任何时候都严重。这部分是因为我在给报刊写稿子。我敢说，这是一步好棋，因为它让我感觉很充实，并迫使我过井井有条的生活。我把《罗杰》中零散的章节给巧妙地拉扯到了一起，因为我知道我得停下来写篇文章。我一心沉迷于构思文章。为什么不试试为《泰晤士报》写一篇呢？话音刚落，各种想法就汹涌而来。必须坚守《罗杰》的堡垒，因为我得在圣诞节之前把整本书打完，然后送到内莎手中，必须用蛮力了。

11月9日，星期四

我非常开心地逃过来写几句。不过，我认为罗杰给我招致的麻烦就快结束了。把最后的部分，再修改一次，这样的话，我想我会比之前更青睐它。我觉得把最后一章分成几个部分是挺好的主意。要是能以这种方式顺利写完就好了。写新闻稿的最大坏处就是分散了注意力，那感觉就像站在海边淋浴。

《评论》于上周出版了，并不像我预期中的那么不受待见。《泰晤士报文学副刊》有一位尖酸刻薄的领导，我对他那种刺耳且具有攻击性的论调简直烂熟于心。Y. Y. 随即在《新政治家》上彬彬有礼地做了让人咋舌的评价。我要如何回应？为什么只是做个回应而已，我却总被逼得像动物园的猴子一样抓耳挠腮，一边走一边胡言乱语，然后重新写。真是不明所以。浪费了一天时间。我觉得这种浪费很不值得。若我当真是局外人，那就做个局外人吧。

看在老天的分上，不要装腔作势，惹人注目，要以平常心对待。

11 月 30 日，星期四

无比厌烦，疲惫，沮丧且懊恼，就肆意地在这里发泄一下情感吧。《罗杰》那本书就是个败笔，耗费了我多少精力……不能继续耗下去了。我的脑子已经累坏了，还得忍住不撕毁稿子和大发脾气，必须得出去透透气，晒晒太阳，散散步，用雾气把头脑包裹起来。要穿上胶靴，这样我就可以在沼泽地里随便扑腾。不行，还是写一会儿我的自传小说吧。

12 月 2 日，星期六

如果马上休息一天，我的疲惫和沮丧就会消散。于是我走进屋去缝补靠垫。傍晚时分，头痛停止，再一次文思泉涌。要牢记这个征兆——枕头总得时常翻面，我总得忙点别的来散心，这样头脑中又会涌出一堆想法。不过我必须先把它们集中起来，等忙完《罗杰》再着手写。烦人的是，我刚回过神来，就得面对现实，尤其是我的小册子给我招来了批评。我发誓，一年内不再参与纷争。我的想法就是——关于作家的职责。不，我要将其暂时搁置。昨晚开始读弗洛伊德，我想扩大阅读范围，拓展思维空间，让大脑变得客观，走出去。这样就可以对抗年岁增长带来的萎缩。要一直与时俱进。打破定式，诸如此类。要来这里，时不时写点日记。但也只能在完成了上午的苦差事后，才能逃过来。

12 月 16 日，星期六

这个房间的垃圾多得吓人，我花了五分钟才找到笔。《罗杰》那本书，整体来看，还是一堆有待缝补的碎片。我今天必须完成 50 页，到星期一，一共应该完成 100 页。“结婚”那一章怎么写都觉得不对劲。情节安排完全不合理。改动，引用，却把它变得更差劲。但我的确没有像写小说那样大惊小怪。在重写《岁月》的那段时间，我吸取了一个永远不会忘记的教训。我总是对自己说：请记住那有多可怕。我觉得昨天过得挺开心的。收到了两封喜爱《三个基尼金币》的读者的来信，两封信都写得情真意切：一封来自战壕里的士兵，另一封来自一位心烦意乱的中产阶级妇女。

12 月 18 日，星期一

像往常一样，我再次寻找那本可爱的包着红封皮的老书，至于是出于何种本能，我不甚清楚。写这些日记的意义何在，我也不清楚，只知道它是一种必要的解压方式，而且其中有些内容我以后可能会感兴趣。但具体是什么呢？毕竟我的写作从来没有很深入，我太浮躁了。在回归创作之前，我总在这里乱写一通，时不时瞄一眼手表。是的，只剩十分钟，我还能写些什么呢！只能不假思索地写一下，而这很令人恼火，因为我经常思考。思考那些正好可以记在这里的想法。关于身为局外人的身份。关于我对职业道德的蔑视。这酸溜溜的话意在影射伍尔夫女士以及她昨天想杀死《泰晤士报文学副刊》上那些评论家的愿望。弗兰克·斯温纳顿是人们口中的“好孩子”，而我是那个“坏女孩”。这点小事还用说吗？不过我们之间有什么可比较的呢？啊，“施佩伯爵海军上将号”巡洋舰今天就要离开蒙得维的亚，奔赴死神之口。为了一睹盛况，那些记者和有钱人都雇了飞机。这似乎将战争引入了一个新的维度。人们的心理也发生变化。没时间展开了。总之，全世界（英国广播公司）都在盯着这场较量。今晚会有几个人死去，或陷入痛苦之中。在这个寒冷的冬夜，当我们坐在火堆旁取暖时，将目睹这一幕上演。英国上尉被授予一枚巴斯爵级司令勋章，同时《地平线》杂志开始发行。路易拔了牙；我们昨晚吃了太多野兔馅饼；我读了弗洛伊德的群体心理学；我一直在修改和润色《罗杰》，眼下还有最后一页；一年即将结束；我们已经向普洛默讨要了圣诞礼物。现在，还是老样子，到时间了。我正在读里基茨的日记[9]——都是关于战争的——最后一场战争；还有赫伯特的日记以及其他……是的，还有达迪耶编订的莎士比亚[10]，我已经满满当当地做了两本笔记。

注释

1 PIP 指的是《波因茨庄园》(*Pointz Hall, the Pageant*)。弗吉尼亚·伍尔夫在日记中对这部作品的称呼一直有变化，直到 1941 年 2 月 26 日这部作品才被定名为《幕间》。

2 梅克伦堡广场 37 号是当时伍尔夫夫妇即将搬入的新宅。

3 安·斯蒂芬（Ann Stephen），弗吉尼亚·伍尔夫的侄女。

4 1937 年，内莎的儿子朱利安死于西班牙内战战场。

5 《评论》(*Reviewing*)，弗吉尼亚·伍尔夫的一本散文小册子，在她写完这篇日记不久后出版。

6 狄奥弗拉斯图（Theophrastus，约前 371—前 287），古希腊逻辑学家、哲学家、植物学家。他是亚里士多德的弟子，逍遥学派的第一任领袖。

7 罗伯特·路易斯·史蒂文森（Robert Lewis Balfour Stevenson，1850—1894），英国诗人、小说家。

8 雅克·埃米尔·布兰奇（Jacques Emile Blanche，1861—1942），法国画家、雕刻家、作家。

9 这里指的是范妮·L. 里基茨（Fanny L. Ricketts）的日记手稿。她的日记记录了美国内战的实况。

10 这里指的是达迪耶·赖兰兹于 1939 年编订的一本莎士比亚选集。

1940

1月6日，星期六

一则讣告：亨伯特·沃尔夫[1]去世了。有一次，在艾琳·鲍尔斯家，我跟他分享了一包奶油巧克力。那是我的一个崇拜者送的。以这种心情来悼念他总还算得体。他是个看起来浮夸、讲话也油腔滑调的人。他告诉我，人们经常问他我是不是他的妻子。他主动袒露说他的婚姻很幸福，即使他的妻子住在——日内瓦？记不清了。我记得我当时一直在琢磨：为什么要反抗？有什么好担心的？哦，就是那个晚上，阿诺德·贝内特在《旗帜晚报》上攻击我。是因为《奥兰多》吗？我本打算第二天在西比尔家见他。他脸上有一种奇怪的夸张表情，也许是因为太紧张了。他表面上非常自信。内心却深受被嘲讽之苦，人们说他写得太随便，而且说他奉讽刺诗为圭臬。这点小料是我从他的自传中捞到的——他有许多自传，好像都不能让他满意，所以他总在撰写或重写自己的传记。我猜想，他就是新一轮中老年自传的始作俑者吧。因此，冬夜的模糊记忆就这样被他唤醒了，这是他最后一次像一层薄胶片一样划过我疲惫的大脑——他平躺着，露出那张凹陷的硫黄色脸庞，一双黑莓般的眼睛紧紧闭着。（如果我是在写作，那就应该在舍弃谎言和舍弃真相之间做抉择，是这样吗？是的，我想对我来说是的；但无须毁掉整个创作；只是我必须坚持练习每种风格，这是保持创作动力的唯一方法。我是说，避免笔头生硬的唯一方法就是将一捆捆文字送入烈焰。可这是个空口号。不管它了。写这些东西只耗费了我的一小点资产，所以我的“小金库”没受太大影响。）我应该读《弗洛斯河上的磨坊》，或者读《小杜丽》，但这两本书都已经过气，就像切开后剩下的奶酪。毕竟第一口总是最美味的。

1 月 26 日，星期五

这些绝望的时刻——我是指那种冰冷的悬而未决之感——像一只画在玻璃盒里的苍蝇——已经照例让位给了狂喜。是不是我甩掉了那两只死鸽子——我的故事和我的文章《阿伯茨福德的天然气》（今天印刷），各种想法就汹涌而至了？我是在某一天晚上开始读朱利安的，当时我完全沉浸在《罗杰》里，我的鼻子像是被罗杰拿老虎钳夹住了，快要喘不过气来，但怎么也甩不掉它，它就像铁一样刚硬。不过后来我的思绪就沿着原始高地开始自由飞翔了。这是对未来的一个提示，即总要靠思想“开小差”

来缓解压力。总得用力将枕头翻个面，好辟出一个出口来。通常只需做一件小事就可以了，比如去写《听众》邀我写的那篇对玛丽·科雷利的评论。以上这些像旅行者的笔记一样的东西，是我写给自己的，以防我再次迷失。我想《罗杰》的最后一章必须从两万字缩到一万字。下面是我试着为此书作的序言：

> 《转变》是罗杰·弗莱为他最后一本散文集起的名字。回顾他生命的最后十年，选择这个书名似乎再合理不过。
>
> 但“转变”不仅要表达变化之意，更要展现成就。
>
> 在这段岁月里，他不曾放弃或停步不前，而是在不断地实验和体验。他作为批评家的身份已然确立。霍华德·汉内写道：“罗杰·弗莱去世时，他在英国艺术界占据着独一无二的地位，唯一能与之相提并论的是曾经名声大噪的罗斯金。”
>
> 但这种地位要归功于他在自己的精神生活中勇敢追求的自由与力量，他也正是以此为目标来拓展和扩大自己的视野范围。这不是说他在其他生活领域就不那么具有冒险精神。这两种转变带来了永久性影响。正如K.克拉克爵士所言：“他的信仰大体上始终如一，但他的思想一直具有不可战胜的实验精神，随时准备迎接任何冒险，尽管这可能会将他引到学术传统的边界之外。”
>
> 在身体上，他承受着无比巨大的压力。他的健康因为数年来为欧米伽工坊呕心沥血地工作而严重受损。

不，我压根没法一口气写完。从私人创作到公开写作的变化让我觉得很不适应。多累人啊。我那八卦和评论的“小金库”都已经被榨干。我还要说什么呢？哦，冬日的柔情——它给心灵带来的强烈兴奋——已经完结。解冻了；又下雨又刮风；沼泽地湿漉漉的，到处都像是打了白色的补丁。两只小羊羔在风中蹒跚而行，一只死去的母羊要被运走了。为了逃避恐惧，我悄悄地回到机库旁边。但没能心安理得地度过这个夜晚，而是在吃力地应付这些短语。不过我很喜欢伯克，而且我对法国大革命要有改观。

2月2日，星期五

我梦想的小火花又燃起来了——心里想着所有我想写的东西。从伦敦搬到乡下的这种突变比任何居住地点的变迁都要彻底。是的，但我还没有完全领略这里的好。巨大的空间突然给人以空旷之感，然后让人眼前一亮。伦敦呢，处在夹缝中，是拥挤的、褶皱的。奇怪的是，我经常怀着对伦敦的热爱去怀念它，怀念去伦敦塔散步的小路，那是我的英格兰。我的意思是，如果一颗炸弹炸毁了其中一条小巷，破坏了黄铜饰的窗帘，玷污了河水的味道，伤害了正在读书的老妇人，我应该会感到——是的，爱国者所感受到的。

2月9日，星期五

希望的苗头由于某种原因又复苏了。现在是什么引诱了我？是因为乔·阿克利写信来赞许我评论科雷利的文章？这对我影响不大。那么是因为汤姆要和我们一起吃晚饭？并不是。我想主要是因为读了斯蒂芬的自传，即使它让我心生嫉妒——那么年轻有活力，而且透出些许杰出小说家的影子，但我仍能挑出毛病来。奇怪的是，通过读这本书和《南岭》[2]，我在结束伯克和米尔的苦读之后，重获了一股动力。读自己同时代的作品是件好事，哪怕是读可怜的 W. H.[3] 写的那种昙花一现的生活片段式小说呢。我已经飞快读完原本留到下星期一在伦敦读的那三个 d 章节，就差最后一点了。而且，我想我已经吃准《罗杰》序言的关键所在。不过，我在重读的时候仍然心惊肉跳，更不用说把它拿给内莎和马格丽看，但不禁想到，我已经用我这张费力不讨好的苍蝇网捕到了那个活得多姿多彩的男人的大部分事迹。我敢说，我把每一页——当然是最后一部分——都写了不下 10 遍或 15 遍。我不能说我穷尽了这个话题，可写得还算干净利索。所以，这个晚上我过得还不错。但风像镰刀一样凛冽；餐厅的地毯生了霉菌；约翰·巴肯一头摔倒在地，显然快要不行了。蒙蒂·希尔曼也死了，坎贝尔也死了。还有伦纳德荒唐的老牧师朋友，也就是他的单身汉朋友芭菲，也死了。眼下风更大了，而且有东西在响，感谢老天，我没有在北海上，也没有心血来潮飞去黑尔戈兰岛。现在我要读弗洛伊德。是的，读斯蒂芬让我连续三个小时都沉浸在自我感觉良好的幻境中。如果一个人能够静下心来，就会进入另一个世界——具体怎么说来着？——外面自然会有一个世界？不对，这话是出自《科利奥兰纳斯》吗？

2月11日，星期日

为了推迟开支票，我过来写写日记，顺便提一下，战争抽紧了我的钱包，就像从前那样，我现在每周最多只有11英镑的零用钱。与此同时，我注意到，完成一本书真的可以让我容光焕发。这意味着书写得还不错，或者只是我将自己的所思所想成功传递出来？总之，经历过昨天的瑟瑟发抖之后，今天我迈进了一大步，我想这个星期定能在37号住宅里完成它。不管怎么说，我度过了一段艰难且煞费苦心的日子。所以，在这个温和的日子，我散步去了泰尔斯康伯，一路上我构思了好几页演讲稿，其内容必定充实丰富。我突然想到，"斜塔派"是经历19世纪的打压后，重新建立的自我分析派。此话引自史蒂文森。[4] 这就解释了斯蒂芬的自传，以及路易斯·麦克尼斯等人的。此外，我对脑力活动有了一些心得：诗歌并非无意识的，而是受到了外在刺激而作，像政治这种异物，虽不能被诗歌融合，却对其发展有作用。所以，有些诗歌缺少的是暗示性力量。最好的诗歌莫不最具有暗示性——由许多不同的想法融合而成，所以是说得多，解释得少？对，就是这个思路，它促进了公共图书馆的出现和普通读者群的形成，于是贵族文化圈被取代，阶级文学也结束。由此人物文学开始兴盛，新血液促生了新词汇并产生了堪比伊丽莎白时代的文学。我认为精神分析法有些道理，“斜塔派”作家不能描写社会，因此不得不描写自己，他们是产品，又或是受害者，但这是解放下一代受压制群体的必要步骤。看来我们需要一个新的作家概念。通过贬低自己，他们破除了伟人的“天才”传奇。他们没有采用亨利·詹姆斯的方式去剖析个人，更没有深入刻画，他们只是把轮廓雕刻得更鲜明，诸如此类。伦纳德看见了一只灰色寓言鸽，而我眼前只有我的想法。

2月18日，星期日

这本日记或许可以分为伦敦记事和乡村记事。我认为可以如此划分。刚翻过伦敦篇。现在冷得刺骨，我的散步时间也因此缩短，事实上我原本打算穿过拥挤的街道的。天黑了，窗户里没有一丝光亮，让我很失望。站在白厅，我对我的马儿说：“约翰，回家去。”然后在黎明的灰色光中开车回去，那是一种弥漫在房屋中的渐渐消失的阴郁幽灵之光，甚至比乡下的夜晚还要阴暗。回到了霍本街，也就是明亮的洞穴，把椅子移开之后，我更喜欢这里了。这儿多么寂静啊，是一种属于伦敦的寂静，仿佛一头静卧的大哑巴牛。

2月19日，星期一

我想着，不妨把我的自言自语记下来，以后说不准会有人读这些随便涂画的东西呢。我想，有一天，给自己写回忆录时，我或许能从中提炼一块小小的锭子。顺便说一下，我接下来的任务或许是为利顿作传。《三个基尼金币》在美国惨败，不过没关系。

3月20日，星期三

是的，又得了流感，其实之前已经得过两次：一次是星期日，烧到38.3摄氏度，安杰莉卡把我抬到床上；另一次是上星期五，午饭后，烧到38.8摄氏度。我就在伦纳德的房间里躺下了，图兹医生也在，他让我躺在床上（我和伦纳德一起坐着看校样），一直到第二天。这就是我无聊的病史。他们说，是流感导致轻微支气管炎复发了。的确是这样。星期日（烧到38.3摄氏度那天），伦纳德就作品的前半部分非常严厉地训斥了我。我们在草地上散步，我当时感觉自己在被一只非常凶悍的大鸟啄咬。他越啄越深，总是这样。最后，他几乎发脾气了，因为我选择了在他看来是“错误的方法”。他说，“那只是心理分析，不是叙述史实。严肃而压抑。事实上，在局外人看来，那一套无聊极了。那些话不过是些死人语录”。他的观点是，我不能这样对待一个人的生活，必须从作家的角度去观察，除非生者本身是一位预言家，可惜罗杰不是。

这个奇怪的例子显示出伦纳德最理性、最不近人情的一面，令人印象极为深刻。可他言之凿凿，语调坚决，连我都被说服了：我是说我承认失败了。但他只是恰好说中了一点，他自己也走错了路，并由于某种不为人知的原因坚持错下去——因为他对罗杰缺少共情？对他的个性不感兴趣？天晓得。我在心里默默抓住了他的“小辫子”。甚至在我们散步的时候，他还在对我啄个不停，而且啄得越来越深，这让我对伦纳德的性格魅力失去了兴趣。后来内莎来了，她表示了异议；马格丽也来信评价，“非常生动有趣”。后来伦纳德读了后半部分，他认为全篇在伯纳德街的门阶上就算结束了。后来收到了 N. 的字条，“我热泪盈眶，不知如何感谢你”。再然后，N. 和 D. 来这里喝茶，两人坚持我不能做任何改动。随后收到了马格丽的最后一封信，“这是他……让人无法控制自己的仰慕之情”。就说到这儿吧。其实呢，我认为我要重写某些段落，甚至躺在床上构思了草稿，但怎么才能赶得上在春天交稿呢？我把这个问题留给明天。总之，我感到无比欣慰。

3 月 21 日，星期四

今天是耶稣受难节的前一天。[5] 在一个充满鸟语花香的花园里，人们要如何体会受难者的感受呢？我说不上来。在我看来，黄昏来临，这渐变的时刻只能被人勉为其难地接受。起来吃午饭。在客厅里喝茶。很显然，散落的纸片让我觉得沉闷、杂乱、不舒服，看来我的心态本就是挑三拣四的。况且，《罗杰》的事情还在我头上悬着。我一吃完就赶紧走掉了，继续读赫维[6]的回忆录。慢慢地恢复了状态。我在构思一些文章。悉尼·史密斯[7]，斯塔尔夫人，维吉尔，托尔斯泰，或许还有果戈理。这样看来，我要让伦纳德在刘易斯图书馆找一本史密斯的传记。这是个好主意。我要给内莎打电话，让她把那一章寄给海伦并约定一次会面。早餐时我读了托尔斯泰，就是我在1923年和科特一起翻译的戈登维泽[8]的东西，我几乎已经把它给忘了。现实总是似曾相识——就像触摸到一根暴露的电线。这样描述可能不太恰当，但他那粗犷而直接的思维方式对我极具启发性，而且最能激励我。即使我不完全赞同，但他就是有一种与生俱来的天赋。因此，他比其他任何作家都更令人不安，更让人“震惊”，在艺术和文学上，他也更有雷鸣般的震撼力。我记得我对《战争与和平》的感觉就是如此，当时我还在特威克纳姆疗养院，喜欢躺在床上读它。老萨维奇[9]一把抓起这本书，并且赞叹道：“好东西！”琼[10]则试图欣赏启发了我的东西，就是它的直接性和真实性。不过，托尔斯泰反对摄影式的现实主义。萨莉瘸了，必须去看兽医。太阳出来了。一只嗓门刺耳如针尖的小鸟在啼鸣。番红花和海葱花都开了，只是树枝仍然光秃秃的，看不见什么叶子或花蕾。《泰晤士报文学副刊》引用了我对俄语文学的评价，该副刊那位领导，很是奇怪。

3月29日，星期五

我应该如何解释自己心中的释然和清净？我在夜晚打开窗户看星星时，就有了这种心情。可惜现在是灰蒙蒙的乏味白天，十二点十五分，飞机来回穿梭，下午三点博滕[11]就要下葬。先是马格丽去世，然后是约翰，后来是Q.。我的大脑都受损了。马格丽的去世对我影响很大，她像小蚂蚁一样啃咬我——我的大脑里爬满了各种小蚂蚁——校订意见、颂词、感受、日期，还有那些在不是作家的人看来不算难事，于我而言却是折磨的细节（"只要加上关于琼的内容即可"，诸如此类）。翻开旧日笔记，用钢笔把它们抄写下来。天哪，天哪！流感已经不太严重。好吧，话说回来，我要谈什么？河流。比如说伦敦桥下的泰晤士河。我要买一本笔记本；然后沿着河岸街走一走，同每个人都打个照面；参观每一家商店；或许还要去一家企鹅书店。这都是因为我们星期一要到伦敦去。在这之后，我想我会读一本伊丽莎白时代的书，算是换换脑子，像在树枝上做弹跳运动。然后回到这里，我将漫步一会儿……哦，是的，我们要把我们的书送到海峡那边去，还要在一家商店喝喝茶，看看古董；将在那里看到一所可爱的农舍，或者一条新的小路，还有花朵；和伦纳德一起玩滚球，沉静地阅读《普通读者》，不会感到任何压力；5月到来的时候，会有芦笋和蝴蝶，也许我会种一点花；哦，还要忙印刷工作；得把我卧室里的家具更换一下。是由于年龄，或者别的什么原因，这里的生活变得很孤独，不能去伦敦，没有访客，似乎只有漫长而恍惚的快乐……我正引导自己进入一种平和的感性状态，而非理性的思考。事实上，自从我在阿什汉姆生病，也就是1914年那场大病后，我们就没有见过春日的乡间，这里的景色不免萧条，但自有它神圣的一面。我想我还会构思一部诗体散文集，也许偶尔会做个蛋糕。行了，行了，不要再筹划未来了，也不要再悲叹过去。好好享受星期一和星期二吧，不要让自己背负自私的罪恶感，毕竟上帝做证，我已经用笔和言论为全人类贡献了我的一份力量。在我看来，年轻作家们是可以独当一面的。是的，我值得一个美好的春天，我不亏欠任何人。我不需要回信（诗的手稿都还在等我的意见），也不需要让别人打乱我的周末。因为在这个春天，别人也可以做得和我一样好。现在我已经陶醉在潺潺的流水声里了，午饭前我要一直读怀伯尔[12]。

3月31日，星期日

我想给自己讲一个精彩的天马行空的荒唐故事，好让自己从这个束手束脚且活得像蚂蚁一样的早晨抽出身来展翅高飞，但我不会细说，因为细节是我的死穴。感谢上帝，下周这个时候我就自由了，不用再补充马格丽的修改意见，或是在空白处做我自己的修改。什么故事？哦，是关于一只鸟的一生，它吱吱叫着——在我的窗前摆弄树枝——关于它的所知所感。或者是关于博滕与泥土融为一体，关于荣耀的消逝，以及哀悼者送来的百万朵淡色的花。一个全身漆黑、看着像只移动的邮筒的女人，或者一个套着黑色硬纸板包装箱的男人。这是个还没有想好的故事。还没想好，但我可以由此打个比方——不太妥。家里的窗户如鸽翼般灰暗，屋子里如小岛般宁静，花园里的两棵榆树 L. 和 V. 生了铁红的锈，深绿色的沼泽地看上去像海底一样。

我的后脑勺还有一根弦在紧紧绷着。我要通过玩滚球来把它松开。我要发扬草稿的优点——随机应变，寻获惊喜——完善我那可能略显拙劣的既成作品。悉尼·史密斯通过谈话就能做到这些。

4月6日，星期六

我在伦敦图书馆待了一个下午，查找引文。又得购买做背心用的丝绸了。我们没有与哈钦森夫妇一起吃饭，因而没能见到汤姆和德斯蒙德。在那个昏昏欲睡的夜晚，我反而兴致勃勃。所以，昨天上午十二点四十五分，我把两卷本《罗杰·弗莱传》的书稿交给伦纳德，然后我们就像过银行假日的职员一样高高兴兴地开车走了。我肩上的担子终于放下。无论好坏，总算完成了。我感觉自己像是长了翅膀，一路静静沉思着，直到轮胎被扎破了。我们不得不半路打道回府。当我们回到这里时，我就像根布满皱痕的树枝。今天还有些俏春寒，四周灯光璀璨，色彩斑斓，给人以寒冷、柔美之感。河岸边开着一簇簇清一色的黄水仙。我输掉了三场比赛，此刻只想睡觉。

5月13日，星期一

我承认，今天把校样寄走之后，我感受到了一点满足，以及终结一个篇章后的平和。之所以这样说，是因为我们正处于“史上最伟大战斗”的第三天。它始于（这里的）八点钟，当时我正处于半睡半醒的状态，无线电广播宣布荷兰和比利时被入侵。眼下就像滑铁卢战役的第三天。花园里下起了苹果花之雪。一个滚球被丢到了池塘里。丘吉尔敦促所有人团结起来：“除了血泪和汗水，我没有什么可奉献。”这些巨大而无形的愿景进一步蔓延开来。它们并不真的存在，却使得其他事物相形见绌。邓肯目睹了查尔斯顿上空的一场空战，那看起来就像一支尾部拖着浓烟的银色铅笔。珀西看到穿着靴子的伤员被一批批送来。所以我那小小的平和时刻，其实就如张嘴打哈欠般短暂而空洞。虽然伦纳德说车库里有汽油，如果希特勒赢了，他就自杀，但我们的生活仍在继续。我们的生活正是由浩瀚和渺小串联起来的。我（对罗杰）的感情是如此强烈，但周围环境（战争）却钳制了我的感情。不，我无法理解这种奇怪的不协调，我既有强烈的感觉，又意识到这种感觉本身并不重要。或者，正如我偶尔揣测的那样，这种感觉能与过去的灵感相提并论吗？

5月20日，星期一

这个想法原本可以更加令人印象深刻。我想它是在某个情感丰富的时刻摇摇晃晃着浮现出来的。战争就是一种催人陷入绝望的疾病。某一天，它把人迷得昏了头，使人丧失了感知能力；等到第二天，人的灵魂就游离肉体，在空中飘荡。然后人的体力恢复，而且再一次——怎么样呢？嗯，人又陷入了炸弹恐慌。去伦敦，就是要遭受轰炸。如果他们破城而入，灾难就来临了。今早得知英吉利海峡就是他们的目标。昨晚丘吉尔要求我们换一种思维方式：虽然被轰炸，可我们至少钳制了敌军的火力，哪怕只是暂时的。此刻德斯蒙德和摩尔正在读书，其实就是在苹果树下聊天。今早风儿还算乖巧。

5月25日，星期六

我们迎来了开战以来最糟糕的一周。目前情况并未好转。星期二晚上，在汤姆和威廉·普洛默来之前，在我小酌一杯过后，英国广播公司宣布亚眠和阿拉斯被攻陷。法国总理说了大实话：我们一直以来的坚守实际不堪一击。敌军在星期一就长驱直入了。若仔细追究细节，不免乏味。由于不能轰炸挤满难民的街道，他们似乎是借助坦克和伞兵进行的袭击。他们持续前进。现在到了布洛涅。但这些领地看上去并非都是严防死守的，所以我们的伟大军队到底在干什么，为何会放任这二十五英里的缺口不管？这给人一种我们被智取了的感觉。敌军很敏捷，无所畏惧，而且善于寻找新的藏身之处。法军忘了炸毁桥梁，而德军看上去生机勃勃，精力充沛，很有一套。我们落人之后。这样的战况在伦敦僵持了三天。

此时罗德梅尔流言四起。我们会被轰炸吗？会被疏散吗？轰鸣的炮火撼动了门窗。医院的船只被击沉。战火就这样扑过来了。

今天的趣事是，一位乘公共汽车的修女在一位男士的帮助下付了车费。

5 月 28 日，星期二

就在今天上午八点，法国总理通过电台宣布了比利时国王的变节。也就是说，比利时人屈服了。可英国政府没有屈服。丘吉尔将在下午四点发表广播演说。今天是个沉闷又潮湿的日子。

5 月 29 日，星期三

眼下又有了一丝希望。不知是怎么回事。这是一场殊死搏斗。盟军还在坚守。那套说辞着实让人难受，毕竟做一场像达夫・库珀[13]那样鼓舞人心的演讲，可太容易了。不过，以史为鉴，人们总能知道事情最终会如何发展。那场演讲依然令人欢欣鼓舞。正如汤姆所说，作诗要比写散文更轻松。我甚至能一口气写出几打的卫国演讲稿。伦纳德到伦敦去了。这里下了一场气势汹汹的雷阵雨。当时我正在沼泽地散步，还以为听见了海峡港口的枪炮声。在那之后，这些响声传到别的地方去了，我想着伦敦遇袭了；于是打开无线收音机；听到有人在喋喋不休；接着枪炮声逐渐减弱，然后就下雨了。今天又开始构思《波因茨庄园》，我像打谷子那样筛来选去，直到感觉或许能收集到一点谷物了，才停下来。我把沃波尔读完了。晚饭后我开始读悉尼·史密斯的书；我的计划就是要保留一些短暂的思维放松时光，把《波因茨庄园》的写作穿插进来。哦，是的，我已经不能奢望再写一部长篇小说了。哈考特与布雷斯出版社发来电报，说已经接受了《罗杰·弗莱传》。是谁？关于什么来着？我几乎全忘了这事。也就是说，这本书成功了，可我一直预想它会失败。它自然不会如料想中糟糕。250 英镑的预付款到手了。但我想，我们肯定会推迟出版。今晚读了太多柯勒律治和华兹华斯的通信，我迫不及待地想钻入那个盘根错节的巢穴并一探究竟。

5 月 30 日，星期四

今天是内莎的生日。沿着翠鸟池塘散步的时候，第一次看见医疗专列，它满载着伤员的景象谈不上悲哀肃穆，却让人心情沉重，仿佛它无意震撼人心，而是想传达一些别的情感。我要用什么词来形容它呢？——悲伤，温情，沉重而私密。它小心翼翼地载着我们的伤员穿过绿色的田野，我想他们中的一些人或许此刻就注视着那片田野。可是我看不到他们。我的视觉总伴随着幻觉，所以我看到的东西半是图像，半是情感。这种能力很强大，但当我回到家，这些东西已从我眼前溜走——那长长的沉重列车，缓慢，疲惫，悲伤，满载着伤员驶过原野。它静静地驶入刘易斯的狭窄火车道。就在那个瞬间，一排飞机像野鸭似的从我头顶飞过，它们不断盘旋，摆出各种阵势，最后都越过卡本山飞走了。

5月31日，星期五

我要记录一些碎片、残屑和片段，也就是我在《波因茨庄园》中提到的东西。此书正在酝酿中。近来我一直在玩文字游戏，我认为这种灵敏多少要归功于写日记所做的笔头练习。不过，还是记录碎片吧。路易已经见过韦斯特马科特先生的人。他描述说布洛涅附近的战斗"非常碍眼"。正在除草的珀西说道："我最终会征服他们的。如果我有把握赢得另一场战斗……"昨天晚上，据说发出了空袭警报。所有探照灯一直处于疯狂震动的状态，它们照射出的光斑就像叶柄上的一颗颗露珠。汉纳先生"待命"到半夜。谣言，很有可能是真的。有传言说，在比利时的英国人带着他们的高尔夫球杆、球和一些网，被一辆从佛兰德斯开过来的小汽车运走了，他们被敌军当成伞兵，给判了死刑，后来被释放并被送回锡福德。这个传闻经过珀西之口，变成了他们被迫迁移到“伊斯特本附近的某个地方”，而且那里的村民用步枪、干草叉等把自己武装起来。这说明了我们拥有大量闲置的想象力。我们，也就是受过教育的人，会稍加节制地使用它。比如，我会提醒自己，我那驻扎在泰尔斯康伯的骑兵团，其实只是些正在饮水的奶牛。然后我会继续幻想。所以，等走到家的时候，我已经不记得我路过的是蘑菇丛还是田野。简直不可思议，我又能从那条古老的河流中汲水了，多么令人欣喜啊。可好景能长存吗？我把整个故事从头到尾都编出来了，只需增补细节。因为写《罗杰·弗莱传》而被压制到休眠状态的能力已经复苏。在我看来，它又变成了那个可以捕捉到线索的声音。“还有废纸吗？”此刻我被叮叮当当的铃声打断。来了一个穿白毛衣的小男孩，我想他应该是童子军的一员。梅布尔说他们每天都到37号住宅纠缠一番，然后带着战利品离开。真是殊死一搏啊。总是相同的结局。从萨塞伊斯过来的时候，我看到科克尔夫人戴着旧草帽在除草。与此同时，一个身系薄纱围裙、头顶蓝缎带帽子的女仆走了出来。怎么会这样？是为了维护文明准则吗？

6月7日，星期五

晚上刚从伦敦回来，天气酷热难耐，那场决定我们命运的战争仍在进行。昨夜这里发生了一场空袭，今天仍有些小冲突，零星的枪声一直持续到凌晨两点半。

6月9日，星期日

我要继续写作——可我能做到吗？战争的恐慌迅速吞没了整个伦敦。真是难熬的一天。举个例子来说明我此刻的情绪吧。我在想，投降其实意味着置所有犹太人于不顾，意味着赶他们去集中营。于是我溜去了我们家的车库。等修改完《罗杰·弗莱传》，再玩滚球吧。我一心想求点安慰，随便做什么都行，比如昨天在查尔斯顿就读了利·阿什顿[14]的东西。今天防线正在扩大。昨天飞机（德国人的飞机？）又来了，一道道亮光也随之而来。我用纸糊住了窗子。另外我还在想，晌午时分我不想午睡，也就是不想去车库那里。说实话，我们当真害怕听到法国政府撤出巴黎的消息。眼前的鸟语花香暗藏着恐慌，蓝天背后就是火坑。我突然有种奇怪的感觉，就是作为作家的"我"已经消失，没有读者，没有回应，我已部分地死亡。总的来说，问题没有很严峻，毕竟我在修改《罗杰·弗莱传》，但愿明天最终能把它送走，还有能写完《波因茨庄园》。不过，这是真的——没人给我回应了。

6月10日，星期一

一天又过去了。我的意思是，类似今天这样的怪日子又在焦躁不安中过去，但或许是我想错了。不管怎么说，今天早上他们说过，防线固若金汤——某些地段除外。而且我们的部队已撤离挪威，正在赶来救援的途中。无论怎样，一天又过去了，炽热难熬的一天。伦纳德就着灯光吃了早饭。酷热之后，眼下倒是凉爽了。今天把校样寄走了，也是最后一次把《罗杰·弗莱传》看了一遍。只是书的索引还没有做。我心里闷得慌，感觉沉甸甸的，而且很想听听大家的建议。伦纳德冷淡的反应暗示这部作品又失败了，而约翰·莱曼[15]的沉默更证实了这个失败。

6月22日，星期六

想必是一场“滑铁卢”。法国本土的战争仍在持续，条约尚未公布。天灰蒙蒙的，压抑得很。滚球游戏输了，沮丧且烦躁，我发誓再也不玩滚球了，还是看书吧。我的阅读书目来自柯勒律治和罗丝·麦考利[16]，而且凭着对哈丽·欧[17]的兴趣读了贝斯伯勒的书信。我倒是想找本能一读到底的书，可不能如愿。我有一种感觉，如果这是我的最后一段日子，难道我不该读些莎士比亚的作品吗？可我办不到。我又想，难道不该写完《波因茨庄园》吗？难道不该有始有终地做事吗？正是结束赋予了捉摸不定的日常生活以活力，更为其增添了些许开心和无所顾忌。我在昨天就想过，这段日子或许会是我生命中的最后一段旅程，我在贝蒂恩河谷后面的山上发现了一些绿玻璃管。田里的玉米抽出了鲜艳的橘红色穗子。晚上读了我的雪莱。读了左翼集团[18]的作品之后，雪莱和柯勒律治的作品读来是多么精致、纯真且富有乐感啊。他们的韵脚轻快有力，他们的诗句朗朗上口，他们的文风简洁、凝练，而且寓意深刻。我多希望能创造出一种全新的评论方法——一种更直接、更轻松、更随意，却更深刻的评论方法。多些直截了当，少些四平八稳，比《普通读者》里的文章更流畅、更自然。有一个老问题：如何既保持思绪流畅又紧扣主题？这也正是初稿与定稿之间的区别。现在该去做饭了，扮演另一种角色。东边和南边的海岸昨夜又遭空袭，一夜之间死了 6 322 人。

外面刮着大风。梅布尔和路易在摘小葡萄、醋栗。我们去了查尔斯顿一趟，这让死水一潭的生活多了几分活力。目前来看，只需专注于《波因茨庄园》，所以我大概定心了。而且，这场战争，我们为之磨刀霍霍并严阵以待的战争，已经把我们安全的外部防线给击垮了。没有收到任何回应，身边也没什么人。我几乎感觉不到大众的存在，所以也忘了《罗杰·弗莱传》是否即将出版。那些熟悉的委婉评论和严苛的标准，这些年来一直对我的作品做出反应，并巩固了我在文学界的地位，而此时它们都像沙漠一样荒芜殆尽。我是说，既没了秋霜，也没了冬寒。我们蜂拥至悬崖边……接下来呢？我想不出 1941 年 6 月 27 日会是什么样。这个想法甚至使我们在查尔斯顿的茶歇都失去了几分味道。我们又荒废了一个下午。

7月24日，星期三

的确，我有很多东西要写，但我想在此刻，出版前夕，描述一下我的情绪。这些情绪很不稳定，自然也不太强烈——不像《岁月》出版前夕那么强烈——哦，天哪，幸亏不太强烈。要知道它们依然给我带来了痛苦。我希望下个星期的这个时刻，书就已经出版。摩根和德斯蒙德会来。我担心摩根会说些什么，其实顶多就是言辞和善地表达一下他不喜欢。德斯蒙德肯定会表示失望。《泰晤士报文学副刊》(之前曾对我的《评论》加以指责)则会专心挑毛病。我的朋友T.君和另一位T.君则会表现得很热情。此外——也就这些了。我还是再啰唆一句，一如既往，这次也会分化出两种立场：一种说引人入胜，另一种说沉闷；一种说如生活般生动，另一种说像一潭死水。那么我为何会感到痛苦呢？其实我差不多心知肚明。不过也不尽然。莱曼夫人表现得热情洋溢。约翰则沉默不语。我当然会被那些瞧不上布卢姆斯伯里团体的人耻笑，我竟然把这个给忘了。当时伦纳德在给萨莉梳毛，我无法专心思考。在这里我没有自己的房间。11天以来，我在各种眼神的注视下逐渐萎缩。这种情况在昨天结束了，在那之前我还说了一番话，关于“一战”和“无畏号”战列舰的谈话——简单，总体上友好而自然。几杯茶，几块儿饼干，穿着紧身连衣裙的查维斯夫人主持。出于对我的尊重，这是一次书话茶会。加德纳小姐的连衣裙上别着我的《三个基尼金币》；汤普赛特夫人抱着《三个星期》；还有一位拿着一只银勺子。不行，我没法继续说下去了，蕾[19]去世了，我竟对此一无所知，只知道那个身材高大、头发灰白、嘴唇青紫的女人，那个在我印象中极具年轻女人特质的捣蛋鬼，突然就没了。她身上有一种独特的品质，穿着白大衣和长裤；喜欢筑墙；脸上总带着些许失望，实际却很勇敢，只是缺少了——什么来着？——想象力吗？

奥克斯福德夫人说花钱要比存钱更实惠。她趴在我脖颈儿上抽搐着哭了一阵。坎贝尔夫人得了癌症。不过转眼间她就康复了，而且开始大把大把地花钱。她说她家里的餐具柜上总放着一盘冷鸡，以便随时享用。乡下人也该用黄油。她穿着漂亮的带花边的丝绸衣服，打着深蓝色领带，戴一顶深蓝色的扁平俄式红帽檐制服帽。那是她的帽子卖家送的，算是对她花钱的奖励。

所有的墙，包括防护墙和反力墙，在这场战争中都薄得不堪一击。就我的写作而言，已经没什么标准可言，也没有大众的回应，甚至连“传统”都成了摆设。所以，我斗胆认为这给了我力量和勇气，让我发现了好的一面，还有坏的一面。不过，这是唯一可行的办法。或许这些墙，哪天冷不丁就遭遇了猛烈袭击，而我最终会和它们一起倒下。我觉得这个晚上依然过得浑浑噩噩的。等到明天我的书出版了，一切就清楚了。那可能让我痛苦，也可能让我欢喜。然后我可能会再次感到踏实，一种我一直怀念的感觉；或者我得到的是茫然？是害怕？我做了这些笔记，可我已厌烦记笔记，厌烦读纪德，厌烦边读边做德·维尼[20]的笔记。现在我想深入下去，使劲地写点东西。可战争伊始，我能做的就只是读笔记。

7月25日，星期四

眼下我并没有过度紧张，真的，顶多就有些皮毛紧张，毕竟大多数人表示了认可；但要是能得到摩根的赞赏，我定会彻底释然。这一点我想明天就可见分晓。第一篇评论（林德所作）如是说道："深刻而丰富的同情心……使他成了魅力四射的人物（尽管也有些狂言）。几乎没有戏剧性的夸张……而且，对喜好现代艺术的人而言，此书相当引人入胜。"

现在我与罗杰的关系多么奇怪呀，是我为去世的他创造出了某种形象。他本人果真如此吗？此刻我强烈地感觉到他仿佛就站在我面前，而我也仿佛与他紧紧地连在了一起，仿佛他的这种形象是我们两个共同创造的成果。不过，他无力做任何改动。这种形象将在以后的许多年里一直代表着他。

7月26日，星期五

照《泰晤士报文学副刊》的评论来看，我大概可以稳居第二。摩根未做评论。《泰晤士报》说，此书在传记作品中地位举足轻重，并夸我擅长写身边的人物，接着（大概是某位艺术评论家）继续分析了罗杰的艺术造诣，诸如此类。《泰晤士报》的文章很有见地，就是把话说得太满。此时我感觉美妙而宁静。手边放着柯勒律治的作品，此事也作了了结，因为这一切真的就要结束了（我对一惊一乍再讨厌不过）。我现在意识到，我的生命里存在着某种永恒而真实的东西。顺便说一下，略感骄傲的是，我终于做完一桩实实在在的事，我有些心满意足了。可当我去掏信箱时，我的手像是伸进了满满一罐蚂蟥里，要回复那么多的无聊信件。不过，难以置信的是，今晚的夜色如此可爱——对，就是能用"可爱"来形容这个瞬息万变的顽皮温暖夏夜。另外，我今天赢了两局滚球。我们发现一只硕大的刺猬溺死在了百合花池里。伦纳德试着给它做人工复苏，那场面着实有些好笑。政府表示，凡捉到一只活刺猬，可赏 2~6 英镑。我正在读鲁思·本尼迪克特[21]的书，想从中收获一点启迪，即文化模式方面的想法，可她的作品内容简直太丰富了。奥古斯塔斯·黑尔[22]的整整六大卷作品也使我受益不少，都能写点小文章了。但是，今晚我感觉很平静，暂时是这样。星期六大概不会有什么评论了，我已经有免疫力。对，这个词又用对了。可惜，约翰还没读过这本书。昨晚我们头顶上空有 12 架飞机飞过，是飞去海上参战的，我当时突然生出一种个人情感，不是英国广播公司号召的那种精诚团结之感。我几乎是本能地祝他们好运。我多希望能用科学的方法将这些情绪记录下来。今晚敌军可能会入侵，也可能不会——朱伯特就是这么总结的。我还想说点什么，但要说什么呢？去做晚饭了。

8月2日，星期五

那本书问世后一片沉寂，仿佛泥牛入海。正如英国广播公司所言：“我们有一本书没得到什么回应。”摩根没做评论，压根什么都没说，也没给我写信。虽然我猜到摩根是因为此书不合胃口而拒绝评论，但我仍然——是的，坦白讲——耿耿于怀，并且准备好去面对那漫长的死寂。

8月4日，星期日

正巧，在等朱迪斯与莱斯利[23]打完比赛的空当，我来记录一种极大的安慰——德斯蒙德的评论说到我的心坎儿里了。这本书让我的朋友们和年轻一代很欣喜。他们说，对，对，我们知道他，此书让我们兴奋，而且颇为重要。这就足够了。它使我内心平静并觉得辛苦没有白费——不是过去小说出版后的那种得胜感，而是觉得完成了某种使命，满足了朋友们的愿望。这是我以前就决定了的，即只向他们提供一些未经加工的“原材料”，除此之外，什么都不给。现在我可以满足了，不必担心人们的非议，因为德斯蒙德是个不错的敲钟人，他会提醒他们——我是说，熟人之间互相说起时，多少都会采纳他的看法。赫伯特·里德和麦科尔已摆开架势，狠狠地咬了我一口；现在只剩摩根了，W. 路易斯或许也会亲自给我写几行评语。

8月6日，星期二

不错，今天早晨（与约翰一起）吃饭时看到克莱夫寄来的蓝信封，我又一次高兴极了。也就是说，克莱夫近乎——怎么说呢？——恳切？不对，他是语气温和，一本正经，并且毫无嘲讽之意地称赞了这部作品。他夸它有其独到之处，和我的其他书一样好，简直是这么多年来出现的最好的传记作品——开头与结尾都很好，没有不协调之处。所以我认为我的感觉是对的，甚至在3月份顶着38.3摄氏度的高烧和不停啄人的伦纳德一起散步时，我也坚信自己是对的——总体来看，书的第一部分更有趣些，虽然不如后面那部分精细凝练，但我相信这样的开头很有必要，因为它为整部作品提供了坚实的基础。

8月10日，星期六

后来摩根稍微让我有些气馁，但前天晚上莱斯利吞吞吐吐的样子早就打击了我，还有大前天，而且明天我也会继续受挫。也就是说，摩根和薇塔略有微词，鲍勃则多少有点欣赏之情，而埃塞尔和《旁观者》杂志的某个老男孩反击了里德对我的批评。但老实说，到这儿就算完了。我不会再读评论了。如果能清净一会儿，要是没人打桩子，没人挖粉色炮台，也没有什么邻居来访，我肯定可以大展拳脚，自由飞翔，去写《波因茨庄园》，去读柯勒律治。但是，可恶的约翰，我必须先重写《斜塔》。形影不离的陪伴堪比孤独的囚禁，糟糕透了。

8月16日，星期五

要出第三版了。伦纳德星期三在37号住宅说过，“书正在走红”。但因为相隔太远，我并未有切身感受。为什么别人的夸赞提不起我的兴趣，而一句不冷不热的话却会令我气馁？不明所以。我指的是韦利，不是帕梅拉，后者夸赞我创作了一件伟大的艺术品。算啦，就这样了，马上尘埃落定，它已是过去之物。我在写《波因茨庄园》，写完还有一小时的空当。近来有多次空袭。我在外面散步时就碰到过一次。所幸近旁有个干草垛儿可以避避。于是我继续往前走，一直走到家。警报解除，可接着又来了。后来，朱迪斯与莱斯利来了，我们一起玩滚球。之后埃布斯夫人来借了张桌子。警报又解除了。我必须得在那一小时做点什么，否则就会变得衰弱，就像现在这样。可是写《波因茨庄园》需要聚精会神——我得整个儿拧紧了。所以我想进屋去读黑尔的作品，给埃塞尔写封信。天太热了，甚至出来在这里待着也热得不行。

飞机离我们相当近，我们趴在树下。那声音听上去就像有人在我们头顶上锯东西。我们趴在地上，双手护在脑后。别咬牙，伦纳德说道。他们好像在锯什么静止的物体。炸弹把我小屋的窗户震得发抖。炸弹会扔下来吗？我问道。要真是这样，我俩会一起被炸碎。我回想着，我当时大脑一片空白，情感麻木，心里没什么波动。想必是吓的吧。我们该带着梅布尔到车库去。那要穿过花园，太危险了，伦纳德说道。随后从纽黑文方向又来了一架战机，我们被吱吱嗡嗡的轰鸣声围住。沼泽地那边传来马儿的嘶叫。天闷得不行。是打雷吗？我问道。不对，是枪声，伦纳德说道，是从灵默传来的，在查尔斯顿方向。随后轰鸣声逐渐减弱。待在厨房里的梅布尔说窗子都在震颤。空袭仍在继续，远处的天空中仍有战机。莱斯利在玩滚球，我输得很惨。我的作品只给我带来痛苦，夏洛蒂·勃朗特曾如此说道。今天的我也赞同这个说法。我的写作让我感觉非常沉闷且沮丧。眼下这个问题亟待解决。警报于六点五十五分解除。昨夜死了 144 人。

8月19日，星期一

昨天，也就是 18 号，星期日，我们听到了一声呼啸。它们来了，而且就在我们头顶正上方。我盯着那些飞机，就像一条小鱼盯着咆哮的鲨鱼。它们一闪而过，我想应该是三架，橄榄绿色。然后，砰砰砰，德国人来了？接着又是砰砰砰一阵，从金斯顿上空传来。据说，五架轰炸机在前往伦敦的路上对冲交火了。这是迄今为止距离我们最近的一次战事。死了 144 人——不对，那是上一次。今天没有空袭（到目前为止）。据说只有演练。我读不进去《忏悔》了。怎么不早说呢？

8 月 23 日，星期五

这本书算是彻底搞砸了。自从伦敦遭到空袭后，它的日销量就降到了 15 本。但只是因为空袭吗？销量会回升吗？

8 月 28 日，星期三

我怎么会喜欢成天写诗呢——这是 X 给我的赠言，可怜的她从来不读诗歌，只因为她上学时就讨厌诗歌。确切地说，她从星期二一直待到星期日晚上，快把我搞垮了。怎么会这样呢？部分是因为她虽有艺术家的气质，却成不了艺术家。她有气质，却缺少表达技巧。我觉得她很迷人，有个性，坦诚，而且有点楚楚可怜。她也意识到自己莫名有些迟钝，而且思想陈旧。另外，她拿不定主意。我们应该化妆吗？Y. 说应该，而我说不应该。事实上，她对颜色不在行，并没有像在绘画和音乐方面那么有天赋。她下了许多功夫，用了许多心思，到最后临门一脚时，却总有什么拖住了后腿。我可以想象她是怎么独自一人哭着入睡的。所以她没带配给粮，也没带书，就踉踉跄跄过来了。是我叫她来的，原想让她放宽心。我的小坏蛋，我的"阿富汗小猎犬"——她的腿又长又结实，身形颀长，脑袋上顶着一头没打理过的乱发。我很高兴自己长得这么漂亮，她说道。的确，很漂亮。只是，经过这一周不断被干扰的生活，玩滚球，开茶会，朋友来访，我终于体会到学校是怎么一回事——没有片刻清净。无疑，真够我这个老脑筋受的了。朱迪斯与莱斯利又要玩滚球了。所以，在伦敦的日子与持续的空袭过去之后，我第一次独自一人清净地待了一个早上，我感到轻松极了，快乐极了，也自由极了。所以，我写下了可以称之为《波因茨庄园》的诗。写得很不错吧？我觉得不算太好。如果可以安慰一下弗吉尼亚 · 伍尔夫——她想知道 1940 年 8 月究竟发生了什么，我应该说，现在的空袭只是序幕罢了。如果真有入侵，那敌军肯定在三周内就打过来了。大家现在闹得不可开交。一如晚祷那样，空中的拉锯声准时到来，像黄蜂一样嗡嗡嗡，还有空袭警报——报纸上登的都是"哭泣的威利"——空袭仍未结束，我们如此感叹。近来伦敦有两次空袭，我撞上了一次，当时我正在伦敦图书馆，我意识到正在读《细察》的伍尔夫女士终究比年轻人更有头脑。这个想法让我很高兴。让我感觉同样开心的是，约翰 · 巴肯说，"弗吉尼亚 · 伍尔夫是自马修 · 阿诺德先生之后最优秀的评论家，并且更高明、更公正……"。我必须给帕梅拉写封信。销量逐渐回升了。

在最后一页纸上附带再说几句。我们到外边露台上去了，开始玩起了滚球。一架巨大的双层飞机笨拙而缓慢地向我们飞来，伦纳德说它似乎是一架韦尔斯利战机。莱斯利说是一架教练机。突然间教堂后面发出了砰砰的声响，我们还以为是演练呢。飞机慢慢飞过沼泽和沼泽后面的那块地方，距离地面很近，离我们也很近，接着发出一连串扑扑的声响（听上去就像口袋爆炸的声音）。然后飞机飞走了，笨拙而缓慢地朝刘易斯方向飞去。我们注视着飞机，莱斯利看到了纳粹德国的黑十字标志，所有帮工也都盯着看，是一架德国飞机！我们顿时明白了，是敌军的飞机。飞机一头栽进了刘易斯那边的树丛里，没再升上来。随后我们听到了轰鸣声，抬头看到在很远的高空中有两架飞机朝我们飞来。我们跑去小屋里躲避，可那些飞机只是在盘旋，莱斯利看到了英国标记。于是我们都注视着，飞机侧身滑翔，然后猛然下降，围着那架坠落的飞机飞了近五分钟，发出轰鸣声，似乎想辨别或确认飞机型号，之后就朝伦敦方向飞去了。我们以为，刚才那架德国飞机准是遭袭了，想找个地方降落。男人们说，“那肯定是个德国佬”，他们正在门后找地方储藏枪支。在这个美好而爽朗的8月夜晚，倘若我们在露台上玩滚球时被飞机炸飞，又何尝不是一种安详平和的死亡呢。

8月31日，星期六

现在我们已经卷入战争，英国遭到攻击。昨天我才第一次完完全全有了这种感觉，感到了压力、危险与恐惧。我感觉到战争，激烈的战争，正在进行。也许会持续打一个月，我害怕了吗？有时候会怕。最糟的是，第二天早上脑袋不能像上足了发条似的开始工作。当然现在可能只是才开始入侵而已。人们感受到了压力，私下里坊间传闻很多。不行，企图描述战争中英国人民的感受行不通。我估计倘若让我写小说，写柯勒律治，而不是为美国杂志写那些该死的有关炸弹的文章，我肯定会像游进水里那般感到平静。

9月2日，星期一

过去的两天可能没有战事。仅有一次空袭警报。夜里格外安静，这是伦敦遇袭后的短暂安宁。

9月5日，星期四

热，热，热。如果今年夏天留个底，那这种热度，这个夏天，肯定能破纪录。两点半左右，一架飞机嗡嗡地飞来。十分钟后，空袭警报拉响。二十分钟后，警报解除。热，我又在唠叨了；我甚至怀疑自己是不是个诗人。《波因茨庄园》写得很苦，脑子——不行，我想不起那个词了——对，枯竭了。我有个想法，所有作家都不快乐，所以说，书里的世界太过暗淡，而不识字的人最快乐，比如乡村果园里的女人，查维斯夫人之流。作品呈现的并不是真实的世界，而只是作家眼中的世界。音乐家和画家，他们快乐吗？他们的世界是否比我们的更快乐？

9月10日，星期二

在伦敦待了半天后回来，这也许是我们最离奇的一次外出。我们到高尔街时仍能看见交通改道栅栏，而且它们竟毫无损坏迹象。我们赶到道蒂街时，那儿却挤了许多人。珀金斯小姐出现在窗前。梅克伦堡广场用绳子给围了起来。沃登一家就住在那儿。我们进不去。夜里一点钟时，离我家三十码[24]远的那幢房子被一颗炸弹给摧毁了。广场上还有一颗未引爆的炸弹。我们从后面绕了一圈，在简·哈里森家的房前站住了。房子还在冒烟，或者说，这不过是一大堆瓦砾罢了。碎瓦片下面压着先前藏身防空洞的人们。有一面光秃秃的墙还没有被炸毁，上面挂着破布条子。我想，一个像是镜子的东西在晃动，它像一颗被打掉的牙齿——齐根儿断了。我们的房子没遭到毁坏，窗玻璃尚未打碎——或许现在已经被炸碎。我们看到臂上扎着绷带的伯纳尔跳上一个砖头堆，那里曾住着哪位人物？想必是那些我可以从窗口看到的举止随便的年轻姑娘和小伙子。这些房客以前种过盆花，常常在阳台上坐着，但现在全被炸成了碎片。我们屋后住着一位汽车修理工，他目光呆滞，口齿不清，他告诉我们炸弹把他从床上震到了地上，所以他只能躲进一个小教堂里。"那里的座位又冷又硬，有个小男孩躺在我怀里。听到警报解除时，我禁不住欢呼起来，但感觉浑身疼得厉害。"他说德国佬连着三天每晚都来，企图炸掉国王十字区。他们将阿盖尔大街炸掉了半边。还有格雷旅馆大街两旁的商店也遭了厄运。随后，普里查德先生不紧不慢地走了过来，他镇静的样子似乎是把坏消息当成笑话听了。“他们恬不知耻地说，只有做到这个份上，我们才会求和……”他说他在平屋顶上观望着空袭阵势，然后像小猪一样酣睡过去。我们和珀金斯小姐、杰克逊夫人说了会儿话，她俩都显得挺平静的；珀金斯小姐晚上在防空洞里的行军床上过的夜。然后我们开车去了格雷旅馆，下车后看到了霍本街。法院街街口给炸出一个大洞，仍在冒烟。一家历史名店也被炸毁了，它对面的旅馆看上去就像个弹壳。有家小酒店连窗户都没有了，人们都围着桌子站着——我想那儿仍供应酒。这条街满地堆着蓝绿色的碎玻璃碴。男人们正在敲掉窗框上的碎玻璃，玻璃片直往下掉。然后我们折进了林肯旅馆，走向那间办公室。窗玻璃全碎了，只是房子没有损毁。我们走了过去，全无人影。走廊里潮湿得很。楼梯上都是碎玻璃，门上着锁。我们回到车上，碰到交通阻塞。杜莎夫人蜡像馆后面的电影院的门被炸掉了，能直接看见舞台，有个装饰物在晃动。摄政公园附近的房子全挂着碎玻璃，只是房体还没遭毁坏。数英里长的普通街巷仍然完好，贝斯沃特街与萨塞克斯广场仍是老样子，只是街上空空的，行人表情木然，目光呆滞。我在法院街曾看到一个男人推着一小车音乐书籍。我们打字员的办公室也给毁了。接着在温布尔登听到了空袭警报，人们开始乱跑，我们尽快开车驶过几乎空无一人的街道。人们将马从马房里牵出来，车子也都停下来。然后是警报解除的声音。现在我脑海中浮现的是一些脏兮兮的寄宿房管家，比如希思科特大街上的那些人，他们还得继续忍受下去。可怜的老妇人都站在门边，脏兮兮的，凄惨得很。其实，就像内莎在电话里说的，炮弹很快就会打到这儿。我以前曾觉得自己是个懦夫，因为我建议不该在37号住宅连续停留两天。不过，当珀金斯小姐打电话来建议我们别住那儿的时候，伦纳德也表示同意，这下我能放宽心了。

9月11日，星期三

丘吉尔刚刚发表了演讲。态度明了，措辞慎重，语气坚定。他说正准备抵御入侵。假若敌人真敢来犯，那应该就在接下来的两周。大批军舰和驳船聚集在法国的港口。轰炸伦敦显然是入侵的前奏。我们雄伟的城市——“雄伟”这个词触动了我，因为在我心中伦敦的确雄伟无比。我们要拿出魄力来。昨天夜里，伦敦又遭到了空袭。定时炸弹袭击了王宫。约翰来电，空袭那晚他在梅克伦堡广场。他认为得立刻将出版社搬到其他什么地方。伦纳德准备星期五去处理。约翰说我们家的窗户都震碎了，此刻他正在别处栖身。广场一带的居民全都疏散。就在喝下午茶前，我们目睹了一架飞机被击落，就在赛马场上，飞机放慢速度，突然改变方向，随后一头栽了下来，立刻冒出一大团浓浓的黑烟。珀西说那个飞行员跳伞了。我们预计八点半会有空袭。不管有没有，我们大概就是在那时听到了不祥的嗡嗡声，越来越响，之后逐渐消失。随后声音中断，接着又开始了。“他们又来了。”我们说道。此时我们就坐在家中。我在工作，伦纳德在卷烟。不时能听到砰砰的声响，窗户都震动了。于是我们断定伦敦又遭到了轰炸。

9月12日，星期四

狂风骤起。天气阴晴不定。阿玛达[25]的天气预报是这样说的。今天没有飞机的声音，只有风声。昨晚飞机来来往往，甚是可怕。不过空袭被新伦敦炮台击退。值得欢呼雀跃。如果我们能挺过这周、下周和下下周，如果天气转好，如果能成功击退对伦敦的空袭，我们明天就去找约翰谈出版社搬迁的事情，还要修补窗户，抢救贵重物品，还有取信，但前提是我们被允许进入广场区。哦，我想过要采黑莓，而且把写一本通史的想法重新思考了一番，也就是从文学的另一头读起，包括传记。范围可以随意拟定，但要连续地读。

9月13日，星期五

空气中弥漫着一股强烈的侵略气息。道路上挤满了军车和士兵。我们白天艰难地待在伦敦，这才刚回来。虽然我们没听到声响，但袭击已经在温布尔登外围上演。突如其来的停滞。看不见一个人影。但有些汽车还在继续行驶。我们决定去山上的厕所看看，关了。所以伦纳德就去了树丛，哗啦哗啦。远处有枪声。我们看到了一座粉红色的砖房。这是我们行程中唯一的乐趣所在，我们与住在那儿的男人、女人以及孩子聊天。他们在克拉珀姆被轰炸过。他们的房子不安全，所以徒步到了温布尔登。与拥挤不堪的难民房相比，他们更喜欢这个未完工的炮台。他们有一盏修路工人用的路灯，还有一口兼具煮茶功能的锅。守夜人不肯接受他们的茶，那个人有自己的茶；还有人送给他们一个澡盆。在温布尔登的一所房子里，只住着一个看门人。当然，他们不会让我们留宿。但女主人非常好，她说“请他们坐下来”。我们攀谈了一通。一位中产阶级的时髦女士在去埃普索姆的路上叹息她不能留下孩子。我们是不会和孩子分开的，他们说道。这家的男主人是个易怒的凯尔特人，女主人是个平和的撒克逊人。只要她平安无事，我们就知足了。他们睡在一些刨花上。炸弹落在了公地上。他是个房屋粉刷工。非常友好，热情好客。他们喜欢请人进来聊天。他们将来要做什么？男人认为希特勒很快就会被消灭。戴鸡冠帽的女士则说永远不会。我们曾两次试图离开，但枪炮声一次比一次密集，只能又返回来。最后终于动身，一路上都在寻找避难所并留意人们的一举一动。我们到了罗素旅馆。约翰没到。枪声很响。我们躲了一阵儿。后来在去往梅克伦堡广场的路上遇到了约翰，他说广场仍然是封闭的，于是我们在旅馆吃了午饭。二十分钟之内，我们定下了一个紧急出版方案——利用花园城市出版社。空袭还在继续。我们走去梅克伦堡广场。

约翰在台阶上铺了一张薄薄的毯子请我坐下。一位军官探进头来看了看。“要为敌军的入侵做好准备。”他这样说道，那语气好像十分钟之后这里就沦陷了。

9月14日，星期六

真有些进攻的意思。一排大卡车载着士兵与机械（像是起重机），一路颠簸地赶往纽黑文。此时正遇上空袭。那一连串砰砰声还让我以为是他们的机枪走火了。飞机在天上轰鸣个不停。珀西与伦纳德说有些士兵是英国人。梅布尔从屋里跑出来想瞧个仔细，却问我们想吃煎鱼排还是想喝鱼汤。

这张纸的最大优点就是为我提供了发泄空间。我烦躁是因为我的滚球游戏输了，而且敌军马上要入侵，我必须忍受女鬼一般的号哭，我必须读的书却都找不到，诸如此类。我在读德·塞维涅夫人。上周我的状态极佳，但这周却被做作且平庸的伯尼搞得很疲惫，甚至经过了几个世纪的淘洗，他那种酸溜溜、华而不实又有几分狂妄自大的——怎么说呢？找不到恰当的词了——写作风格和特点，给我留下深刻印象，并使我想起某个我不喜欢的人。是洛根吗？洛根身上有种虚假的客套。这又让我想起了汤姆，他身上有种要命的彬彬有礼的残忍——哦，说得好，就是这个词。我对作品中的人物是否过于敏感？我想现代人是缺爱的。我们所受的折磨逼得我们翻来滚去。可我不想就这一点深究下去，这让我想起了老罗丝，我打算写一写她。我总以为落脚处就要到了，可事实并非如此。一个舞台，一条岔道，一处终点。我讨厌为《罗杰·弗莱传》写致谢信，而且我已经抱怨过好多次了。我想开始自己的新书，但我要先读艾弗·埃文斯[26]的书，售价六便士，企鹅出版社。

9月16日，星期一

我们待在冷冷清清的家里。外面是狂风暴雨。十点钟，梅布尔[27]踉踉跄跄地走了进来，患有拇囊炎的她提着自己的行李。谢谢您的照顾，她对我俩说了同样的话，并且问我能否为她写封介绍信。“希望我们之后还会再见。”我说。她答道，“哦，肯定会的”，还以为我是指在天堂见面。所以，我们之间长达五年，别别扭扭，不搭话且处得极为淡漠的关系就这样结束：好像一个没晒过太阳的大梨，扑通一下从枝头坠落。现在我们更自在了。我们自己待着，没了责任，不必对她负责。至于房子，空着就是了。我可真愚笨，因为一直以来都没把威廉森先生[28]的忏悔当回事，所以这下子突然被他的自私自利给吓住了。是否所有作家都会高看自己一头？他一点也离不开绕在自己形象上的光环，离不开他的荣耀。但他的这些不朽巨作，我从未读过一本。在给刘易斯的亲朋好友送完粮食之后，我们今天下午去了查尔斯顿一趟。昨天夜里，我们在寓所外的天空中看到四处迸发的金属火花。伦纳德认为那是从伦敦炮台发射的弹壳炸裂了。整个夜晚，飞机忙个不停。还有些轰鸣的爆炸声。我竖起耳朵，想听一听教堂的钟声，可我承认，我心里想的却是，我们要和梅布尔一起陷在这儿了。她该是同样的想法，嘴里说着什么死生有命。但她宁愿玩着纸牌死在霍洛威的防空洞里——哪怕老死在那儿——也不愿死在这儿。

9月17日，星期二

敌军没有入侵。刮大风了。我昨天在公共图书馆的书架上拿了一本 X. 君的评论集。这使我打消了写新书的念头。伦敦图书馆的气氛影响了我，我现在瞧不上所有的文学评论。这些文章要弄小聪明，透出一股无聊空洞的机灵劲儿，而且总想证明什么——以 T. S. 艾略特为例，他的评论还没有 X. 君来得高明。难道文学评论全都是那一套空洞的说辞吗？书上积着灰尘，伦敦图书馆，弥漫的气味。或许这是因为 X. 君仅是二流作家，文笔不够流畅，而且是大学里的专家，是一位努力创作且脑子里塞满了书本和作家的大学教师？人们对《普通读者》的评价也是如此吗？我认真地看了五分钟就泄气了，将书放回原处。那个男人问道：“伍尔夫女士，您要哪本书？”我回答想要一本英国文学史。厌倦至极，我没心思自己翻找了。这类书实在太多，而且我当时实在记不起斯托普福德·布鲁克[29]的名字。

赢了两场滚球，现在来继续写点。我们这里成了一座孤岛。没有收到梅克伦堡那边的来信，也没有咖啡喝。报纸下午三四点钟到。我们打电话到梅克伦堡，电话没接通。有些信要五天才能送过来。火车也没个准儿。人们必须在克罗伊登下车。安杰莉卡从牛顿转车去希尔顿了。所以，伦纳德和我几乎与世隔绝了。昨晚我们到家时发现有个年轻士兵待在我们的花园里。“我可以和伍尔夫先生说几句话吗？”我想他肯定是想借宿。可还真不是这样。他询问能否把打字机借给他用用。山上的军官走了，将他的打字机也带走了。因此我们拿出了我那台手提式打字机。随后他问道：“打扰了，先生，请问您下象棋吗？”他说自己非常热爱下象棋。所以我们邀请他星期六来喝茶并下棋。他是山上高射炮探照灯部队的，觉得眼下的生活很无聊，而且没法洗澡。小伙子心直口快，秉性不错，他是军校毕业的士兵吗？我猜他是房地产商或小店主的儿子，没上过私立学校，也不属于下层阶级。这一点我会探个究竟的。“抱歉扰了您的清净。”他说道，而且提及上个星期六他去刘易斯看了画展。

9月18日，星期三

“我们必须鼓足勇气。”这是我今天早上突然想到的一句话。当时我们正在梅克伦堡广场的家里，窗子都已被震得粉碎，瓷器也大多成了碎片。炮弹爆炸了。我们究竟为什么要离开塔维斯托克广场？可后悔又有什么用呢？我们正要动身去伦敦时，与珀金斯小姐的电话接通了，她告诉了我们这些事情。出版社——没被炸毁的东西——得搬到莱奇沃思去。真是个糟糕的早晨。我怎能定下心来读米什莱[30]和柯勒律治呢？正如我刚才提到的，我们得有勇气。昨晚伦敦遭到了猛烈轰炸——还是等无线电播报吧。可不管怎样，我仍在不停地写《波因茨庄园》。

9月19日，星期四

今天不用假装勇敢了。我感觉脑子里回荡的珀金斯小姐描述损失状况的声音正慢慢消失。

9月25日，星期三

星期一一整天都在伦敦，待在我们的公寓里；光线昏暗；地毯被钉在窗户上；天花板一块块塌了下来；厨房餐桌下面是一堆堆尘土和瓷器碎片；几间储藏室没遭破坏。真是美妙的9月天啊，天气温和，接连三天都不错。约翰来了。出版社被转移到了莱奇沃思。那天是花园城市出版社帮我们搬的家。《罗杰·弗莱传》的销量惊人。布伦瑞克广场被轰炸了。我当时在面包店里，还安慰了那些焦虑憔悴的女人。

9月29日，星期日

一颗炸弹落了下来，离我们近得很，所以我骂伦纳德不该砰地关上窗户。那时我正在给休写信，笔竟然从手中弹了出去。空袭仍在进行。它就像只牧羊犬一样，势必将狐狸逐离羊群。你看它狂吠着，撕咬着，接着这个侵略者就扔下一块骨头，就是向纽黑文扔了一颗炸弹。警报解除了。玩滚球。村民们都站在门口，冷着一张脸。这些我如今都习惯了。我正琢磨（脑子里思绪万千），如今的生活太懒散了，在床上用早餐，在床上看书，然后洗澡，在饭店里用餐，再回到我们的小屋。整理自己的房间，就是把书桌移到能晒太阳的位置，左边是教堂，右边是窗户，这样就能看到一种全新的可爱景致。之后我休息了一会儿，抽了雪茄，然后一直写到中午十二点，停笔，去找伦纳德，看看报纸，返回来，打字到下午一点钟，然后听广播，接着吃午饭。可我的两腮酸痛，嚼不动食物。继续看报纸，散步至萨塞伊斯，三点返回，采摘苹果，喝茶，玩滚球，再接着打字。之后读米什莱的书，或者写写日记。做晚饭，听音乐，刺绣。晚上九点半开始读会儿书，读到十一点半睡觉（或者直接睡觉）。现在的日子就像之前在伦敦一样。有三天下午，都有人来访，某天晚上还有宴会。星期六外出散步。星期四购物。星期二到内莎家喝茶。去了一趟城里。电话响了，是叫伦纳德去参加会议，肯定是K. M.先生或者罗布森的唠叨声。这就是我普普通通的一周生活。从星期五到星期一，我们一直住在这儿。我想我们陷在孤岛上了，应该多往脑子里塞些书本。但为什么偏得死读书呢？这种生活很快乐，很自由，与世无争，如同一段接一段的简单旋律。对啊，过了那么多年劳心费神的日子，为什么不好好享受眼下的生活呢？但我老是担心珀金斯小姐在过苦日子。

10月2日，星期三

我是不是应该去看夕阳而不是来写日记？蓝天抹上了一抹绯红；沼泽地上的干草堆捕捉到了这种光芒；在我身后，苹果树上挂着红彤彤的苹果。伦纳德正在采摘。此刻，卡本山下的火车吐出一缕浓烟。空气中弥漫着一种庄严的静谧。直到晚上八点半，天空响起了让人毛骨悚然的嗡嗡声；飞机都朝伦敦飞去。它们还得继续飞上一小时。奶牛们在进食。榆树朝空中抛撒它的小叶子。我们的梨树上挂满了梨子，三角形教堂塔楼上的风向标看上去就在梨树的正上方。为何我又在细数家常，还漏掉了一些东西呢？我应该想起死亡吗？昨晚窗下传来炸弹坠落的巨大声响。我们俩都吓了一跳。这是一架途经的飞机为我们抛下的“水果”。我们走到阳台。夜空中散布着碎片一样的星星，闪闪发光。身边一片宁静。炸弹落在了伊特福德山脚。河边有两颗仍未引爆的炸弹，那里被人立了一个白色木质十字架。我对伦纳德说，我现在还不想死呢。奈何我们被炸死的概率极大。不过飞机的目标是铁路和电力设施。它们一次比一次更接近地面。卡本山被“加冕”了，那顶王冠看上去像一只伸展了翅膀却丝毫不动的飞蛾，那是一架梅塞施米特战机，于星期日被击落。今天早上我痛痛快快地写了一会儿柯勒律治和他的女儿萨拉。我将用两篇文章赚取二十英镑。书仍被扣着。斯皮拉斯挺闲的。玛戈（奥克斯福德夫人）来信说“我做到了”，并补充道，“这封长信都是关于你自己和你的信仰的”。我做了什么？还真想不起来了。唉，我试图想象一个人是怎么被炸弹杀死的。我已经尽我所能地去真切感受了，但一无所获，除了最后那令人窒息的虚无感。我想——哦，我还想再活十年，而不是立刻去世——这一次，我将无法描述它。我是指死亡。不，应该是匍匐在地，是我的骨头被粉碎，我那异常活跃的眼睛和大脑都被挤出来，经历一个逐渐看不见光亮的过程，会很痛苦吗？是的。简直太吓人了。我认为是这样的。然后是昏厥，流干血液，其间可能会挣扎两三下，试图恢复意识，但接着……

10 月 6 日，星期日

我匆忙翻开日记，赶在安瑞普斯和露丝·贝雷斯福德马上到来之前——写点什么呢？这听起来会很奇怪吗？我和伦纳德走在沼泽地上，先是看到一个炸弹坑，接着就听到头顶上飞着德军的飞机，然后我朝伦纳德挪近了两步，经过谨慎思考，我决定实施“一石二鸟，共赴生死”的策略。昨天，刘易斯最终还是被他们拿下了。

10月12日，星期六

我想把我的一天安排得更加充实。大部分的阅读需要好好品味。如果这么说不算大逆不道的话，这样过一天几乎太……反正我不觉得快乐，只是尚能忍受罢了。生活的曲调婉转，由一个动听的旋律到另一个旋律。（今天）一切都在以这样戏剧化的方式上演着。山丘和田野；我目不转睛地看着；10月的花朵；褐色的犁车；还有面积缩小了，但颜色更加鲜艳的沼泽地。雾气逐渐来了。一件接一件地做"令人愉快"的事。吃早餐，写作，散步，喝茶，玩滚球，读书，吃甜点，睡觉。罗丝来信讲述了她的一天，可我几乎任由它摧毁了我的一天。好在我又恢复了。我的小地球又开始转动。翻篇了，是的。可我在想我必须加大强度。部分是因为罗丝，部分是因为我害怕死气沉沉的被动感。我生活在紧张之中。如果我现在是在伦敦，或者两年前在伦敦，我定会深夜去街上走一走。比起这里，伦敦的生活更加充实、有趣。所以，我必须给自己提供这些东西，但如何做呢？我想到了写书。写书的时候总能遇到一个汹涌的浪头；不，我不能再把我的心思放在那上面。我的脑海中冷冷地涌起了回忆的碎片。在那三篇（今天送走了一篇）小文章的纠缠下，我另写了一页关于索比的文章。鱼被遗忘了。我必须"创作"一顿晚餐。现在只有我和伦纳德，做饭都成了一种享受，轻松而自在。还得清洗我的小毛毯。不过那是另一件趣事。洗衣服的苦差事，评论西比尔的苦差事，社交的苦差事，眼下并不让我觉得艰苦。等我回望岁月的时候，我想把战争中的这几年看成一种积极向上的或具有其他意义的日子。伦纳德在摘苹果。萨莉在狂叫。我想象着，又一个村庄沦陷了。让人觉得别扭的是，我们的活动范围只限于村庄内。买来的木材足够熬过很多个冬天了。我们所有的朋友都被隔离在自家的冬日火堆旁。目前几乎不可能有人来访。没汽车。没汽油。火车待定。我们待在我们可爱而自由的秋日小岛上。我要读但丁，还要开启我的英国文学之旅。我很欣慰的是，《普通读者》在公共图书馆吸引了众多读者，我认为那里的确是它的好归宿。

10月17日，星期四

我们真是走运了。约翰说塔维斯托克广场已被夷为平地。[31]既然如此，我就不必再惦念伍尔夫一家的运气下滑，以至于夜不能寐。这是他们第一次行事鲁莽且愚蠢。此外，《时尚芭莎》急切地请我写篇文章或写个故事。所以，我的创作之树不仅没有如我预想般光秃，反而结出了果实。真不知道我耗费了多少脑神经才写出三篇小文章，赚了三十基尼。但我想说，努力终有回报；在良心和勤奋的驱使下，我的创作价值对美国那边而言，价值一百二十英镑。这真是个好日子——一只红蛱蝶在苹果上大快朵颐的日子。一个红色的烂苹果躺在草地上，蝴蝶在上面飞舞，远处是柔软蓝天映衬下的山坡和田野。一切事物透出柔软的气息，安静地在大地上休息。现在光线逐渐暗淡。警报声即将响起，然后是拨弄琴弦一样的嗡嗡声……但这差不多还是可以忘掉的。他们在备受摧残的伦敦展开了夜间行动。梅布尔想撂挑子。伦纳德在锯木头。教堂上方那个有趣的小十字架与山坡相互映照。我们明天出门。眼下起雾了，沼泽地上浮起了一长条白色绒毛。我肯定会晕过去。我有太多话要说了。我正靠阅读伊丽莎白时代的作品来填充头脑，就是让我的头脑像红蛱蝶那样进食——又鸣笛了，而且正逢我拉开窗帘的那一刻。下面要开始写令人不悦的东西了。今晚谁会被杀？我想，应该不是我们。一般人不会想这个，除非是为了寻求刺激。事实上，我经常想起我们曾度过的印度之夏，经过在伦敦的那些年之后，反观这段经历简直无与伦比。我是说，这样想能更快地打发时间。每一天都得活在死亡的淡淡阴影之下。我今天又开始写《波因茨庄园》了；而且我打算，把做笔记这个习惯——我偶尔所做之事——改成随机的阅读。我是这样想的，我要积累笔记。哦，我已经给我的大脑锻造了一帘铁幕。当感觉太过束缚时，就把这铁幕拉下来。不读，不写。不提任何要求，没有什么“必做之事”，只去散步。昨天在雨中穿过皮丁霍小丘走了一圈，还发现了一条新线路。

10月20日，星期日

星期五，在伦敦看到的最为——什么来着？——壮观，不，不是这个词——的景象，应该是沃伦街地铁站外面长长的队伍，其中大多是拎着行李箱的孩子。当时大概是上午十一点半。我们以为他们是等待撤离的人员，在等公共汽车。但直到下午三点钟他们还在，静静地坐在那里，而且队伍越来越长，有女人，有男人，带着更多的行李，还有毯子。他们是在排队等候进入防空洞，以躲避夜里的空袭。这样看来，如果他们是在早晨六点（星期四的空袭很惨烈）离开的地铁站，那他们十一点钟的时候又回来了。终于来到塔维斯托克广场。看着一堆废墟，只能长叹一口气。大概有三栋房子被毁了。地下室里一片废墟。唯一留下来的是一把旧藤椅（还在菲茨罗伊广场时买的），还有一块木板——上面写着"招租"。除此之外，就是些碎砖头和木头屑。隔壁房子的一扇玻璃门半悬着。我看见我的工作室只剩下一面墙立在那里，那个陪我写了那么多书的地方现在成了瓦砾堆。我们曾坐在房子外面度过了那么多个夜晚，办了那么多聚会。旅馆还算完好。然后我们去了梅克伦堡广场 37 号的家。还是那番景象。到处都是垃圾、碎玻璃、软软的黑色尘土和石膏粉。T. 小姐和 E. 小姐穿着长裤与工作服，戴着头巾，正在打扫。我注意到 T. 小姐的手在颤动，看上去和珀金斯小姐一样。她当然非常友好热情，兴高采烈，叽叽喳喳，把话说了一遍又一遍。很抱歉我们没有拿到她的名片……以免让你受惊。太可怕了……她在楼上为我们支起一个倾斜的书架。餐厅地板上都是书。在客厅里，亨特夫人的储藏柜上盖满了碎玻璃，诸如此类。只有客厅的窗户差不多是完好的。但风还是能从漏洞吹进来。我开始翻找我的日记。我们能用这辆小车抢救出什么呢？达尔文的书、银器，还有一些玻璃器皿和瓷器。

然后，我们在客厅里随便吃了午餐。约翰来了。我竟忘了带上《小猎犬号航海记》[32]。一整天没有空袭。所以下午两点半左右我们开车回了家。

失去财产反而让我异常兴奋，不过有时我很怀念我的书、椅子、地毯，还有床。我那么努力地工作，把它们一件件买下来；还有那些画。但现在终于摆脱了那个家，也算是一种解脱。几乎可以肯定的是，它将被摧毁，我们为了那间阳光明媚的公寓签订的稀奇古怪的租约也将作废……尽管搬家不是小事，花费也不少，但毫无疑问，如果我们能把东西保存完好，就能很划算地退租。我是说，如果我们继续留在52号住宅，就将失去所有财产。但稀罕的是，失去财产反而让我觉得庆幸。我想重新开始生活，过一种平和的、几乎一贫如洗的日子——想去哪里就去哪里。不过，我们能摆脱梅克伦堡的家吗？

11月1日，星期五

一个死气沉沉的夜晚，主要是心里郁闷，独自一人坐在火炉边——以对话的方式读着这本过于厚实的大书。本周要为《泰晤士报》评论的书是E. F. 本森[33]新出版的传记——他企图在书中用狡辩的方式来摆脱旁人的纠缠。从他这里我知道了巧舌如簧的害处。我也能口吐珠玑。他写道："一个人需要不断深刻地探索自己。"在此，我不想费心讨论这个问题，可我想将诡辩的危险性记录在案。附带说下，鉴于我能强烈地感到自己笔下每一个词和每一篇评论的分量，我还有必要内疚吗？

11 月 3 日，星期日

昨天河流决堤了。沼泽地现在成了上有海鸥盘旋的大海。伦纳德和我走去机库。湍急的白色水流咆哮着从碉堡的缝隙中倾泻而下。上个月这里被一颗炸弹袭击，老汤普赛特告诉我，光修补就足足花了一个月的时间。但由于某种原因（埃弗里斯特先生说是跟碉堡的边坡后退有关），它又爆了。今天的雨下得很大。还起了大风。亲爱的大自然母亲好像在踢着脚后跟发脾气。我们今天又去了机库。洪水更深更满了。桥被切断。洪水阻断了农场附近的路。所以我所有的沼泽地散步路线都行不通了，要等到何时？河堤又破了一个口子。水流像小瀑布一样涌过来。沼泽之海现在深不可测。是的，它已经悄悄包围了博滕的干草堆——洪水中的干草堆——淹没了我们的田地。要是太阳出来，肯定是一番漂亮的景象。今晚就像是大雾下的中世纪。我很开心，因为摆脱了挣钱的苦差，而且回归了《波因茨庄园》的创作，猛烈而飞快地写着。我欣喜地发现，它的篇幅足够覆盖一张小画布了。哦，自由，不远了……

11月5日，星期二

洪水中的干草堆竟美得不可方物……我一抬头，就看到了整片被淹没的沼泽地。在阳光照耀下，水色深蓝，海鸥在水面盘旋，葛缕子种子的嫩芽冒了头。暴风雪，大西洋海底，黄色的岛屿，光秃秃的树木，红色的茅屋顶。哦，愿洪水永不退去。这一片处女地，没有房屋，就像它最初的模样。现在它一片铅灰，只零星点缀着红叶。它是我们的内海。卡本山变成了悬崖。我在想，大学填充了特里维廉等诸君的空壳。他们是大学的产物。此外，我从未像现在这样文思泉涌。另外，我以前那种对书的渴望又回来了，那是一种孩童般的兴奋。因此，就像俗话说的那样，我非常“幸福”，而且《波因茨庄园》的创作让我兴奋。这本速写日记派上了用场。一种新的风格出现了，那就是混合。

11月17日，星期日

我注意到脑力活动中的一个小细节，就是我想按照自然主义者的方式做笔记——人类自然主义者的笔记。也就是说，如果脑子里一直惦记一本书，这本书就会以其特定的节奏逐渐在大脑中团出一个小球，搞得人疲惫不已。《波因茨庄园》最后一章的节奏把我给迷住了，以至于我总能听见它，或许总提到它，我说出的每一句话都是关于它的。通过读备忘录笔记，我打破了它的节奏。

笔记的节奏要更自在、更悠闲；用这种节奏做了两天笔记，我就完全恢复了精神。所以明天我就能继续写《波因茨庄园》了。我坚信这是个极为重要的发现。

11月23日，星期六

眼下我已写完《华丽舞会》——或者叫《波因茨庄园》(大概是从1938年4月动笔的)？我的思维非常活跃，已经准备好写下一本书（名字还没想好）的第一章，这本书暂且就叫《无名氏》吧。我正想在这个完工后的早晨记录点什么，路易好巧不巧地打断了我，手里拿着一个玻璃罐子，里面装了稀薄的牛奶和一小块黄油。于是我和她一起走进厨房，帮她撇去了罐子里的牛奶，然后把取出的奶油展示给伦纳德看。这真是家庭主妇的一次巨大胜利。

这本书使我有些沾沾自喜。我想这是我用新方法做出的有趣尝试，因此它比其他作品都接近事物的本质，就像把牛奶多过滤几遍之后，得到的奶油也更浓稠。当然，与让人痛苦的《岁月》相比，这本书更令人耳目一新，而且几乎每一行的写作都令我开心。我必须指出，它是我在写枯燥的《罗杰·弗莱传》期间，零零星星创作出来的，当压力变得难以忍受时，才写一点。我觉得可以将这种方法变成一种计划，即把一本新书的写作当成日常单调生活的调味品——只希望借创作减轻生活的乏味，无论如何，这本书都是一部有理有据的作品。接下来，我又会酝酿一些高压时刻。我想攀上最高峰，获得一眼见底的视野，并将其作为起点。然后看看我又能写出什么东西来。如果什么也写不出，那也没关系。

12 月 22 日，星期日

他们曾经多么美啊，那些老年人——我是指我的父亲母亲——活得简单、纯粹、无忧无虑。我一直沉浸在阅读以前的信件和父亲的回忆录中。父亲深爱母亲；他坦荡、明智、通透豁达——他思想严谨细致，受过良好的教育，而且赤诚纯良。他们的生活在我看来是多么快乐，多么安宁啊。不受浊流影响，不为旋涡左右。他们富有人情味——对孩子温柔体贴，在育婴室里哼着轻柔的催眠曲哄他们入睡。但要是以同时代人的眼光来看，我会很快失去孩子的视角，而且读不下去。毕竟那是一种内心毫无波澜、缺少共情又浅尝辄止的阅读。

12 月 29 日，星期日

总有些时刻要迎风起航。作为一位生活艺术的伟大业余爱好者，我决定细细品尝我的橙子，但作罢了。就像昨天那只黄蜂，一旦中意的花朵不香了，就要立马掉头——我骑车穿过山坡来到悬崖。悬崖边缘被一截带刺的铁丝网给箍住了。沿着纽黑文路向前骑的时候，我把自己的思绪梳理得很清晰。在那条林立着小别墅的荒凉小路上，寒酸的老女仆冒雨出门买菜。纽黑文的天气很伤人，让人身体疲惫而且昏昏欲睡。在这里写日记的一切欲望都消退了。如何才能寻得一剂良药？我得四下探寻一番。我想到了德·塞维涅夫人。写作应该是一种日常的乐趣。我厌恶老年的僵硬感，这一点我已经感觉到了。我的声音刺耳，而且话锋尖刻。

> 迎接晨露的脚步不再轻快，
>
> 品味新鲜情感的心灵不再灵敏。
>
> 啊，希望，一旦被碾压，就不能再迅速弹起。

实际上，我翻开马修·阿诺德的书并抄写了这些句子。与此同时，我突然明白为什么我现在不喜欢，却又喜欢，很多特立独行的东西。那是因为我越来越不受等级制和父权制的束缚。当德斯蒙德对《东库克》[34]的赞美让我心生嫉妒时，我就去沼泽地散步，我对自己说：我就是我，我必须沿着自己的路走下去，而不是别人的。只有这样，我的写作和生活才会有意义。如今人们都偏爱美食，那我要制作精神美食。

注释

1 亨伯特·沃尔夫（Humbert Wolfe，1885—1940），意大利裔英国诗人。

2 《南岭》（*South Riding*），英国作家威妮弗雷德·霍尔特比（Winifred Holtby，1898—1935）的遗作，出版于1936年。

3 威廉·亨利·戴维斯（William Henry Davies，1871—1940），英国诗人、作家，一生大部分时间都在游历。

4 这里，弗吉尼亚·伍尔夫旨在引用罗伯特·路易斯·史蒂文森的一个观点，即“由于社会规范的限制，他那个时代的作家只能就有限的主题进行深入的文学创作”。具体参见弗吉尼亚·伍尔夫的文章《斜塔》。

5 基督徒在复活节前的星期五（Good Friday）这一天，纪念耶稣受难。

6 约翰·赫维（John Hervey，1696—1743），英国廷臣、作家，也是第二代赫维男爵。

7 悉尼·史密斯（Sydney Smith，1771—1845），英国作家、圣公会教士，以幽默和机智闻名。

8 戈登维泽（Alexander Borisovich Goldenweiser，1875—1961），俄国钢琴家、教师和作曲家。他是托尔斯泰的密友，曾著书回忆他们的友谊。

9 乔治·萨维奇爵士（Sir George Savage），弗吉尼亚·伍尔夫的医生。

10 琼是管理疗养院的托马斯女士。

11 博滕是罗德梅尔当地的一个农夫。

12 爱德华·怀伯尔（Edward Whymper，1840—1911），英国探险家、插画家和作家，以1865年首登马特峰而闻名。

13 阿尔弗雷德·达夫·库珀（Alfred Duff Cooper，1890—1954），英国保守党政治家、外交官和军事历史学家。

14 亚瑟·利·博兰·阿什顿爵士（Sir Arthur Leigh Bolland Ashton，1897—1983），英国艺术史学家。

15 约翰·弗雷德里克·莱曼（John Frederick Lehmann，1907—1987），英国

诗人、出版商。

16 埃米莉·罗丝·麦考利夫人（Dame Emilie Rose Macaulay，1881—1958），英国作家，其小说创作受到弗吉尼亚·伍尔夫的影响。

17 哈丽·欧（Hary-o），即哈丽雅特·莱文森·高尔（Harriet Leveson Gower，1785—1862），英国社交名媛和作家，格兰维尔伯爵的第二任妻子。

18 这里指的应该是斯蒂芬·斯彭德等持有左翼观点的作家。

19 这里指的是蕾·斯特雷奇。

20 阿尔弗雷德·德·维尼（Alfred de Vigny，1797—1863），法国诗人、军官，法国浪漫主义的早期先锋。

21 鲁思·本尼迪克特（Ruth Benedict，1887—1948），美国人类学家和民俗学家，代表作为《菊与刀》。

22 奥古斯塔斯·约翰·卡思伯特·黑尔（Augustus John Cuthbert Hare，1834—1903），英国维多利亚时代的作家。

23 这里分别指的是朱迪斯·斯蒂芬（Judith Stephen）和莱斯利·汉弗莱（Leslie Humphrey）。——伦纳德注

24 1 码约为 0.91 米。

25 阿玛达（Armada），英国里奇蒙附近的一个城市，当地设有气象局。

26 本杰明·艾弗·埃文斯（Benjamin Ifor Evans，1899—1982），英国学者和大学行政人员。

27 梅布尔是我们的厨师，她决定辞职回家，同她妹妹一起生活。——伦纳德注

28 亨利·威廉·威廉森（Henry William Williamson，1895—1977），英国作家，其小说涉及野生动物、英国社会历史和乡村主义。

29 斯托普福德·奥古斯塔斯·布鲁克（Stopford Augustus Brooke，1832—1916），爱尔兰作家、王室牧师，著有《英国文学入门》《早期英国文学史》等。

30 儒勒·米什莱（Jules Michelet，1798—1874），法国著名历史学家。

31 我们在此处租用的住宅也被炸毁。——伦纳德注

32 《小猎犬号航海记》（*The Voyage of the Beagle*），查尔斯·达尔文 1839 年

发表的作品。

33 爱德华·弗雷德里克·本森（Edward Frederic Benson，1867—1940），英国小说家、传记作家、考古学家。这里，弗吉尼亚·伍尔夫说的应该是本森的最后一本自传《终版：非正式自传》（*Final Edition: Informal Autobiography*，1940）。

34 《东库克》（*East Coker*），T. S. 艾略特《四个四重奏》中的第二首诗。

1941

1月1日，星期三

星期日晚上，当我在一本记录准确翔实的书中读到“伦敦大火”时，伦敦真的在燃烧。我们城市的八座教堂被毁，市政厅也是。但这都是去年的事了。新年的第一天，刮起了一阵猛烈如圆锯的大风。这个本子是从37号住宅抢救出来的。早先我把它从商店带回了家，当时我抱着一摞伊丽莎白时代的著作，那都是为了写我的一本书——现在我把它叫作《翻开一页》。心理学家会发现上述作品是在房间里有人，并且还有一条狗的情况下创作的。悄悄插一句：我想今后我的日记可能不会太啰唆了，不过有什么关系呢，已经写了那么多页；况且我不打算出版，亦不会公开。

1月9日，星期四

白茫茫一片。全是霜冻。仍未化冻。大地白得刺眼。天空蓝得耀眼。榆树被冻成了红色。我本不打算再描述一次山间雪景，但碰巧看见了。甚至此时此刻，我都忍不住要转过头去欣赏一下阿什汉姆小丘，那一片片红的、紫的、鸽灰色的景致，与教堂顶上的十字架相映成趣。我一直记得——或忘记——那句话是什么来着。亲爱的，看看你上一篇日记都记了什么吧。昨天，X. 夫人面朝下被下葬了。真是不幸。正如路易所言，这样一个壮硕的女人，一进墓穴可就要大吃大喝了。今天，她又参加了一位姨妈的葬礼。据说，这位姨妈的丈夫曾在锡福德看见过异象。他们的房子被炸弹炸毁了，我们在上周的某个清晨听到了动静。伦纳德在一边说教一边整理房间。这些事情还算有趣吗？这种回忆……打断一下，请问您真的过得很安逸吗？好吧，就我这把年纪而言，生活各方面都还不错。我是说，我想不出还要再追求别的什么东西了。而且，山的另一边肯定没有如此美丽的红蓝相衬的雪景。我要去誊写《波因茨庄园》了。

1月15日，星期三

惜墨如金或许是这本书的终点所向，但这也是因为我对自己的啰唆甚感惭愧。当看到自己房间里堆着二十来本日记时，我就有了这种感觉。我为谁感到惭愧呢？为我自己，读日记的自己。还要说一句，乔伊斯已经不在人世。乔伊斯大概比我小两个星期。我还记得韦弗小姐当时戴着羊毛手套，将《尤利西斯》的打字稿放在了霍加斯出版社的茶几上。我猜是罗杰叫她来的。她问我们是否愿意为出版这本书而奉献生命。那些猥亵的文字看上去和她很不搭，她打扮得倒像个老处女，扣子一直系到颈部，但那纸页上却遍布淫秽之物。我把书稿收到了柜子最里边的抽屉里。有一天，凯瑟琳·曼斯菲尔德来了，我拿出书稿，她开始读了起来，边读边奚落。突然，她说道，不过这本书还有点意思。我想这一幕肯定会在文学史上赫赫有名。乔伊斯就住在我家附近，而我却从未碰见过他。记得汤姆在奥托琳的加辛顿小屋说过——那时这本书已经出版——那本书的最后一章获得了巨大的奇迹般的成功，此后，还有谁会拿笔写作呢？在我的印象中，汤姆还是头一次表现得如此狂喜而热忱。有一年夏天，我买了它的蓝色平装本，就在这里拜读，时而赞叹称奇，时而有新的发现。但在那之后的很长一段时间，我又觉得此书读起来颇让人厌烦。这得追溯到很久很久以前了。如今，那些老绅士都在翻新他们对此书的看法；而我的这些笔记，自然也能排进他们长长的队列里。

星期一我们在伦敦。我去了伦敦桥，看见泰晤士河上雾蒙蒙的，还飘着缕缕青烟——大概是从着火的房屋飘来的。星期六那天这里又着火了。我看到一堵残壁，一角已被风蚀，另一角也几乎被粉碎。我还看到一家银行，还有耸立的纪念碑。我本想挤公共汽车，可太拥堵了，只好中途下车。等看到第二辆车，那情形只让我觉得还是走路为妙。街道都被炸毁了，交通完全阻塞。于是我改乘地铁去了圣殿区，漫无目的地走了一会儿，原先熟悉的广场变成了荒芜的废墟：轰炸过后，广场被夷为平地；原先的红砖都化成了白色粉末，那里看上去像建筑商的露天仓库。到处是灰尘，窗玻璃全碎了。这里还有些别的观光客，然而一切都被毁坏殆尽。

1月26日，星期日

对抗抑郁和挫败（《哈珀》杂志拒绝了我的故事，以及我评论埃伦·特里的文章）的斗争失败了。今天（但愿只是今天）我打扫了厨房，给《新政治家》寄了一篇文章（一份蹩脚货），而且把《波因茨庄园》晾在一边——印象中已停笔两天——转头去写了回忆录。可我发誓，这次的消沉决不能将我吞噬。静静独处其实很美妙。在罗德梅尔的生活无比琐碎。这里的屋子很潮。房间杂乱。但我们别无选择。日子会变得更加漫长。我需要的是先前那样的爆发力。德斯蒙德曾对我说："和我一样，你的真实生活也是在思想里。"但我们需要谨记，思想可遇而不可求。我逐渐变得不喜自省，而是喜欢睡觉、偷懒、沉思、阅读、烹饪以及骑自行车。哦，我还读了一本相当晦涩难懂的书，赫伯特·费希尔[1]的书。这就是我的处方。

战争进入平静期。连续六个晚上没有空袭。但加文[2]说，最大规模的战斗即将来临——比如，三个星期以后，每个男人、女人，每只阿猫、阿狗，甚至每条象鼻虫都必须攥紧拳头，坚定信念，诸如此类。在路灯亮起之前的这个时段，气温降低了。几片雪花掉落到花园里。是的，我在想，我们的生活没有未来可言。这正是事情荒唐的地方：我们的鼻尖直抵一扇紧闭的大门。现在，换上一个新笔尖，要给伊妮德·琼斯[3]写封信。

2月7日，星期五

我为什么感到沮丧呢？记不清了。我们去了查理·卓别林的故居。和那个牛奶工女孩一样，我们觉得那里很无聊。近来我的写作进展很不错。在我们去剑桥之前，我得完成斯雷尔夫人那篇文章。马上就要迎来为期一周的大降雨。

2月16日，星期日

忙乱的一周过后，心中的失意仍汹涌湍急。但我和达迪耶的晚餐让我再欢喜不过，非常愉悦，又非常私密。我很喜欢在纽黑文度过的这个温柔的灰色良夜。我们在高级礼仪室里找到了珀内尔，那儿的一切都如此光鲜而华美。她穿着柔美的红色和黑色衣服。我们坐在明亮的炉火旁，畅快地聊着稀奇古怪的话题。她明年就要离开了。然后我们去了趟莱奇沃思，看到了那些被拴在打字机上的奴隶，他们脸色苍白，面无表情；还看到了那些机器，它们的效率一直在提升，能折叠、压制、粘合并做出完美的书籍。

它们还能在布面上压印，模仿皮革的纹路。相比之下，我们的印刷机就如同橱窗里的摆设。没有乡间风景可看。漫长的火车旅行。食物粗糙而单调。没有黄油。没有果酱。老夫妇们在他们的桌上放着橘子酱和葡萄干。人们压低声音在休息室的火炉旁聊天。我们到家两个小时后，伊丽莎白·鲍恩来了，但昨天就走了。明天薇塔会来，然后是伊妮德。再然后，我或许会重新投入高强度生活。但现在还不是时候。

2月26日，星期三

我的“高强度生活”几乎全被伊丽莎白时代的戏剧填满。此外，完成了《波因茨庄园》这部露天历史剧。今天早上终于确定了它的新名字——《幕间》。

3月8日，星期六

刚刚陪伦纳德在布赖顿完成了他的演讲。那地方像一个外国城市，已然扮上了第一抹春色。女人们都端坐在椅子上。我在茶馆里看到一顶漂亮的帽子——时尚的东西总会让人眼前一亮！老态龙钟的妇人们也坐在茶馆里，她们盛装打扮，却盖不住满脸的皱纹和枯槁的脸色。还有一位穿格子棉衣的女服务员。不，我不打算来做什么内省。我只记几句亨利·詹姆斯的句子：永远都要仔细观察。观察岁月的脚步。观察贪婪。观察我自己的消沉。做到这些，观察就能使人受益。或者说，希望如此。我决定用最好的方式度过这段时光。我将带着飞扬的光彩沉落。这种思考又近乎自省，但又不完全是。假如我在博物馆买了一张票，那我每天都要骑自行车去通读历史。假如我在每个时代选定一个主要人物，那就可以围绕这位大人物写各种各样的文章。手头必须有事可做。现在我有点欣喜地发现已经七点钟，得做晚饭了。今天吃黑线鳕鱼和香肠。我想，写下香肠和黑线鳕鱼这些词语，确实可以帮我一定程度上掌控它们。

注释

1　赫伯特·威廉·费希尔（Herbert William Fisher，1826—1903），英国历史学家。

2　詹姆斯·路易斯·加文（James Louis Garvin，1868—1947），英国记者、编辑、作家。

3　伊妮德·琼斯（Enid Jones），埃米莉·比阿特丽克斯·库斯勒·琼斯（Emily Beatrix Coursolles Jones，1893—1966）的笔名。她是英国作家、评论家，与布卢姆斯伯里团体交往甚密。

弗吉尼亚·伍尔夫著作编年表[1]

弗吉尼亚·伍尔夫生前出版的作品：

小说，《远航》（*The Voyage Out*, 1915）

小说，《夜与日》（*Night and Day*, 1919）

短篇小说，《邱园纪事》（*Kew Gardens*, 1919）

短篇小说集，《星期一或星期二》（*Monday or Tuesday*, 1921）

小说，《雅各的房间》（*Jacob's Room*, 1922）

批评文章，《贝内特先生与布朗夫人》（*Mr. Bennett and Mrs. Brown*, 1924）

批评文集，《普通读者》（*The Common Reader*, 1925）

小说，《达洛维夫人》（*Mrs. Dalloway*, 1925）

小说，《到灯塔去》（*To the Lighthouse*, 1927）

传记小说，《奥兰多》（*Orlando*, 1928）

批评文集，《一间自己的房间》（*A Room of One's Own*, 1929）

---

1 此表依据伦纳德·伍尔夫的编写方式，并未收录后来出现的弗吉尼亚·伍尔夫文集。

小说，《海浪》（*The Waves*, 1931）

书信体小说，《致一位年轻诗人的信》（*Letter to a Young Poet*, 1932）

批评文集，《普通读者：第二卷》（*The Common Reader: Second Series*, 1932）

传记，《爱犬富莱西》（*Flush*, 1933）

小说，《岁月》（*The Years*, 1937）

批评文集，《三个基尼金币》（*Three Guineas*, 1938）

传记，《罗杰·弗莱传》（*Roger Fry: a Biography*, 1940）

小说，《幕间》（*Between the Acts*, 1941）

弗吉尼亚·伍尔夫去世后，由伦纳德·伍尔夫编辑出版的作品：

批评文章，《飞蛾之死》（*The Death of the Moth*, 1942）

短篇小说集，《鬼屋》（*A Haunted House*, 1944）

批评文集，《瞬间及其他随笔》（*The Moment and Other Essays*, 1947）

批评文集，《船长临终时及其他随笔》（*The Captain's Deathbed and Other Essays*, 1950）

译后记

20 世纪上半叶，“意识流”小说在西方成了一个很有影响的文学流派，其代表人物除了法国的普鲁斯特、爱尔兰的乔伊斯和美国的福克纳，还有英国的弗吉尼亚·伍尔夫。实际上，20 世纪 20 年代末，弗吉尼亚·伍尔夫也的确是以英国意识流小说家的形象被介绍到中国的。当然，正如学者瞿世镜强调的，作为一位创作能力极强的作家，意识流不过是弗吉尼亚·伍尔夫文学生涯中的一个重要阶段，其作品也绝不仅限于意识流小说。她对现代小说在理论与实践方面的探索，对妇女与文学问题的探讨，对女性主义文学批评的贡献，以及她后期作品中所展现的对更广阔的世界与人生问题的思考，同样值得阅读和关注。

眼下这本日记选，既是对早期出版的《伍尔芙日记选》的一次增订，又是在新时代背景下对形象更为饱满的“作家弗吉尼亚·伍尔夫”的重新发现。此版译文皆译自伦纳德·伍尔夫编辑的《一位作家的日记》，伦纳德在其序言中对弗吉尼亚日记的归类和评价同样适用于本书。书中较多内容是关于弗吉尼亚对索福克勒斯、弥尔顿、莎士比亚、但丁、塞万提斯、拜伦等名家著作的阅读札记，以及对当时的新晋作家，如乔伊斯、曼斯菲尔德、T. S. 艾略特等人及其作品的随感式评论。此外，书中还包含了大量她对自己小说创作的酝酿构思，以及她对自己创作情绪的记录，还有她与当时其他英国重要作家，比如哈代、福斯特、罗杰等人的交往纪实。当然也有不少作家本人日常生活和心境的记录。所有这些，不仅有助于我们更深入地了解弗吉尼亚·伍尔夫其人其文，更能让我们熟悉她所处的社会文化与艺术环境。况且其日记本身就已经是优美的艺术品，她的文字或犀利睿智，或清新别致，或自省自律，严格得近乎挑剔，总能给人以启迪和愉悦之感。

弗吉尼亚 1882 年出生在伦敦的一个书香之家。其父亲莱斯利·斯蒂芬是英国 19 世纪后半期维多利亚时代的著名评论家和传记作家，曾主编《国家传记辞典》。他的原配夫人是小说家萨克雷之女，弗吉尼亚则是他的续弦夫人朱莉娅·杜克沃斯（再婚后改名为朱莉娅·斯蒂芬）所生。弗吉尼亚有一个同胞姐姐，还有两个同胞兄弟。到了他们入学的年纪，她的父亲囿于重男轻女的传统观念，只将两个儿子送到私立学校读书，并先后送他们进入剑桥大学深造，而弗吉尼亚和姐姐瓦妮莎则只能留在家里由父母教读。对于这件事，弗吉尼亚一辈子耿耿于怀，这也为她的女性主义思想埋下了种子。好在那时她的家庭条件优裕，她先是从父母那里接受了拉丁文、法文、历史、数学等基础知识，后又在父亲藏书丰富的书房里自由自在地广泛阅读，这不仅滋养了她深厚的文学素养，更为她严肃的审美观念和毕生的文学事业奠定了基础。

此外，她的父亲与当时许多著名学者和作家有来往，哈代、梅瑞狄斯、亨利·詹姆斯、埃德蒙·戈斯等都是他家的座上客。虽然弗吉尼亚对父亲的态度很复杂，但她自小从父亲那里耳濡目染，获益匪浅，这种家学渊源与她后来的卓然成就有一定的关系。

弗吉尼亚·伍尔夫天分极高，可身体不好，且有忧郁症的底子。1895 年，她的母亲去世，她第一次发病；1904 年，她的父亲去世，她再次发病，并企图自杀。此后，她与家人迁居伦敦的布卢姆斯伯里区（在大英博物馆附近）。约从 1906 年起，她的兄弟在剑桥大学结识的朋友们不断来家里聚会，他们一起讨论文艺学术问题，逐渐在当时的伦敦形成一个文学艺术中心。这个圈子里有一些赫赫有名的人物，比如小说家 E. M. 福斯特、诗人 T. S. 艾略特、美术家罗杰·弗莱、批评家德斯蒙德·麦卡锡、经济学家约翰·凯恩斯、青年作家雷蒙德·莫蒂默等。这个小团体后来被称为“布卢姆斯伯里团体”，弗吉尼亚和姐姐瓦妮莎与成员们结为好友，并成就了两桩姻缘。姐姐瓦妮莎嫁给了艺术批评家克莱夫·贝尔；弗吉尼亚与其中一位毕业于剑桥大学的经济学家、政论家伦纳德·伍尔夫相爱，于 1912 年结婚。在这一群体中，伦纳德并非显赫人物，用弗吉尼亚的话说，他是一个“身无分文的犹太人”，但性格善良忠诚，对妻子非常体贴，他欣赏她的文学天赋，并尽自己的一切力量鼓励支持她创作，为弗吉尼亚的文学事业做了大量的“后勤工作”。婚后，弗吉尼亚的精神疾病又一次发作，并再次企图自杀。在她病愈后，伦纳德为了帮助她调剂精神，稳定情绪，买了一台印刷机，二人学习排字、印刷技术，尝试印了两本小书，销路尚好，还赚了一点儿小钱。于是他们夫妇于 1917 年正式创办霍加斯出版社。其实在此之前，弗吉尼亚已经从 1904 年起开始创作并投稿，1915 年还出版了一部小说《远航》，这是她文学创作生涯的开始。有了自己的出版社后，她写的书就可以由霍加斯出版社出版，而不必费心求诸他人。他们还先后出版了 T. S. 艾略特的诗、E. M. 福斯特的小说、斯特雷奇的传记，以及曼斯菲尔德的小说等。这些年轻的文坛新秀，后来都成为蜚声文坛的名家，他们夫妇的取稿眼光可见一斑。

正如伦纳德在其序言中强调的，弗吉尼亚·伍尔夫是一位严肃的艺术家，她一生孜孜不倦地在创作和理论两方面探索现代小说艺术的各种可能性。作为“意识流”小说的开创者之一，她的意识流代表作《达洛维夫人》《到灯塔去》《海浪》已成为审美价值颇高的文学经典；其他作品，比如早期的《夜与日》《雅各的房间》也显示出意识流的独特印记；中期作品《奥兰多》更体现出她对革新传记体裁的兴趣；后期作品《岁月》《三个基尼金币》《罗杰·弗莱传》《幕间》则包含了更深刻且更广阔的创作理念，是弗吉尼亚尝试以“内外结合”的方式来写作的辛劳成果。她曾在日记中多次提及《岁月》是她最为满意的作品，同时也是最耗费心力的作品。事实上，她每创作一部小说，都无疑在探索一种新的技巧：既能让小说家无比真实地描绘内在现实，又能表明这种现实只存在于内心。正是这种孜孜不倦的探索，使得她自己的创作可以抛开传统的束缚，不断寻求突破与创新。比如她追求的飘逸飞动、委婉多姿的“散文诗”笔法，即抛开自然主义的描写方法，转而将散文和诗糅合在一起。这种写法最适于捕捉和描绘人物浮想联翩、千变万化的精神状态，也就是我们常在弗吉尼亚小说中看到的意识流手法。

除了小说家的身份，弗吉尼亚还是一位优秀的文学评论家，尤其是在女性文学批评方面贡献卓著。她一直坚持写评论，用她自己的话来讲，“不管怎样，起码我还能指望我的评论特长”。她生前共写了350余篇文学评论和随笔，在同代作家中相当显眼，算得上一位著名的文学评论家。她是《泰晤士报文学副刊》《耶鲁评论》《纽约先驱论坛报》《大西洋月刊》等重要报刊的特约撰稿人。她发表在报刊上的文章，后来被她编入了《普通读者》和《普通读者：第二卷》。她还著有直接关乎女性问题的论著《一间自己的房间》，探讨了“女性”与“写作”的问题，指出女性需要足够的“钱”和“一间自己的房间”来从事创作，呼吁女性应该“同时尝试写小说和写评论”，而且提出了“双性同体诗学观”。这些观点和主张在今天看来毫不过时，而且更加值得深思。弗吉尼亚生前曾因其新颖的创作理念和鲜明的女性立场备受同时代评论家非议，但随着她出版的作品日益增多，她的文学声誉也在起伏不定中逐渐提升，她因此获得了较高的文学地位。彼时，英国知名大学，比如剑桥大学、布里斯托大学等都曾邀请她去做演讲，曼彻斯特大学等更是主动提出要授予她荣誉学位。但弗吉尼亚瞧不上英国大学一贯歧视妇女的陋习，为表抵制，她统统谢绝了那些荣誉称号。

第二次世界大战爆发后，法西斯希特勒的势力威胁到了英伦三岛的安全。1940 年，伍尔夫夫妇在伦敦的住宅接连被德军炸毁，他们的生活日益艰难。面对结束遥遥无期的战争，好友接连去世的打击，文人社交生活的中断，弗吉尼亚本就无比脆弱的神经更加饱受折磨。她曾在日记中多次幻想自己将如何在战火之中缓慢抑或突然痛苦地死去。她甚至还同伦纳德约定，万一英国战败，即相携授命，决不在法西斯统治下受辱。1941 年，弗吉尼亚在乡间住所完成了她的最后一部小说《幕间》，随即又陷入了极度的精神痛苦。她深恐一旦自己的精神完全崩溃，定会拖累丈夫，便于 3 月 28 日清晨独自出走，将自己勤奋写作的一生结束在萨塞克斯罗德梅尔的一条河流中。弗吉尼亚・伍尔夫在著作等身之际投河自尽，举世悼惜。在她死后，她忠诚的伴侣伦纳德一直在勤勤恳恳地整理她的遗著。除小说外，伦纳德还将她未结集的评论、散文、书信、日记、自传等陆续编辑出版。即使弗吉尼亚曾在日记中言及她的日记完全是写给自己看的，本无意发表，但她颇有预见性地指出，这些日记或许会被伦纳德编辑成书。伦纳德后来果真从弗吉尼亚的 26 卷日记中精心挑选编辑，于 1953 年出版了这部名为《一位作家的日记》的日记选。

诚然，弗吉尼亚写日记本就是一种选择性叙事，伦纳德的挑选和编辑则又是一层筛选，所以此日记选并非对弗吉尼亚・伍尔夫个人形象的完整呈现，而是一幅突出了作者某方面特征的“漫画”。不过，正是通过这幅“漫画”，我们才有机会逼真地看到“作家弗吉尼亚·伍尔夫”是如何在日常生活中不断思考和不懈创作的。这些日记不仅是她思考和练笔的工具，是一种心理上的自我排遣和平衡，更是为她积攒创作灵感的宝库。相比于她对小说的字斟句酌，她的日记文笔流畅，遣词造句更加活泼自由，语言不乏诙谐幽默之感。然而，细心的读者仍能发现弗吉尼亚对待日记，一如对文学创作那般用心，但凡下笔，皆言之有物，而且她还有重读日记的习惯，在某些日记的末尾就附有她后期阅读时所写的批注。不过，弗吉尼亚在日记中所用句式不拘定规，所涉及的许多人名和地名亦较少有特别交代。故此，译者在广泛查阅资料的基础上，依据阅读需求，添加了相应注释，希望可以更好地帮助读者理解日记的内容。

最后，译者还想指出一点：也许是出于日记作者的记录习惯抑或因为其他因素的考量，弗吉尼亚在日记中所记录的人和事虽有迹可循，却仍有难以考证之处，而且其思维性的语言常常颇为抽象。这些因素给本次翻译带来了不容小觑的困难。译者虽勉力为之，但最后呈现的译文仍会有错漏之处，欢迎广大读者批评指正。

宋炳辉　吴欣

2023 年 6 月